Schwesternehe

Titelbild: Susanne P. Radtke
»Strandgut«, Acryl / Pastell 1992
Original im Besitz der Künstlerin
Susanne P. Radtke lebt als freischaffende
Malerin und Graphikerin in Berlin

Katharina Höcker

Schwesternehe

Erzählung

Orlanda Frauenverlag

Die Deutsche Bibliothek – CIP-Einheitsaufnahme
Höcker, Katharina:
Schwesternehe : Eine Erzählung /
Katharina Höcker. –
Berlin : Orlanda-Frauenverlag, 1993
ISBN 3-922166-98-9

1. Auflage 1993

Für die deutschsprachige Ausgabe
© 1993 Orlanda Frauenverlag GmbH
Großgörschenstraße 40, 10827 Berlin

Lektorat: Astrid Petersen-Trenk
Umschlaggestaltung: Susanne P. Radtke
Fotosatz: Mößner & Steinhardt, Berlin
Druck: Clausen & Bosse, Leck

Für D.

I

Der Sommer ist weit und laut, ein schwitzender Streich, der uns gelingt. Schön, könnte man sagen, ein beliebiges Wort, wir sagen es nicht. Wir sitzen viel draußen. Es ist schon August, längst über die Hälfte des Jahres, aber noch dauern die Tage bis in die Nacht. Die Blumen brauchen viel Wasser, ich vergesse es oft; sonst steckt ja der Sommer nur diesig in den Wolken und tut sich nicht auf. In diesem Jahr ist es anders. Nichts ist wie immer. Auch dieser kätzische Frühling davor, er war nicht wie sonst, er war so weich und verhuscht, daß wir ihn beim Blick aus dem Fenster nicht einmal sahen. Es regnete viel, und viel war zu tun. Die Arbeit, das Leben, alles ging seinen Gang, wir gingen nur mit. Davor dieser Winter, von dem ganz zu schweigen, du weißt, wie der Winter war. Schlimm, auch das so ein Wort, das wir nicht sagten: wozu sollten wir auch. Wir wußten es ja. Es gab keine Sprache in dieser Zeit. Die Angst hielt den Mund.

Du fährst jeden Morgen früh. Im Hemd laufe ich auf den Balkon und winke deinem Auto nach, als wäre es du. Ein Anflug von Trauer geht durch meinen Blick, während du in der Biegung verschwindest; es könnte ja sein, du kämest nicht wieder. Nicht lange, dann ist es gut. Ich weiß es besser.
Danach habe ich Zeit. Ich koche Kaffee, rauche die erste Zigarette an das Balkongeländer gelehnt, schnippe die Asche in den Wind und habe schon Lust auf ein Wort, irgendeins, noch ist es egal. Keine Eile tut not. Ich setze mich an den kleinen Klapptisch, von dem sich die Farbe in rostigen Blättern wölbt, seit er den Winter über draußen war. Der Balkon hat noch Schatten, aber der Himmel zerreißt sich schon wieder in einem bläßlichen Blau. Dick und würzig riecht die Luft, nach Staub und Büschen und Müll. Die Hitze kommt wie ein Fieber herauf; nicht lange, dann wird die Stadt in alpträumerischer

Schönheit stehen, staubschwarz und leer. Vielleicht fahren wir abends, wenn es ein wenig kühler geworden ist, wieder hinaus ans Meer, dorthin, wo wir am Dünenrand einmal miteinander geschlafen haben, im Frühjahr, der Sand war noch klamm von kälteren Nächten, und das Wasser biß in die Zehen, als wir dann barfuß ein wenig liefen. Vielleicht fahren wir nicht. Ich sorge mich nicht. Alles ist offen und weich und wird gehen, irgendwo hin.

Ich könnte dir etwas erzählen, denke ich dann. Zum Beispiel von dieser Sonne, die jetzt unerhört schnell über den Rand der Dächer kommt. Wie sie sich streckt und in Bündeln zu mir herüberfällt, warm auf der Haut. Und wie eine Taube über den Mauervorsprung hinter dem Balkongeländer stakst, steif und ruckend, doch dann fliegt sie schon auf, zu den anderen herüber, die gerade gereiht auf winzigen Simsen sitzen. Und mehr. Erzählen, wie wir heute morgen wieder die Zeit nach dem Wecker in den Betten vertuschelten; nichts war gemacht, nicht einmal der Kaffee, und du mußtest längst los. Und wie ich zu dir sagte: Liebe ist eine Lust, die Welt zu betreten, und du hast gelacht und ein Bein unter der Decke hervorgestreckt und gesagt: Meinst du das so? Ja, so und ganz anders. Und überhaupt: Wie du jetzt immer lachst, anders als früher, als sei etwas vorbei.
Aber warum davon erzählen. Du weißt es ja doch. Es gibt keine Not, keinen Grund, etwas zu sagen. Keine Geschichte erzählt sich im Dauern, und jede Geschichte ist so: vorbei.

Davon habe ich dir einmal geschrieben, damals im Dezember, es war noch das Alte Jahr, jetzt fällt es mir ein. Das Wetter war rauher geworden zwischen den Jahren, der Himmel über der Stadt eine stürmische Ballung von Grau. Du wolltest kommen, bald, sobald es nur ginge, sagtest du abends am Telefon. Aber es würde wohl Januar werden, und dann auch nur kurz, zwei Tage, nicht mehr. Das dachte ich mir, sagte ich und bemühte mich, heiter zu klingen. Mir macht es nichts aus, dieses Warten, wir haben doch Zeit. Etwa nicht? Aber ja, so viel Zeit. Deine Stimme war harsch, als du das sagtest. Wir verabredeten, am nächsten Tag wieder zu telefonieren. Paß auf dich auf, batest du mich, und das nicht zum ersten Mal. Ich nickte, dann legten wir auf. Ich weiß noch, das Zimmer war leer wie immer, wenn deine Stimme so plötzlich verschwand. Ich nahm meine Jacke und lief ein paar Schritte. Regen sprühte durch die Luft, also zog ich nur eine Schachtel Zigaretten aus dem Automaten, kehrte um und begann dir zu schreiben. Ein langer Brief, ich weiß noch, ich schrieb ihn gleich in die Maschine hinein. Es fiel mir schwer, Zeichen zu setzen, aber schließlich tat ich es doch. Du solltest verstehen. Ich wollte, daß diese Gegenwart endlich verging. Alles sollte vergehen und aufhören und erst später, viel später, wieder wichtig werden, als etwas, das war.

Irgendwann wird es Vergangenheit geben, eine Geschichte, die mit der kühlen Überlegenheit des Imperfekts erzählt werden kann. Es war einmal. Es ist gewesen. Solange aber alles anhält, wird kein Wissen kommen. Solange halten wir aus.

So schrieb ich es dir, und so war es auch.

JAN WOLLTE AM ZWÖLFTEN DEZEMBER kommen, dieses Mal wirklich, ohne weiteren Aufschub. Ein Freitag, hatte Elisabeth gleich im Terminkalender gesehen, wahrscheinlich mausgrau und waschwarm, so war der Dezember in diesem Jahr, eine müde Angelegenheit. Beim Telefonieren hatte sie lustlose, dicke Striche mit dem Füller an den Rand der Kalenderseite gemalt und sich bemüht, höflich in den Hörer hineinzusprechen; sonst nuschelte sie meist schief an der Muschel vorbei, eine schlechte Angewohnheit, als wolle sie gar nicht verstanden werden, hatte Judith einmal behauptet.

Viertel vor vier, hatte Jan gesagt, Hauptbahnhof, ist dir das recht? Ja, sicher, kein Problem, hatte Elisabeth erwidert. Die helle grüne Jacke, das bin ich. Wir werden uns schon finden, hatte Jan gemeint. Also bis dann.

Ein seltsam leises Lachen, aber sie lachte offenbar viel.

Beim Auflegen hatte Elisabeth mit ihrer sorgfältigen Schrift im Terminkalender notiert: 15.45 Hbf, Jan. Das Bedürfnis, die Notiz mit einem mahnenden Ausrufezeichen zu versehen, war von irgendwoher gekommen, dumm, sie hatte es unterdrückt. Dennoch hatte sie das Gefühl gehabt, daß durchaus die Gefahr bestand, Jan zu vergessen. Denkst du dran? hatte sie Judith durch die offene Flügeltür gefragt.

Aber ja. Natürlich.

Ein leichter, sehr selbstverständlicher Tonfall, der Elisabeth irgendwie, sie hatte nicht sagen können wie, beruhigt hatte. Mach dir keine Gedanken, wir kriegen das schon hin. Wahrscheinlich ist sie ganz nett.

Die Woche war schnell gegangen, voller Arbeit und Regen und frühem Schlaf. Das Wetter war trübe geblieben, zu warm für diese Zeit, kein Winterwetter, das fanden alle. Der Himmel hing wie ein verwaschenes Laken herab, das in der stehenden Luft keine Falten schlug, und selbst der Regen schlich nur dahin, zu fein, um zu fallen. Auch der Wind, der in der Nacht zum Freitag aufgekommen war, in rasch anschwellenden Böen, hatte sich gegen Morgen wieder gelegt. Gegen viertel vor sechs war Judiths Wecker gegangen, mehrmals kurz hintereinander, ohne daß Judith sich geregt hatte. Elisabeth hatte sie leicht an den Arm gefaßt, Süße, wach auf, du mußt. Mit gepreßten Flüchen war Judith hochgefahren und eine Weile dumm vor Müdigkeit durchs dunkle Zimmer gelaufen, ehe sie ins Bad gegangen war. Elisabeth hatte sich gleich wieder auf den Bauch gedreht und die Augen geschlossen, aber sie war fahrig geblieben, wach und müde zugleich. Soll ich dir Kaffee machen? hatte sie Judith noch hinterhergerufen, aber sie hatte verneint, laß mal, schlaf lieber weiter.

Schon in der Nacht hatte Elisabeth unruhig geschlafen, einen kurzatmigen Schlaf, als hätte sie immer wieder an die Oberfläche gemußt, um zu Luft zu kommen. Judith und sie waren früh ins Bett gegangen, bereits gegen zehn. Nur kurz hatten sie noch einmal über Jan gesprochen. Sie käme dann ja wohl, hatte Judith gemeint, schließlich habe sie sich nicht mehr gemeldet. Oder habe sie etwa einen unzuverlässigen Eindruck gemacht? Elisabeth hatte die Schultern gehoben, keine Ahnung, wir werden ja sehen. Judith hatte nicht weiter gefragt. Elisabeth hatte noch eine Weile gelesen, nicht lange, nur so, daß sie über dem Buch hatte müde werden können. Ein dümmliches Buch, hatte sie gleich gefunden, einer von diesen Krimis, in denen der Mörder schon auf den ersten Seiten seine Spuren ausstreute, als sei er nur darauf aus, dem Autor keine Sorgen zu bereiten. Ein Buch, das in seiner Glätte mehr Ärger brachte, als es nahm. Nach ein paar Absätzen hatte sie es nachlässig über den Bettrand geschoben und zufrieden gehört, wie es auf den Parkettboden gefallen war. Im Halbschlaf hatte sie überlegt, ob es nicht möglich war, eine Geschichte voller Unberechenbarkeiten zu erzählen, eine, die nicht erfüllte, was sie versprach. Die Aussicht, eine solche Geschichte irgendwann, bald, erfinden zu können, hatte sie angenehm träge gemacht, als sei sie nun, da sie wußte, was zu tun war, von den Belästigungen des Buches befreit. Dennoch war sie nicht sofort eingeschlafen. Immer wieder hatte sie auf die Bewegungen des Windes gehorcht, der in ruppigen Böen durch die Bäume gegangen war, abschwellend, dann wieder heftiger. Aus dem Hof war das helle, unrhythmische Reißen einer im Wind schlagenden Plastikplane heraufgekommen. In der Dunkelheit hatten die Geräusche überzogen geklungen, wie dramatisiert, aber sie war schon zu müde gewesen, um noch einmal aufzustehen und die Fensterklappe zu schließen.

Jetzt lag der Hof wieder still. Von weitem war der dünn fließende Motorenlärm der Straße zu hören, die hinter den Häuserblocks verlief, kaum mehr als ein Murmeln. Aus dem Bad kam das Geräusch des laufenden Wasserstrahls; wie jeden Morgen hatte Judith beim Duschen die Tür offengelassen, um den Kater nicht zu verärgern. Elisabeth legte sich auf die Seite, bemüht, das Gefühl zu genießen, um diese Zeit niemandem verpflichtet zu sein. Alles war leise und weit weg, ohne Bezüge zu ihr. Sie schloß die Augen, aber der taumelnde Zustand blieb aus, in dem sie sonst oft die Viertelstunde vorm Aufstehen dalag, irgendwo an den Rändern, zwischen Nacht und Tag. Kurz darauf waren Judiths Schritte auf den ausgetretenen Bodendielen zu hören, dazwischen die lauten, quengelnden Schreie des Katers, der aufgeregt hinter ihr herlief. Psst, Dicker, nicht so laut, Elisabeth schläft noch, ermahnte Judith ihn mit gesenkter Stimme, aber er schrie unbekümmert weiter, lauter sogar als zuvor. Einen Moment überlegte sie, empört die Tür aufzureißen und ihn anzufahren, doch dann erinnerte sie sich, daß sie beschlossen hatte, freundlicher mit ihm zu werden. In der Absicht, mit dieser neuen Freundlichkeit über sein terroristisches Lärmen hinwegzuhören, wurde sie vollends wach. Sie setzte sich auf und wollte gerade das Licht einschalten, als Judith ins Zimmer kam, bereits in der Jacke.

Du bist wach? Schlecht geschlafen?

Nicht besonders gut, nein.

Hat der Dicke dich etwa wieder gestört?

Sie stieß den Kater, der durch die angelehnte Tür gekommen war, leicht mit dem Fuß in die Seite. Nicht so schlimm, erwiderte Elisabeth. Ich will sowieso aufstehen. Judith beugte sich zu ihr hinunter und küßte sie kurz. Ich muß los, Süße. Bin schon wieder zu spät dran. Auf jeden Fall werde ich zusehen, einigermaßen pünktlich wegzukommen, damit wir Jan mit dem Auto abholen können. Aber du kennst den Laden ja, versprechen kann ich es nicht.

Elisabeth nickte. Seit gestern hatte sie nicht mehr an Jan gedacht, sie aber auch nicht vergessen. Etwas dazwischen. Ein Wissen und Nicht-wissen-Wollen. Eine klamme Erinnerung, die sich mehr im Körper bewegt hatte, nicht im Kopf.

Ich weiß, sagte sie. Hetz dich nicht ab, ich kann auch die S-Bahn nehmen.

Ja, ich beeil mich, rief Judith noch einmal durch den Flur, als hätte sie nicht gehört.

Elisabeth wartete, bis die Wohnungstür schlug. Dann schaltete sie die kleine Klemmlampe im Regal ein und stand auf. Die Zimmerluft war drückend, voll Schweiß und Schlaf. Dennoch fröstelte sie, als sie barfüßig über die blanken Holzdielen zum Fenster lief. Sie drehte den Heizkörper an und suchte die Norwegersocken zwischen den Kleidungsstücken hervor, die auf dem Stuhl lagen. Ein dünn geflocktes Grau war schon in den Wolkenfilz geflossen. Sie mochte die kriechenden Winterdämmerungen, in denen der Tag gemächlich gleitend auftauchte, nicht aggressiv wie im Sommer, wenn früh morgens eine reißende Helligkeit ins Zimmer brach und nach Aktivität und Heiterkeit verlangte. Zufrieden lehnte sie sich an die warmwerdenden Rippen der Heizung und sah in den Hof. Ein feiner, weichlicher Regen fiel, der sich kaum merklich auf die Scheibe setzte. Die Luft roch feucht, nach moderndem Laub und auf dem Pflaster stehenden Pfützen. Gegenüber hantierte eine Frau im Bademantel in einer hellerleuchteten Küche. Ein Auto rollte mit mattem Scheinwerferlicht aus einem der Schuppen und verschwand in der Ausfahrt.

Sie drückte die klemmende Fensterklappe zu, entschlossen, auf den üblichen Ärger über die immer wieder verschobenen Wohnungsreparaturen zu verzichten. Es blieb ja kaum Zeit, seit sie beide den ganzen Tag arbeiteten. Judith war meist über neun Stunden aus dem Haus, und sie selbst arbeitete am Schreibtisch ebenso viel, oft sogar mehr. Als sie an ihre Arbeit dachte, fühlte sie sich sofort leicht und erfrischt. Der Tag war wie gemacht für leise, vertraute Gewohnheiten. Ein Tag, den man am besten in freundlicher Distanz am Schreibtisch verbrachte, bei Lampenlicht, mit einem lose um den Hals gelegten Schal. Daß Jan heute kam, war zweifellos ein Irrtum. Verabredet zwar und nun nicht mehr rückgängig zu machen, aber doch unpassend. Wie ein zu enges Kleidungsstück, in das sie sich gequält lächelnd hineinzwang.

Ja, es paßt. Wunderbar.

Ähnlich unglaubwürdig mußte ihre Stimme am Telefon geklungen haben, als sie es Jan versichert hatte. Höflich, aber verhalten. Möglich, daß Jan ihren Mißmut gehört hatte. Das leise Bleib-mir-vom-Leibe. Aber selbst wenn es ihr aufgefallen sein sollte, so war es egal. Schließlich kannten sie sich nicht, es gab also auch keinerlei Verpflichtungen. Erst recht nicht die, einander zu mögen.

Sie sah zu Judiths Radiowecker herüber, fast sieben, kein ganzer Arbeitstag mehr, bis sie zu Jans Empfang auf dem Hauptbahnhof antreten mußte, in der hellen grünen Jacke, das durfte sie nicht vergessen und irrtümlich die Lederjacke anziehen. Hallo, ich bin es, würde sie dazu wohl sagen müssen. Und Jan würde wieder lachen, leise, wie schon am Telefon.

Ach, du also.

Fahrig begann sie, eine Hose von Judith zusammenzufalten, die über den Sessel am Fenster geworfen war. Darunter lagen weitere Hosen, Pullover und Hemden, all die Kleidungsstücke, die sie im Laufe der Woche getragen und nicht weggeräumt hatten. Sie schnippte ein paar Katzenhaare von ihrer dunklen Cordhose auf dem Boden. Nachher mußte sie ohnehin putzen, saugen, wischen, aufräumen. Wenn sie auch sonst zu nichts verpflichtet war, so blieben doch die mit Jans Besuch zwangsläufig kommenden Verpflichtungen zur Gastfreundlichkeit bestehen. Eine Freundlichkeit, die sich zumindest auf den Zustand der Wohnung erstrecken mußte. Sie schaltete die Stehlampe ein und sah sich um. In die Parkettritzen hatten sich feine, aber doch sichtbare Staubfäden gesetzt. Auch die schwarzgestrichenen Regale waren staubgrau. Auf Judiths Schreibtisch lagen Zettel, Bücher und Stifte wirr durcheinander, als hätte sie gerade gestern noch an einer wichtigen Ausarbeitung gesessen. Dabei hatte sie dort schon seit Wochen nicht mehr gearbeitet. Judiths Schlampereien waren unerhört, fast beneidenswert. Ihr eigenes Zimmer wirkte dagegen geradezu zwanghaft ordentlich. Eine penibel eingerichtete, symmetrisch gegliederte Landschaft, in der alles zweckmäßig zueinander in Beziehung gesetzt war. Obwohl sie gern Ordnung schuf, ohne den Widerwillen, den Judith dabei empfang, kam ihr die Vorstellung, nachher mit Staubsauger und Putzlappen durch die Zimmer gehen zu müssen und nicht nur ihren eigenen, sondern auch Judiths Dreck zu beseitigen, wie eine Zumutung vor, lästig und zeitraubend, wo ohnehin schon nicht genügend Zeit für die Schreibtischarbeit blieb. Vielleicht war es möglich, Jan mit dem Hinweis auf dringend zu erledigende Terminarbeiten zwischen Staubflocken, Katzenhaaren und ungespültem Geschirr zu empfangen. Oder aber zu sagen: meine Freundin ist eine Schlampe, und ich lasse alles zu Demonstrationszwecken liegen. Ein Gedanke, der sie in seiner Grobheit zugleich befremdete und amüsierte. Sicherlich war Jan eine noch peniblere Hausfrau als sie selbst; immerhin war sie um einiges älter, Mitte vierzig, meinte sie sich zu erinnern, und damit an Ordnung gewöhnt. Aber wahrscheinlich gab sie sich gerade deshalb für Banalitäten wie Staub und Unordnung gar nicht mehr her.

Müßig, darüber zu spekulieren. Jan war irgendwie oder auch anders. Sie hatte nicht vor, sich den ganzen Vormittag mit diesem Möglichen oder Unmöglichen, das Jan war, zu befassen. Entgegen ihren Gewohnheiten legte sie sich wieder ins Bett. Unter der Decke spürte sie ihre Körperwärme, ein weiches, kriechendes Gefühl, das zu genießen war. Kurz überlegte sie, in dem Krimi weiterzulesen und damit die Zeit bis zu Jans Ankunft fahrlässig faul zu verdösen, aber als sie sich an den geheimnislosen Gang der Handlung erinnerte, verlor dieser Gedanke sofort seinen Reiz. Es gelang ihr ohnehin nur mit größter Willensanstrengung, bis in den Mittag hinein untätig im Bett zu liegen. Obwohl es für sie keinerlei Verpflichtungen gab, frühmorgens mit der Arbeit zu beginnen, tat sie es ohne Mühe, meist sogar freudig, mit Lust. Schließlich war sie alt genug, sich selbst zu verpflichten, hatte sie hin und wieder ungehalten gesagt, wenn andere sie bewundernd auf ihre Disziplin angesprochen hatten. Die grausam faulen Jahre waren vorbei. Sie arbeitete gern. Die Arbeit als Korrektorin, mit der sie schon während ihrer Studentinnenzeit sporadisch begonnen hatte, damals als Aushilfe in einem kleinen Verlag, tat sie zwar, um Geld zu verdienen, aber auch sie war mehr als eine lästige Pflicht. Mehr als etwas, das die Gegebenheiten ihr diktiert hatten. Die eingehenden Korrekturarbeiten erledigte sie zügig und genau. Selbst wenn sie gelegentlich darunter litt, daß die wachsende Zahl von Aufträgen ihr immer weniger Zeit ließen für ihre eigene Arbeit, kam sie mit dem Buch, an dem sie seit einem halben Jahr schrieb, gut voran. Die Arbeit daran ein äußerster Genuß. Sie fühlte sich nicht wie alle anderen befreit, wenn sie untätig war. Eher wurde sie nervös, von einer unangenehm leeren Unruhe befallen, so daß die Pausen, zu denen sie sich gelegentlich zwang, zwar Judith befriedigten, nicht aber sie selbst. Ein Zustand, der sie im Grunde nicht störte. Sie lebte leicht darin, bequem und zufrieden. Auch wenn es für andere so schien, als leiste sie ihr Leben mit rigider Strenge ab, in gewissenhafter Erfüllung einer unerbittlich auferlegten Pflicht. So war es nicht.

Sie schlug die Decke zurück und stand auf.

Die Küche war unaufgeräumt und dunkel. Elisabeth machte Licht, aber die Atmosphäre blieb unfreundlich, nicht zum Verweilen gedacht. Sie beschloß, erst später zu frühstücken. Obwohl der Kaffeerest, den Judith in der Glaskanne hatte stehenlassen, noch warm war, schüttete sie ihn in den Ausguß und füllte frisches Wasser in die Kaffeemaschine. Ein angenehm würziger Geruch verbreitete sich in der Küche, als sie die Dose mit Kaffeepulver öffnete. Nachlässig zählte sie die Hütchen ins Filterpapier. Mit einem munter klingenden Geräusch begann die Maschine, stoßweise das Wasser in den Filter zu spucken. Bevor sie ins Bad ging, sah sie noch schnell auf dem Küchentisch nach, ob Judith ihr eine Notiz hinterlassen hatte, doch der kleine Schreibblock, auf dem Judith morgens oft kurze Mitteilungen über dringend zu erledigende Einkäufe oder noch offene Verabredungen hinterließ, war leer. Obwohl sie es nicht anders erwartet hatte, fühlte sie eine weiche, grundlose Enttäuschung. *Schreib mir mal wieder was, Süße!* notierte sie in einer schiefen Linie auf dem Block. Noch während sie schrieb, kam ihr der Satz unangenehm plärrend vor, so wehleidig, als würde sie ohne ein morgendliches Zeichen von Judith den Tag über nichts weiter tun, als unglücklich ihre Rückkehr zu erwarten. Dabei war sie immer häufiger dazu imstande, Judith im Laufe des Tages so vollständig zu vergessen, daß es ihr Mühe bereitete, sie abends aufmerksam und liebevoll zu empfangen. Sie riß den Zettel vom Block und warf ihn in den Mülleimer.

Im Badezimmer beeilte sie sich. Nachher würde sie ein Bad nehmen, irgendwann, nicht jetzt. Der Aufschub auf später erhöhte den Genuß, den sie dabei empfand. Sie überlegte, was heute an Arbeit zu tun war, nicht viel, aber doch so, daß sie einen milden, grübelnden Reiz verspürte. Aus der Küche kam das gurgelnde Geräusch der laufenden Kaffeemaschine. Die Aussicht, gleich mit einem starken Kaffee am Schreibtisch sitzen und die Papiere ausbreiten zu können, schien ihr verlockend, wie ein Geschenk. Vor dem Spiegel im Flur zog sie ein schwarzes Hemd an, darüber den schwarzen, grobmaschigen Pullover, den Judiths Mutter gestrickt hatte und den sie nun ohne ihr Wissen beide trugen, im konspirativen Wechsel. Judiths Mutter, die ihren Umzug in die gemeinsame Wohnung eher skeptisch verfolgt hatte, war nach wie vor um Judiths Eigentum besorgt, nicht wissend, daß Judith und Elisabeth alles teilten, was es zu teilen gab. Wozu sie mit unnötigem Wissen belasten, hatte Judith oft gemeint und sich laut ihr Entsetzen vorgestellt.

Schrecklich. Sie würde es nicht verkraften.

Während sie die schwarze Bundfaltenhose anzog, überlegte

sie, ob Judiths Mutter wirklich schockiert wäre, wenn sie erführe, daß Elisabeth nicht nur irgendeine beliebige Freundin, sondern Judiths Geliebte war. Ihre Lebensgefährtin. Partnerin. Was immer man dazu sagen mochte. Die Sprache sah ja nicht einmal eine Bezeichnung für eine solche Beziehung vor, und etwas Unbenennbares barg immer einen beunruhigenden Kern. So daß auch Judiths Mutter zweifellos entsetzt wäre. Aber vielleicht wäre es nur der jahrhundertealte Schrecken aller Mütter, die ihre Kinder mit einem Menschen gehenlassen mußten, den sie zu dick oder zu frech, zu alt oder zu arm, auf jeden Fall unpassend fanden. Ein Hände-über-dem-Kopf-Zusammenschlagen, ja, aber nicht unbedingt das Entsetzen, das Judith meinte und das allein darin lag, daß Elisabeth eine Frau war. Wahrscheinlich würde Judiths Mutter sie lediglich prüfend ansehen und sie für zu dünn befinden. Zu bleich. Mädchen, iß mal ordentlich, würde sie vielleicht sagen und dann eine herzhafte Mahlzeit bereiten. Anschließend würde spazieren gegangen werden.

Sie steckte das Hemd in die Hose. Ganz in Schwarz gekleidet wirkte ihre Gestalt im Spiegel noch magerer und blasser als sonst. Auch ihre kurzgeschnittenen Haare, die wie jeden Morgen in Büscheln vom Kopf abstanden, sahen seltsam flüchtig und durchscheinend aus. Nicht schön, aber schließlich kam niemand, um sie zu betrachten. Judiths Mutter würde sie, wenn überhaupt, erst in ein paar Wochen besuchen, wenn es Judiths Vater wieder besser ginge und sie nicht mehr jede freie Minute mit seiner Pflege verbrächte. Und arbeiten konnte sie ebensogut in dürftigen Körperzuständen, ungewaschen, mit fettigem Haar, sogar im Bademantel, wenn ihr danach war. Bei ihrer Art Arbeit bedurfte es keinerlei Anstrengung, täglich die Spuren von Unlust und Muffigkeit zu entfernen. Eine Freiheit, die sie immer wieder genoß, wenn sie Judith bei ihren morgendlichen Bemühungen um Zugänglichkeit sah. Dennoch hatte sie das unbehagliche Gefühl, sich diese Schlampigkeiten nicht leisten zu können. Nicht heute. Im Bad hielt sie den Kopf unter den laufenden Wasserhahn und wusch sich das Haar. Naß kam es ihr noch befremdlicher vor. Sorgfältig rieb sie es trocken und ging mit dem Kamm hindurch, wieder in dem Gefühl, sich möglichst vorteilhaft präsentieren zu müssen. Dabei lagen noch Stunden dazwischen, ehe sie sich von Jan auf dem Hauptbahnhof begutachten lassen würde. Die Annahme, Jans Enttäuschung mit gewaschenen Haaren oder einem sauberen Hemd mildern zu können, war ohnehin lächerlich genug. Natürlich hatte Jan aus den spärlichen Informationen längst ein anderes Bild von ihr zusammengesetzt; selbst wenn ihr dafür nur eine grüne Jacke, ein in Arbeit befindliches Buch, eine Freundin und eine Altersangabe von Anfang dreißig zur Verfügung standen. Ein schiefes Bild also. Sie dachte an die Mühe, die es kosten würde, diesem Bild zu entsprechen oder es zu korrigieren. An den nicht zu kaschierenden Riß, der bereits beim ersten Blick das Wirkliche schamlos vom Erwarteten entfernte.

Ach, du also.

Wahrscheinlich würde Jan dabei sogar ihr Lachen einstellen. Eine peinliche Stille in ihrem Gesicht: Ach.

So daß sie sich wohl besser darauf einrichtete, das Lachen selbst zu übernehmen.

Sie probierte ein souveränes, leicht in den Mundwinkeln sitzendes Lächeln in den Spiegel hinein, aber im Neonlicht der Stablampe wirkte es verkrampft, eine kalte Grimasse. Klein und kurzsichtig standen ihre Augen hinter den Brillengläsern. Keine Augen, vor denen es sich in acht zu nehmen lohnte; niemand würde damit rechnen, daß sie genau hinsahen. Auch ihre Arme hingen wie ausgerenkt vom Körper herab, seltsam kraftlos und dünn. Obwohl sie sich niemals besser gefühlt hatte als jetzt. Selbst Judith hatte neulich spät abends im Bett gesagt: Gut siehst du aus, Süße. Ein bißchen mager, aber du arbeitest einfach zuviel. Wortlos hatten sie sich umarmt, wie Komplizinnen. Der Verdacht, daß Judith nicht sorgfältig hingesehen hatte, war zwar von irgendwoher gekommen, aber nur dunkel, nicht wichtig.

Ja, mir geht es gut, hatte Elisabeth nach einer Weile gesagt. Mit dir geht es mir gut.

Ein wenig schreiben, dachte sie, als sie ins Arbeitszimmer ging, jetzt, solange draußen noch alles dunkel und undeutlich war und Jan nicht einmal auf dem Weg. Eine Handvoll weicher und fließender Sätze, leicht aufs Papier geworfen. Sie schlug das Manuskriptbuch auf, lehnte sich aber wie jeden Morgen noch einen Moment im Stuhl zurück, die Stille genießend, in der die Wohnung lag. Der Kater hatte sich auf dem Korbsessel zusammengerollt und schlief; Stinksocke, hatte sie vorhin im Vorbeigehen zu ihm gesagt, aber eher aus pädagogischem Pflichtgefühl heraus und im Grunde schon wieder zärtlich, wie eine Liebkosung. Der Raum war licht und freundlich, eine Wohltat, nachdem sie noch vor ein paar Wochen hinten in dem kleinen Zimmer gearbeitet hatte, zwischen kaum zwei Meter voneinander entfernten Wänden; eine Zelle, in der ihr nun Grausamkeiten eingefallen waren, furchtbare Sätze, aus furchtbaren Gedanken gemacht.

Jetzt ging alles gut.

Besser als alles, was bisher da war, bin ich jetzt, schrieb sie auf eine leere Seite des Buches. Der Satz war plötzlich gekommen, so unerwartet, wie ihr die Sprache manchmal aus dem Kopf in die Hand fuhr, ganz ohne Bedacht. Als sie ihn noch einmal las, kam er ihr jedoch zweifelhaft vor, in seiner Absolutheit nicht angemessen. Sie strich ihn durch. Während sie nach einer anderen Formulierung suchte, die dieses leichte Gefühl transportieren konnte, erschienen ihr alle denkbaren Sätze heuchlerisch, voller unzulässiger Vergröberungen, als wollten sie einen Sinn vortäuschen, der nicht mehr als eine hehre Absicht war. So, wie sie damals, im Herbst der Atomraketenstationierung, den Satz *Wir machen weiter* auf Flugblättern wie eine Tatsache verbreitet hatten, obwohl er nur ein kümmerlicher Wunsch gewesen war, nicht einmal eine Hoffnung.

Damals.

Eine Zeit trauriger Kämpfe.

Aber immerhin hatte sie gekämpft. Sie legte den Füller beiseite und nahm einen Schluck Kaffee. Der Regen war noch immer lautlos und leicht, aber schon dichter geworden. Mit einem leise ziehenden Geräusch rollten die Autoreifen unten auf der

Straße über den nassen Asphalt. Langsam kam jetzt die Helligkeit hinter den Häusern hervor, ein unfarbener Strich, nicht mehr.

Bis um zehn hatte bereits zweimal das Telefon geklingelt, aber es waren nur kurze Gespräche gewesen, Absprachen mit dem Verlag, der neue Satzfahnen schickte, keine Störung. Ein Kurier war gekommen und hatte einen Umschlag abgegeben. Elisabeth hatte ihn ungeöffnet beiseite gelegt und sich wieder auf das neue Kapitel konzentriert, aber schon nach wenigen Sätzen hatte sie sich dumpf und müde gefühlt, abgeschnitten von allem, auch von der Sprache. Sperrig bewegten sich die Wörter über das Papier, so hart, daß man sich beim Lesen daran wundstieß. Immer wieder kam ihr Jan in den Kopf, all das, was noch getan werden mußte. Die Blumen mußten gegossen werden, dringend. Das Bett beziehen, hinten im kleinen Zimmer, für Jan. Nicht vergessen, das Katzenklo sauberzumachen, das in der Ecke im Flur ekelerregende Gerüche verbreitete. Imme anrufen, bevor sie in die Mittagspause ging.
Sie lehnte sich im Stuhl zurück und horchte auf die anschwellenden Stimmen, die gerade auf der Straße zu streiten begonnen hatten. Zwei Männer, deren Pöbeleien sich offenbar an einem Parkplatz entzündeten. Idiot, schrie jemand. Sofort stand sie auf. Vom Fenster aus beobachtete sie, wie einer der Männer ausstieg und die Arme in die Hüften stemmte, während der andere anhaltend hupte. Sie stritten erbittert, als ginge es ums Überleben. Sie fühlte eine leichte Welle von Ekel. Dennoch sah sie konzentriert zu, als ginge es dabei um sie. Auch im gegenüberliegenden Haus waren Gardinen zurückgeschoben worden. Die alten Eheleute, die im ersten Stock wohnten und im Sommer auf dem Balkon Abend für Abend Mensch-ärgere-dich-nicht spielten, hatten das Fenster geöffnet und die Ellenbogen auf ein Kissen gestützt. Schon seit längerem verbrachte Elisabeth ihre Arbeitspausen immer häufiger damit, ihre Tagesabläufe so genau wie möglich zu studieren. Die Ereignislosigkeit, in der sie lebten, ließ auf einen großen Vorrat an Lebendigkeit schließen, den sie im Laufe der Jahre

zusammengetragen hatten und von dem sie nun friedlich zehren konnten. Eine Art, alt zu sein, dachte sie auch jetzt wieder. Obwohl die nachbarschaftlichen Beziehungen in dieser Gegend ausschließlich voyeuristischer Art waren, wünschte sie sich plötzlich, mit ihnen bekannt zu sein und ihnen freundlich zuwinken zu können. Im selben Moment nahm die alte Frau das Kissen von der Fensterbank und schloß das Fenster. Kurz darauf brachen die rüpelhaften Beschimpfungen auf der Straße ab. Schweigend stiegen die Männer in ihre Autos und fuhren in entgegengesetzte Richtungen davon.

Sie stützte sich auf die Fensterbank. Unglaublich, daß Jans Besuch bereits jetzt, Stunden vorher, Löcher in ihre Abläufe riß. Eine unangemessene Irritation, zu heftig für diesen läppischen Anlaß. Jan war ein Irrtum, keine Frage. Dennoch war es möglich, Irrtümer kühl lächelnd zu absolvieren oder sie nicht einmal als Irrtümer wahrzunehmen. Daß sie statt dessen nur mürrisch die Zeit abzusitzen verstand, war ausschließlich ihr selbst zuzuschreiben. Was für ein engstirniges, kleingeistiges Arbeitstier sie geworden war, sich immer gleichmäßig im Kreise drehend und bei der kleinsten Unebenheit stolpernd. So daß ihre Lust, Jan zu beschuldigen, lächerlich war. Schließlich hatte sie diese Verabredung arrangiert; keine Rede davon, daß Jan versucht hätte, sich aufzudrängen. Sie hatte die Einladung nach Hamburg sogar mehrfach und mit immer mehr Nachdruck in ihren Briefen wiederholen müssen, ehe Jan angerufen und gesagt hatte: ich komme.

Jan war eher zurückhaltend als zudringlich. Unnahbar, hatte Elisabeth nach dem Telefongespräch mit ihr gedacht, auch wenn sie offen und leicht geklungen hatte. Die Grenzen wahrend, die zwischen ihnen lagen. Keine Fragen, die eine Gier nach unnötigen Informationen verrieten. Nur das Notwendigste. Eine grüne Jacke war ihr bereits genug. Nicht einmal Judith hatte ihre Aufmerksamkeit erregt, als Elisabeth beiläufig gesagt hatte: Meine Freundin Judith. Wir wohnen zusammen. Als interessiere sie sich nicht für derartige Besitzverhältnisse. Andererseits: Warum sollte sie sich interessieren. Die Verbindung zwischen ihnen war ausschließlich eine

Arbeitsbeziehung, in deren brieflichen Verlauf die Idee entstanden war, einander kennenzulernen, irgendwann einmal, wenn sich eine Gelegenheit böte. Nachdem Jan ihr aber bei der Entwicklung einiger Kapitel ihres Buches so sehr geholfen hatte, hatte Elisabeth sich schnell verpflichtet gefühlt, diese Gelegenheit zu schaffen. Verpflichtet dazu, etwas zu tun, während es vorher Jan gewesen war, die etwas getan hatte.

Sie setzte sich an den Schreibtisch zurück und schenkte Kaffee nach. Auch den obligatorischen Stadtrundgang würde sie wohl mit Jan unternehmen müssen. Mit ihr Hafen, Michel, Alster und Jungfernstieg ablaufen und in ihr Staunen hinein kompetente Kommentare plazieren, während der Regen ihnen bereits in den Nacken lief. Und abends dann in den Sub, selbst wenn es nichts Armseligeres gab als das. Lustlos betrachtete sie die ziehenden Regenfäden vorm Fenster. Ein heißes Wochenende im Sommer war zweifellos weitaus angemessener für eine derartige Begegnung. Sie könnten den Abend in einem Café auf der Straße sitzend verbringen und zusehen, wie andere Menschen miteinander sprachen. Vor lauter Staub und Hitze würden sie nicht einmal dazu kommen, verlegen zu sein. Tagsüber würden sie an die Nordsee fahren und auch dort friedlich vor sich hinschwitzen. Die Sprache schonen, wie es nur im Sommer möglich war.

Sie stand auf und nahm den Ordner aus dem Regal, in dem sie Jans Briefe abgeheftet hatte. Der erste war vor etwa einem halben Jahr gekommen, im Juni. Sehr kurz, sehr sachlich. Über Lisa hatte sie auf einer Tagung in Köln erfahren, daß Elisabeth am selben Thema arbeitete wie sie selbst, wenn auch auf andere Weise. Elisabeth schreibend, Jan als Therapeutin in einer Klinik. Elisabeth war zunächst skeptisch gewesen. Sie hatte an einen zweifelhaften, psychologisierenden Zugang gedacht, an verschraubte und schwammige Begriffe, mit denen Zusammenhänge, statt sie zu erhellen, eher verschleiert wurden. Trotzdem hatte sie Jan geantwortet und sich fast euphorisch für ihr Angebot bedankt. Gleich im nächsten Brief hatte sie mit der Bitte um Kommentierung ihr Konzept mitgeschickt. Was hältst du davon? Als sei ihr Jans Meinung wichtig gewesen, wichtiger als die anderer Menschen. Die Dringlichkeit ihrer Briefe befremdete sie, als sie in den abgehefteten Durchschlägen blätterte. *Ich hoffe sehr, bald von Dir zu hören. Alles Liebe für Dich,* hatte sie tatsächlich geschrieben. Damals war Jan ihr offenbar nicht lästig gewesen. Etwas an ihr hatte sie wohl interessiert. Vielleicht, daß sie klüger schien, hellhöriger, weniger satt. Frei von dem Machtgebaren, mit dem viele der therapeutisch Tätigen ihr Herrschaftswissen einsetzten wie Waffen. Natürlich auch, daß sie lesbisch war und sofort das überschwengliche Gefühl gegenseitiger Solidarität entstanden war, absurd, denn selbst wenn die Gesellschaft dafür sorgte, daß sie wie eine Herde zusammengetrieben standen, war es keinesfalls so, daß allein eine gleiche sexuelle Orientierung genügte, um sich füreinander zu interessieren. Dennoch mußte irgend etwas ein zartes, freundliches Gefühl für Jan in ihr geweckt haben. Auch wenn ihr entfallen war, woher es gekommen sein mochte. Nachher, auf dem Bahnhof, würde sie sich vielleicht daran erinnern.

Ach, du also.

Schließlich hatte auch sie ein Recht auf diesen Satz.

Als gegen zwölf das Telefon klingelte, hatte Elisabeth die Korrekturarbeiten fast vollständig erledigt. Sie hatte zügig gearbeitet und keine Pause gemacht. Das Korrigieren war ihr wie eine Erlösung erschienen; eine Arbeit, die sie auch in schlechter Verfassung noch zuverlässig erledigen konnte und die genau jetzt gelegen gekommen war. Als sie die Papierstöße auf dem Schreibtisch ausgebreitet hatte, hatte sie sofort die wohltuende, kühle Ruhe verspürt, die von den gleichmäßig fließenden, gerade auf das Papier gesetzten Zeilen ausging. Dankbar hatte sie zu lesen begonnen, Seite um Seite mit derselben stumpfsinnigen Konzentration, ein Lesen ohne Verstand, in dem nur die Augen tätig waren. Die Mechanik dieses Lesens, die ihr sonst blasphemisch vorkam, wie ein Vergehen am Text, war ihr in ihrer Leere beruhigend erschienen, ein gefühlloser Vorgang, der sich auf die Überprüfung eines genau umrissenen Regelwerkes beschränkte: falsch, richtig, nichts dazwischen.

Auch als sie ein paarmal im Duden nachgeschlagen hatte, hatte sie die Eindeutigkeit, mit der die zweifelhaft scheinenden Sachverhalte dort abgehandelt wurden, ermutigend empfunden. Sprache war schließlich ein Ordnungssystem, nicht dazu da, die Dinge zu verwirren. Daß sie Ordnungen lieber erhielt als zerstörte, mochte für manche beweisen, daß sie tatsächlich diese penible, kleingeistige Seele war, für die man sie wohl hielt. Dabei wirkten darin nur die Schäden der heillosen Unordnung nach, in der sie ihr bisheriges Leben verbracht hatte. Lange Jahre über kein Tag, der sich aus dem vorangegangenen ergeben hatte und einfach in Sicherheit zu verbringen gewesen war. Jeden Morgen die große grausame Unordnung eines ganzen offenen Lebens.

Mit einer nachlässigen Handbewegung setzte sie ein fehlendes Komma in den Text, ehe sie zum Hörer griff. Imme war dran, mit ihrer üblichen aufgeräumten Bürostimme. Hallo, na, wie sieht's aus? fragte sie frisch. Augenblicklich fühlte Elisabeth sich von ihrer Munterkeit angesteckt. Gut, wie immer, sagte sie und kicherte. Auch Imme kicherte grundlos. Nachher kommt doch diese Jan, aus Köln, stimmt's? fragte sie dann, wieder ernst.

Ja, stimmt, ich hole sie nachher vom Bahnhof ab. Falls Judith rechtzeitig hier ist, fahren wir mit dem Auto.

Und? Was hast du für ein Gefühl?

Eigentlich ganz gut. Ich denke schon, daß wir uns verstehen. Während sie sprach, suchte sie nach einem möglichst beiläufigen Tonfall, aber ihr Ärger darüber, daß auch Imme kein anderes Thema anzubieten hatte als Jan, war nicht zu vertuschen. Sie legte die Beine auf die Schreibtischplatte und griff nach einer Zigarette. Ich bin jedenfalls sehr gespannt, meinte Imme nach einer kurzen Pause. Ihre Stimme klang erwartungsvoll, fast fiebrig erregt. Aha, erwiderte Elisabeth. Immes Interesse an Jan kam ihr wie ein versteckter Angriff vor, als sei sie nur deshalb neugierig, um ihren eigenen Mangel an Neugier bloßzustellen. Du siehst sie ja am Sonnabend, fügte sie ungewollt grob hinzu. Gedulde dich also noch ein bißchen. Der Verdacht, übermäßig an Jan interessiert zu sein, war

Imme hörbar unangenehm. So dringend ist es nun auch wieder nicht, meinte sie. Ehe Elisabeth etwas Versöhnliches einfiel, sagte sie schon: Bleib eben mal dran, ich bin gleich wieder da. Sie legte den Hörer beiseite, fahrig wie immer im Büro, und antwortete irgend jemandem, der im Hintergrund mit knappen Sätzen sprach, als gäbe er Anweisungen und erwarte keinerlei Komplikationen. Eine klare, unmißverständliche Kommunikation: der eine sprach, die andere führte aus. Mit Jan würde es zäher zugehen. In der völligen Offenheit ihrer Begegnung müßten sie erst mühsam nach Haltungen suchen, sich einordnen, aufeinander beziehen. Fast neidisch horchte sie in den Hörer hinein, doch Imme war inzwischen aus dem Zimmer gegangen. Nur ein Radio war im Hintergrund noch zu hören. Ein Sprecher vermeldete gerade, daß sich der Verkehr auf allen Ausfallstraßen staute. Zwölf Uhr sieben, sagte schließlich eine freundliche Frauenstimme. Durch die offene Bürotür kam entferntes Gelächter. Sie fühlte sich plötzlich von Imme vernachlässigt, abgelegt wie eine Haltung, die nicht mehr opportun war. Sofort nahm sie sich vor, Imme nichts davon merken zu lassen. Sie nahm die Beine vom Schreibtisch und setzte sich aufrecht hin. Tatsächlich gelang ihr ein unbefangen nickender Tonfall, als Imme zum Telefon zurückkam und laut in den Hörer sagte: Da bin ich wieder. Dennoch klang sie müde, gleichgültiger als zuvor, als sie noch einmal fragte: Die Einladung am Sonnabend, bleibt es dabei? Natürlich, erwiderte Elisabeth. Sonja, Claudia und Inge kommen auch. Wie besprochen. Als sie an das gemeinsame Essen dachte, das schon seit längerem für dieses Wochenende geplant war, fühlte sie sich sofort leichter, als genüge allein die Aussicht auf Geselligkeit, um Jans Besuch das Drückende zu nehmen. Sie überlegte, Imme nochmals herzlich einzuladen, aber sie war längst weiter, erzählte von den Katzen, die wieder kränkelten, vom Besuch ihrer Mutter, vom gräßlichen Wetter, alles grau in grau und so warm. Aufmerksam hörte Elisabeth zu. Es war angenehm, Alltäglichkeiten erzählt zu bekommen, all das Banale, das nur in einer langjährigen Freundschaft sagbar war. Dennoch nutzte sie die Gelegenheit, als Imme eine Pause machte. Ich muß noch was tun, sonst wird's ein bißchen knapp. Wir sehen uns ja am Sonnabend. Sicher, wiederholte Imme. Also bis dann, und grüß Judith.

Gleich nach dem Telefonat stellte Elisabeth den Küchenboiler an. Während sich das Wasser aufheizte, ging sie mit dem Staubsauger durch die Zimmer. Beim Saugen beschloß sie, einfach an Immes erfrischender Neugier auf Jan zu partizipieren. Sie reckte sich in dem Gefühl, Imme hätte ihr kameradschaftlich auf die Schulter geschlagen und dabei gesagt: Nur Mut, meine Liebe. Oder etwas Ähnliches. Aufrecht stehend erschien es ihr noch eine Spur wahrscheinlicher, daß jetzt alles seinen Lauf nehme und leicht sei, ohne jegliche Komplikation. Beruhigt sah sie zu, wie Staubflocken und Katzenhaare im Schlauch des Staubsaugers verschwanden. Im Arbeitszimmer schob sie die Korrekturarbeiten auf dem Schreibtisch zusammen und wählte die Nummer des Kuriers. Kommt sofort. Höchstens eine halbe Stunde. Prima, erwiderte sie und erschrak über die hohle Euphorie, die in ihrer Stimme lag. Nachdem sie aufgelegt hatte, räumte sie sorgfältig Manuskriptordner und Notizzettel ins Regal. Vielleicht konnte sie auf diese Weise verhindern, daß Jan auf die vorschnelle Idee kam, etwas lesen zu wollen. Bislang hatte sich ihre Zusammenarbeit auf ein Sprechen über die Dinge beschränkt, auf briefliche Debatten über Aufbau und Inhalte. Am Wochenende würde sich Jan damit wohl nicht mehr begnügen. Obwohl Elisabeth keine Befürchtungen hatte, schien es ihr übereilt, Jans mögliche Neugier mit offen herumliegenden Manuskriptseiten zu provozieren. Morgen war früh genug.
Als sie in die Küche kam, war das rote Lämpchen im Boiler ausgesprungen, das Wasser aufgeheizt. Sie wusch zügig ab, ohne die übliche Gründlichkeit. Danach leerte sie das Katzenklo über dem Mülleimer und füllte frische Streu hinein. In Judiths Zimmer schüttelte sie das Bettzeug glatt und warf die Überdecke darüber. Judiths Schreibtisch ließ sie unberührt. Als sie die Bücher und Zeitungen zusammenschob, die in losen Haufen neben dem Bett lagen, sah sie auf Judiths Seite

ihr Tagebuch liegen, ein schwarzes Notizbuch mit rot einge-
faßten Ecken. Ein Kugelschreiber war zwischen die Seiten gesteckt, als hätte Judith das Schreiben nur kurz unterbrochen,
um es bei nächster Gelegenheit wieder aufzunehmen. Die
Dringlichkeit, die davon ausging, kam ihr eigentümlich schief
vor, wie aus einer anderen Zeit. Unmöglich konnte Judith in
den letzten Wochen Notizen gemacht haben, ohne daß sie es
bemerkt hätte. In dieser Wohnung gab es keinen Raum für
Heimlichkeiten; nicht einmal das Klo war ein Ort der Intimität. Wahrscheinlich hatte Judith in alten Notizen gelesen, Ein-
tragungen aus jener Zeit, als sie sich einander noch nicht
sicher gewesen waren und es deshalb noch Unausgesproche-
nes zwischen ihnen gegeben hatte. Gedanken, Gefühle, Zu-
stände, die nicht sagbar gewesen waren, weil sie nicht in die
Liturgie des Ich-liebe-dich-und-du-liebst-mich gepaßt hatten.
Damals hatten sie noch Stoff für lange und schwierige Tage-
buchpassagen gehabt, abwägen, verwerfen, neu begreifen,
wieder verwerfen. Jetzt waren Gewißheiten an die Stelle der
Fragen getreten, nichts, was noch im Geheimen hätte erörtert
werden müssen. Dennoch spürte sie eine nervöse Neugier, als
sie das Buch näher betrachtete. Am Rand eines lose in die
Seiten gelegten Zettels konnte sie das Wort *ich* lesen. *Ich habe.*
Ein Satzanfang, der in tausend beliebigen harmlosen Variatio-
nen fortgesetzt werden konnte, *ich habe Schnupfen* war nur
eine davon. *Ich habe Angst* oder *ich habe mich verliebt* eine
andere. Der Argwohn, mit dem sie die Wörter betrachtete,
kam ihr niederträchtig vor, dem Anlaß nicht angemessen. Sie
unterdrückte den Impuls, den Zettel herauszuziehen und zu
lesen. Es gab keinen Hinweis darauf, daß Judith mehr hatte als
Schnupfen, Langeweile oder Glück. Früher, als Judith sich oft
über Stunden hinweg mit ihrem Notizbuch zurückgezogen
hatte, war durchaus etwas Alarmierendes von diesen Nieder-
schriften ausgegangen. Immer wieder war ihr der Verdacht
gekommen, Judith könne in ihren Notizen heimlich ihre Tauglichkeit überprüfen. Ob sie für ein Leben nicht doch zu pedantisch sei. Zu dünn, zu depressiv, zu egozentrisch. Absurde
Fragen, sie hatte sich geschämt, sie Judith zu unterstellen.

Aber immerhin war sie sicher, daß Judith, bevor sie sich kennenlernten, auf eine andere Frau gehofft hatte. Schwarzäugig, extrovertiert, agil, sie wußte es nicht. Statt dessen war sie gekommen, karg, knochig, mit kurzsichtig schwimmendem Wasserblau hinter der Brille.

Ach, du also.

Dennoch hatten sie sich gleich bei der zweiten Begegnung geliebt. Ruhig, ohne Erschütterungen. Vielleicht, weil sie sich einfach gelegen gekommen waren. Erst nach und nach hatte sich diese Vagheit zu festen Absichten verdichtet. Ihr Leben ein angenehm gleichmäßiger Zustand.

Etwas zum Bleiben.

Sie bückte sich und hob das Notizbuch auf. Eine dünne Staubschicht hatte sich auf die matt glänzende Oberfläche gesetzt. Leicht fuhr sie mit dem Finger hindurch, ehe sie es auf das unterste Regalbrett schob. Ihre Verdächtigungen wirkten jetzt, da das Buch wieder ordentlich abgelegt war, noch abstruser als zuvor, eine sinnlos lähmende Irritation. Auch die in der Wohnung entstandene Ordnung war befreiend; alles, was zu tun gewesen war, war getan. Die Küchenuhr zeigte kurz vor zwei, sie war gut in der Zeit. Daß der Kurier noch nicht gekommen war, war zwar ärgerlich, aber nicht ihr anzulasten; schließlich hatte sie ihn zeitig genug angefordert. Nur den Kater, der schreiend hinter ihr herlief, mußte sie noch besänftigen. Als sie die Futterdose vom Regal nahm und seinen Napf füllte, wurde er sofort unterwürfig still. Nachher würde er wieder satt und träge in der Sofaecke dösen, ein Bilderbuchkater, wie Imme oft sagte, und nicht dieses Ekeltier, gegen dessen tyrannische Attentate sich niemand zu wehren wußte. Sie füllte einen weiteren Löffel in den Napf; vielleicht konnte sie damit vermeiden, daß er seine nörgelnden, herrischen Züge mit Leben und Terror füllte, sowie sie mit Jan zur Tür hereinkämen. Sollte er sich von seiner sanften Seite zeigen, wie überhaupt alles sanft und friedlich war. Daß nicht Judith und sie mit dem Kater lebten, sondern der Kater mit ihnen, mußte sich Jan nicht sofort offenbaren. Auch wenn es Judiths Kater war und die klaren Besitzverhältnisse es Elisabeth ohne weiteres

29

erlaubten, sich von seinen terroristischen Launen zu distanzieren, hatte sie ihn schließlich mitgeheiratet und konnte sich einer gewissen Verantwortung nicht entziehen. Sie beobachtete, wie er den Kopf in den Napf steckte und die Soße von den Fleischbrocken leckte. Ein mißratener, unehelicher Sohn, den sie stiefmütterlich lieben mußte, begleitet von Judiths unterschwelligen Vorwürfen, daß sie zu streng sei, herzlos und ohne jedes Verständnis. Dabei liebte sie ihn auf ihre Weise. Auch jetzt, als er neben dem Napf kauerte und sich mit der Zunge genüßlich durchs Fell ging, in genauen, gründlichen Bewegungen. Neidvoll sah sie ihm zu, wie er sich selbst genoß. Gerade seine Genügsamkeit war es, die sie immer wieder mit ihm versöhnte: Außer Nahrung und einem Platz zum Schlafen brauchte er nichts.

Nicht einmal Judith.

Es war nach drei Uhr, als es endlich klingelte. Ein junger, apathisch wirkender Mann kam die Treppen herauf und sah Elisabeth an, als sei sie für seine Verspätung verantwortlich. Der Kurier, sagte er schleppend. Trotz ihres Ärgers fühlte sie sich sofort dazu genötigt, ihn zu entschuldigen. Ganz schön viel Verkehr wohl, oder? fragte sie versöhnlich. Ja, wie immer am Freitag. Er nickte kurz, nahm den Umschlag mit den notwendigen Anweisungen entgegen und ging. Vom Fenster aus sah sie, wie er in ein verbeultes, gelbes Auto mit dem Emblem des Kurierdienstes stieg und umständlich einen Stadtplan entfaltete. Ungeduldig wartete sie, bis er den Motor anließ und losfuhr. Judiths Auto war im dicht fließenden Verkehr nicht in Sicht. Die wütende Enttäuschung, die sie empfang, war unerträglich, mit nichts zu rechtfertigen. Bereits heute morgen war Judith im Zweifel gewesen, ob sie es pünktlich schaffe. Hetz dich nicht ab, hatte sie ihr hinterhergerufen. Ebensogut, vielleicht sogar besser, konnte sie allein fahren, mit der S-Bahn. Mit Judith gemeinsam auf dem Bahnhof zu stehen und Jan zu empfangen hatte ohnehin etwas eindeutig Lächerliches. Als seien sie eine symbiotisch verwachsene Einheit, nur im Doppel fähig, sich in der Welt zu bewegen. *Wir. Meine Freundin und ich*. All diese Formulierungen, täglich unzählige Male verwandt, ohne daß jemand dabei ihre Unbeweglichkeit, ihre Steifheit empfand. Dabei strömten sie dieselbe Stickigkeit heterosexueller Ehen aus, die in vertraglich fixierten Besitzverhältnissen entstand, in der ängstlichen Ausmerzung jedweder Unvorhersehbarkeit. Absurd zu denken, daß sie davor gefeit waren. Daß sie allein deshalb anders, freier zusammenlebten, weil sie zwei Frauen waren, also gleich.

Sie lehnte sich an das Fensterglas und sah wieder hinaus, diesmal nachlässiger, als käme es nun nicht mehr darauf an. Der Regen fiel noch immer in feinen Fäden. Auf dem Klapptisch, der vom Sommer auf dem Balkon stehengeblieben war, war eine dünne Pfütze zusammengelaufen. Auch das Geäst der Fuchsien, die in großen Kübeln am Balkongeländer standen, war schwarz vor Feuchtigkeit. Obwohl das Wetter bislang milde geblieben war, waren sie jetzt, Mitte Dezember, sicher erfroren, ein toter Haufen Gestrüpp. Schon mehrmals hatte sie mit Judith darüber gesprochen, endlich die Kammer leerzuräumen, um Platz für sie zu schaffen, all das Gerümpel, das sich dort ausgebreitet hatte, endlich hinaus und sinnvoll sortiert. Diese schleichende Nachlässigkeit, mit der sich auch dieses Vorhaben einreihte in die nicht endende Liste ungetaner Taten. Ihr Leben eine Chronologie verworfener Pläne. Das-machen-wir-mal-wenn. Als ob sie die Dinge einfach stumpf und achtlos geschehen ließen und nur achselzuckend darauf warteten, daß alles längst von allein entschieden war, ehe sie selbst etwas entschieden hatten. Als ob sie diese sehr undeutliche Sprache benutzten, um einander zu sagen: Ich will nichts entscheiden. Ich lege meine Hände in deinen Schoß. Sie blickte zur Uhr, fast halb vier.

Das Auto hat heute morgen wieder Ärger gemacht, erzählte Judith, als sie über die Straße zum Parkplatz gingen. Fast wäre ich doch noch zu spät gekommen. Elisabeth hatte kaum hingehört. Ja, das glaube ich, erwiderte sie, während sie einstiegen. Jetzt drück mal die Daumen, daß Jan nicht warten muß, meinte Judith, doch im selben Moment sprang der Motor an.

Elisabeth lehnte sich zurück. Sie fuhren los, schweigend. Noch immer nieselte es. Feine Wasserschlieren liefen die Scheibe herunter. Judith stellte die Scheibenwischer an. Hoffentlich bleiben wir nicht stecken, Freitag nachmittag, und dann noch der Regen, da spielen sie alle verrückt. Sie fuhr langsam, im dünnen Winterlicht bereits jetzt mit eingeschalteten Scheinwerfern. Dennoch war wieder der Übermut spürbar, mit dem sie Auto fuhr. Am Steuer ging etwas Kühnes und Unerschrockenes von ihr aus; ihr fehlte nur noch die Schirmmütze, die sie sich verwegen ins Gesicht ziehen konnte. Elisabeth mochte sie so, unnahbar und gleichzeitig begehrenswert. Etwas Fremdes war beim Fahren in ihr; etwas, das noch zu entdecken war. Dieser Idiot! Guck dir das mal an! schimpfte sie jetzt und setzte zu einem Überholmanöver an. Elisabeth nickte. Während sie es sonst ausreichend fand, daß Judith ein Auto steuern konnte, hatte sie plötzlich das Gefühl, ein Versäumnis begangen zu haben. Noch immer hatte sie nichts unternommen, um endlich fahren zu lernen. Im Sommer die zwei, drei Anläufe, mit Judith auf einem leeren Parkplatzgelände: Obwohl es sie auf eine kindliche Weise aufgeregt hatte, war daraus keinerlei Lust, keine verwertbare Neugier entstanden. Möglich, daß sie sich nicht aus dem Reiz der Abhängigkeit zu lösen verstand. Gefahrenwerden, diese schläfrige Passivität, mit der sie den Straßenverkehr wie gottgegeben an sich vorbeiziehen ließ, nicht beteiligt und dennoch da.

In der Jackentasche tastete sie nach ihren Zigaretten. Judith sah sie kurz von der Seite an. Na? Bist Du aufgeregt?

Ach was, nein. Nur müde.

Wird schon nicht so schlimm. Bestimmt ist sie nett. Machst du mir auch eine an?

Sie reichte Judith eine brennende Zigarette und blickte auf die Straße. Als sie sich auf der Lombardsbrücke in den fließenden Verkehr einfädelten, sah sie die Alster im fahlen Nachmittagswinterlicht liegen, schattenhaft, ein dunkler Fleck Wasser. Plötzlich war sie nervös, unerklärlich, von irgendwo her.

Jan kam bedächtig den Bahnsteig herunter, nicht suchend, eher so, als wisse sie wohin. Elisabeth hatte noch ziellos in die Menge der Reisenden geblickt, die über den Bahnsteig zu strömen begonnen hatte, als Judith sie anstieß und sagte: Da. Da kommt sie. Elisabeth folgte der Richtung ihres Blickes, ja, das mußte sie sein: das graublonde Haar, die randlose Brille, der dunkelblaue Trenchcoat.

Wir werden uns schon finden, hatte sie am Telefon gemeint und dabei so eigentümlich sicher geklungen, als sei jedes zweifelnde Zögern absurd. Und so war es nun auch. Dennoch erschrak Elisabeth, als sie Jans Gestalt näherkommen sah. Sie war kleiner, zierlicher als erwartet. Nachdem sie Jans Handschrift gesehen hatte, in ihrem ersten Brief, hatte sie an einen robusten, hochgewachsenen Körper gedacht, der sich mit zügigem Schritt fortbewegte. An Souveränität, Tempo, Bestimmtheit. Und nun dieses fragende Gesicht. Ein kluges Gesicht. Eines mit Spuren von gelebtem Leben. Keinerlei Vorbereitungen zu einem Lächeln darin, als sie auf Judith und Elisabeth zuging.

Elisabeth? Ich bin Jan.

Obwohl sie es feststellend, nicht fragend gesagt hatte, nickte Elisabeth. Ja, ich bin es, Elisabeth, hallo. Beim Sprechen zog sie am Reißverschluß ihrer Jacke, als könne sie so ihre Identität beweisen. Und das ist Judith, fügte sie rasch hinzu. Meine Freundin. Hab ich mir gedacht, sagte Jan und lächelte Judith höflich zu, ehe sie sich hinunterbeugte, um ihr Gepäck abzusetzen. Während sie sich die Hand gaben, dazwischen die üblichen Floskeln, doch, eine relativ ruhige Reise für einen Freitagnachmittag, das Wetter schlecht, überall Regen, spürte Elisabeth durch ihre eigene Aufgeregtheit, daß Jan ebenfalls aufgeregt war. Zumindest vorsichtig. Sie sprach klar und schnell. Dennoch klang ihre Stimme gepreßt, fast hart vor Nervosität. Während sie sprach, griff sie in ihre Manteltasche, als suche sie dort etwas, das Beruhigung versprach, vielleicht Zigaretten. Unschlüssig standen sie einen Moment um Jans Tasche herum. Ja, dieser Regen, sagte Judith noch einmal, hier ist es nicht besser, den ganzen Tag nieselt es schon. Jan nickte und sah Elisabeth fragend an: Seid ihr mit dem Auto hier? Ehe sie antworten konnte, fuhr auf dem gegenüberliegenden Gleis ein Schnellzug in die Halle ein. Eine scheppernde Lautsprecherstimme begann, Anschlußverbindungen und Zugverspätungen aufzusagen. Mit dem Auto, ja, meinte Elisabeth und zeigte auf Judith. Jan sah sie verständnislos an, doch im selben Moment quoll eine gröhlende Gruppe von Bundeswehrsoldaten mit Kofferradios und Bierkästen aus dem gerade eingefahrenen Zug und drängte sich zwischen sie. Wagen mit Gepäckanhängern rollten kühn über den Bahnsteig. Eine Taube, die auf der Bahnsteigkante gehockt hatte, flog aufgescheucht in die Halle hinauf. Elisabeth hob die Schultern und lächelte Jan zu, als bräuchte sie in diesem Gedränge eine aufmunternde Geste. Als sie Jan ansah, für einen kurzen Moment, hatte sie jedoch den Verdacht, selbst Hilfe und Zuspruch zu benötigen. Sie fühlte sich unvorbereitet, in etwas hineingeworfen, auf das sie nicht gefaßt gewesen war. Auch ihre Bewegungen waren linkisch und steif, als sei sie lange nicht unter Menschen gewesen. Unbeholfen sah sie zu Judith hinüber, aber die nervöse Bewegung auf dem Bahnsteig begann sich zu legen, und Judith sagte munter: Dann laßt uns mal.

Ohne zu fragen griff Elisabeth nach Jans Tasche. Die ist ziemlich schwer, meinte Jan. Besser, wir nehmen sie zu zweit. Sie machte eine abwehrende Geste, nicht so wild, und ging los. Schon nach ein paar Schritten spürte sie ihren Atem, in kurzen, keuchenden Stößen. Wortlos faßte Jan den anderen Griff. Nebeneinander gingen sie weiter, die Treppen hinauf aus der Halle zum Auto, Judith mit dem Kuchenpaket, das sie in der Bahnhofsbäckerei geholt hatten, vorweg.

Jan war zum ersten Mal in Hamburg, das hatte Elisabeth schon auf dem Weg zum Auto herausgefunden, und dankbar griff sie, vom Rücksitz aus gestikulierend, nach ihrem beflissensicheren Reiseleiterinnen-Tonfall. Sie kannte sich aus. Auch wenn sie sich selbst hin und wieder darüber wunderte, in welche Euphorie diese Stadt sie noch immer, nach über zehn Jahren, versetzen konnte, genoß sie ihre kindliche Freude darüber, an diesem Ort zu leben. Ein Stück unveräußerbares Eigentum, etwas, zu dem sie sagen konnte: meins. Mochten ihre Kommentare doch nach peinlichem Eifer und Lokalpatriotismus riechen. Sie selbst empfand sie wie einen Strudel, der angenehm vibrierend durch ihre Starre drang. Mit jedem Satz, den sie daherplapperte, wurde die Lähmung, in der sie eben noch dümmlich auf dem Bahnhof gestanden hatte, weicher. Wieder kam es ihr in den Sinn, Jan zu einem ausgedehnten Spaziergang einzuladen, irgendwann an diesem Wochenende. Vorhin war es ihr lästig gewesen, nicht mehr als eine öde, verregnete Angelegenheit, die absolviert werden mußte. Jetzt ging ein leicht prickelnder Reiz von der Vorstellung aus, Jan die Winkel und Facetten dieser Stadt zu zeigen. Als weihe sie sie in ein kostbares Geheimnis ein, dessen nicht jede würdig war.

Guck mal, das ist die Alster, dahinter der Jungfernstieg, sagte sie, doch ehe Jan sich umgedreht hatte, waren sie schon über die Brücke und wieder zwischen den Häusern.

Jan saß eher still neben Judith. Verhalten, als warte sie ab. Elisabeth betrachtete sie von hinten, die dichten, kurzgeschnittenen Haare in diesem vielfarbigen Grau, nur knapp über den Kragen des Mantels reichend. Sie suchte nach Wörtern dafür, schillernd? Vielschichtig? Nein. Die Suche nach Begriffen für Jans Haar war aufdringlich, geradezu absurd. Wie auch die Idee eines Spazierganges zweifellos unangemessen war. Ein plumper Versuch, sich mit voreiliger Offenheit anzubiedern. Geschwätzig, wo es nichts zu schwatzen gab.

Augenblicklich fühlte sie ihre Spannung zurückkommen, in heftigen Wellen. Sie berührte Judiths Schulter mit der Hand und sah zwischen ihr und Jan hindurch auf den feuchten Asphalt. Die Reifenspuren der vor ihnen fahrenden Wagen wirkten im Scheinwerferlicht silbrig glitzernd. Judith erzählte von ihrer Arbeit. Elisabeth hörte nur hin und wieder auf die genauen, knappen Fragen, die Jan stellte, offensichtlich an Antworten interessiert. Warum hast du in der Schule aufgehört? So ohne eine Perspektive, nur mit der Aussicht auf Arbeitslosigkeit? Ach, das ist eine längere Geschichte, sagte

Judith abwehrend und begann sofort zu erzählen. Der Druck in der Schule, und wie sie schon nach ein paar Wochen völlig durch den Wind gewesen war, einfach fertig. Ihre Ansprüche seien einfach nicht zu verwirklichen gewesen. Elisabeth lehnte sich zurück und stützte den Ellenbogen auf den Karton mit Werkzeug, der neben ihr auf der Bank stand. Eine längere Geschichte, ja. Im gleichmäßigen Motorengeräusch waren die Stimmen nur undeutlich zu hören. Der Regen war dünner geworden. Vereinzelte Tropfen setzten sich noch auf die Windschutzscheibe; die Scheibenwischer surrten in gedehnten Intervallen. Es war jetzt dunkel.

Der Kater war tatsächlich dösend in seiner Sofaecke liegengeblieben und hatte, als sie sich ins Zimmer gesetzt hatten, nur träge den Kopf gehoben, um sich sofort wieder zusammenzurollen. Judith saß neben Elisabeth auf dem Sofa, im Gespräch mit Jan leicht nach vorne gebeugt. Jan hatte die Beine unter den Korbsessel gewinkelt und war auf dem Kissen ebenfalls ein wenig nach vorne gerutscht. Seit der Autofahrt war ihr Gespräch nicht abgerissen. Auch nach den kurzen, obligatorischen Unterbrechungen, in denen Jan sich höflich nach der Wohnung erkundigt hatte und mit den nötigen Entschuldigungen in ihr Zimmerchen geführt worden war, hatten sie sofort nach einer Gelegenheit gesucht, ihren Faden wieder aufzunehmen. Elisabeth schwieg. Mit dem kleinen Finger ging sie dem Kater kraulend hinter die Ohren und sah zu, wie er sich genüßlich zu strecken begann. Dieser unfaßbare Grad von Entspannung, in den er fallen konnte. Ein Ur-Vertrauen, das sie selbst längst verloren hatte, in irgendeinem frühen Jahr. Wann das wohl gewesen sein mochte, und wie. Sie griff nach dem Kaffeebecher. Als sie trank, spürte sie ihren Körper, angestrengt und steif und dennoch in vibrierender Bewegung. Ein tauber Klumpen, in dem es vor lauter Kaffee und Zigaretten nur so klopfte und pochte. Selbst ihre Beine, die gefühllos über den Sofarand hingen, zitterten leicht. Nur flüchtig hörte sie auf den Fluß des Gesprächs, sich grob orientierend, um nicht von möglichen Fragen unvorbereitet getroffen zu werden.

Alles ging gut, ging wie von selbst. Judith rollte bereits die Hemdsärmel hoch, als sei sie beim Sprechen ins Schwitzen gekommen. Auch Jan wirkte gelöst. Eine Zeitlang hatte sie noch abwartend dagesessen, als sei sie nicht schlüssig darüber gewesen, was von Judith und Elisabeth zu halten war. Im Gespräch hatte sie sich vorsichtig voranbewegt, jeden ihrer Sätze prüfend und zugleich genau zuhörend. Erst jetzt, als sie von ihrer Arbeit in der Klinik zu erzählen begann, verlor ihre Stimme den angestrengten Unterton. Beim Sprechen gestikulierte sie, griff nach einer Zigarette und hielt sie eine Weile zwischen den Fingern, als habe sie sie vergessen. Auch Judith redete lebhafter. Offenbar gab es Gemeinsamkeiten zwischen Therapieren und Lehren, denn nun sprachen sie auch wieder über Judiths vergangenes Lehrerinnendasein. Seltsam, daß Judith sich noch immer nicht von ihrer sozialen Berufung verabschiedet hatte. Obwohl sie nach einem langen arbeitslosen Jahr nun schon seit ein paar Monaten täglich am Computer saß, sprach sie davon, als sei sie gerade gestern zum letzten Mal in der Schule gewesen. Diese Tätigkeiten, die vor Sinn nur so strotzten. Damit konnte Elisabeth nicht aufwarten. Nicht einmal in ihrer Vergangenheit waren derartige Ambitionen ausfindig zu machen, denn letztlich war auch ihr Studium eine ausschließlich narzißtische Angelegenheit gewesen, gerichtet auf nichts. Deshalb hatte sie daran wohl auch versagt. War immer seltener hingegangen. Hatte eine Zeitlang versucht, den Mangel an Sinn in dem, was sie tat, mit politischer Arbeit zu kaschieren. Dann nicht einmal mehr das. Jetzt saß sie nur noch über den Sätzen, so oder so. Aber sie war ja auch gar nicht gefragt: Gefragt waren die ehemaligen Lehrerinnen und gegenwärtigen Therapeutinnen, all die also, die Schäflein zu hüten hatten. Wer wußte, was noch alles kam. Die ungeahnten Verbindungen zwischen Judith und Jan schienen ihnen ein unabschätzbares Repertoire an Themen zur Verfügung zu stellen, aus dem sie offenbar hemmungslos zu schöpfen bereit waren. Sie legte den Kopf zurück und streckte die Beine aus, entschlossen, sich von dieser unverhohlenen Sympathie nicht kränken zu lassen. Immerhin würde Jan nun einen Teil der

Aufmerksamkeit, die ihr zustand, von Judith beziehen, nicht ausschließlich von ihr. So daß sie sich an diesem Wochenende trotz allem ein wenig Muffigkeit leisten konnte. Judith würde schon die kommunikativen Verpflichtungen übernehmen. Dennoch kam ihr die Unbeteiligtheit, in der sie dasaß, auf einmal ungeheuerlich vor, wie ein Zeichen ihres Versagens. Sie setzte sich hoch und schenkte Kaffee nach. Mit einem sorgenvollen Lächeln sah Judith kurz zu ihr auf. Sie lächelte freundlich zurück, als wolle sie sagen: Keine Ursache. Alles bestens. Jan dagegen schob wortlos ihren Kaffeebecher über den Tisch und sprach ohne ein Zeichen der Aufmerksamkeit weiter. Offenbar hielt sie im Umgang mit Elisabeth sogar die banalsten Höflichkeitsgesten für überflüssig.

Ach, du also.

Sie lehnte sich wieder zurück. Der Gedanke, Jan enttäuscht haben zu können, während Judith alle Erwartungen erfüllt, wenn nicht gar übertroffen hatte, war ihr in seiner Klarheit unangenehm. Es war kein Neid, nichts Stechendes. Eher war es das Unbehagen des Übergangenwerdens. Die Beiläufigkeit, mit der Jan sie nur gelegentlich ansah, nicht fragend, nicht forschend. Als nähme sie sie hin. Dabei sprühte in Jans Augen eine unglaubliche Wachheit. Bereits auf dem Bahnhof war Elisabeth aufgefallen, daß sie durchaus hinzusehen verstand. Zweifellos besaß sie die Fähigkeit, Menschen und Dinge mit den Augen zu begreifen, und konnte deshalb auch Zusammenhänge erfassen, die ungesagt blieben. Sie war eine von denen, die mit den Augen dachten, nicht mit Begriffen und Sprache. Aber warum sollte sie diese Gabe verschwenden. Ihr reichte es offenbar aus, sich morgen früh an Elisabeths Schreibtisch einzufinden, und das war schließlich verabredet, ihr also sicher.

Jan setzte sich auf. Und wie kommst du mit der Arbeit voran? Erst jetzt, nachdem Judith in die Küche gegangen war, konnte sie sich offenbar wieder an den eigentlichen Anlaß ihrer Reise erinnern. Elisabeth machte eine undeutliche Geste. Ganz gut. Am besten, wir reden morgen darüber. Sie schlug die Beine übereinander und schwieg. Noch heute damit zu beginnen war verschwendete Mühe. Jan hatte ihre Konzentration und Kraft bereits an Judith verbraucht. Wie eine zu große Wollmütze hing ihr die Müdigkeit bis in die Augen hinein. Ehe sie weitersprach, fuhr sie sich mit der Hand über die Stirn und gähnte. Ja, wenn Du meinst. Aber bevor wir in die Einzelheiten gehen können, muß ich mir natürlich einen gewissen Eindruck verschaffen. Mir wäre es also lieber, wenn ich jetzt schon ein paar Seiten lesen könnte. Ganz abgesehen davon, daß ich äußerst neugierig bin auf das, was du schreibst.

Sie lachte, als müsse sie sich für ihre Neugier entschuldigen. Dieses seltsam leise Lachen, da war es, genau wie vor ein paar Tagen am Telefon. Die Vertrautheit, die darin lag, kam Elisabeth ermutigend vor. Möglich, daß die begangenen Versäumnisse weniger schwerwiegend waren, als sie angenommen hatte. Auch wenn Jan sie nicht mit Aufmerksamkeiten überschüttet hatte, gab es doch bereits kleine, versteckte Zeichen, die sie einander über ihre Fremdheit hinweg geben konnten, um sich wiederzuerkennen. Sie griff nach einer Zigarette und nickte, bemüht, ihr Erstaunen über die Behutsamkeit zu verbergen, mit der Jan um das Manuskript gebeten hatte. Wahrscheinlich war sie ungeübt im Umgang mit Manuskripten und ging wie viele davon aus, daß eine Autorin sich darin schamlos offenbarte. Demnach war ihr Interesse am Manuskript eher ein Interesse an Elisabeth selbst, weniger an ihrer Arbeit. Obwohl ihr dieser Gedanke nicht behagte, schien es ihr angebracht, sich großmütig und souverän zu zeigen. Aber ja, sicher kannst du etwas lesen, wenn du magst, sagte sie. Ich hole eben den Ordner. Ihre Stimme klang glatt und mühelos, aber schließlich war Jan zum Arbeiten hier, das Manuskript nichts weiter als Arbeitsmaterial, kein Medium einer intimen Offenbarung. Sie offenbarte nicht sich, sondern die Ergebnisse langer und sorgfältiger Arbeit. Vieles ist allerdings noch unvollständig; erste Entwürfe, dringend überarbeitungsbedürftig, fügte sie hinzu und stand auf. Jan nickte. Sicher, das ist mir klar. Die Müdigkeit war aus ihrem Gesicht gewichen. Aufrecht saß sie im Sessel und schlug eine Zigarette aus ihrer Packung, während Elisabeth durch die Flügeltür ins Arbeitszimmer ging, zum Regal.

Was macht Jan? erkundigte sich Judith, als Elisabeth in die Küche kam. Als sei es ihre Verantwortung, Jan zu beschäftigen. Sie schloß die Tür, eine Spur zu laut. Es war nicht ihre Verantwortung. Jan war keinerlei Fürsorge bedürftig; wie keine zweite war sie sich selbst genug. Sie liest, vorne im Zimmer, sagte sie. Judith lächelte ihr zu, als habe sie Aufmunterung nötig. Sie wird es gut finden, ganz bestimmt. Mach dir keine Sorgen. Du wirst sehen. Hast du Lust, Zwiebeln zu schneiden?
Lustlos setzte Elisabeth sich an den Küchentisch und begann, mit der Messerspitze die Zwiebelhäute abzuziehen. Die Tränen, die ihr in die Augen stiegen, kamen ihr lächerlich vor, wie ein Beweis ihrer Wehleidigkeit. Ehe Judith sie bedauern konnte, rieb sie sich mit dem Pulloverärmel über die Lider. Das Mitleid, das Judith ihr gerade angesichts Jans Lektüre zugesprochen hatte, war ja ebenso verfehlt gewesen, vollkommen überflüssig. Sie sorgte sich nicht darum, daß Jan ihr Manuskript möglicherweise verriß. Da, lies, hatte sie gedacht, als sie Jan den Ordner gereicht hatte. Unbekümmert war sie danach ins Arbeitszimmer gegangen und hatte sich an den Schreibtisch gesetzt. Erst als sie Jan durch die offene Flügeltür beim Lesen zugehört hatte, war sie unruhig geworden. Seite um Seite hatte Jan den Ordner durchdrungen, mit derselben Forschheit, die Elisabeth schon am Telefon bemerkt hatte, unterbrochen nur von kurzen, unterdrückten Hustenanfällen. Das Tempo, in dem Jan sich zwischen den Seiten bewegt hatte, war ihr beängstigend vorgekommen, nicht normal. Sie hatte sich entblößt gefühlt, nackt zur Betrachtung in den Raum gestellt und nach Kriterien untersucht, die ihr selbst unbekannt waren. Bei jedem Hustenanfall hatte sie gehofft, eine Weile verschont zu bleiben, doch dann war schon wieder das sich reibende Papier beim Umblättern zu hören gewesen. Dazwischen das kratzende Geräusch des aufflammenden Feuerzeugs. Trotz ihres Hustens rauchte Jan ununterbrochen. Bis ins Arbeitszimmer

hatte Elisabeth die tiefen Züge gehört, mit denen sie den Rauch inhalierte. Wieder war ihr der nervöse Blick eingefallen, mit dem Jan sich beim Betreten der Wohnung umgesehen hatte. Raucht ihr? Schließlich die Entspannung, in der ihre Augen sofort still geworden waren, als Judith genickt hatte. Aber ja. Unentwegt. Umgehend hatte sie ihre Zigaretten aus der Manteltasche gezogen, eine englische Marke, die Elisabeth nicht kannte, und so hatte sie Jans Angebot angenommen und probiert. Es war ein Moment von Vertrautheit gewesen, eine verschwörerische Einigkeit, wie sie sich nur unter Komplizinnen einstellte. Gemeinsame Abhängigkeiten sorgten doch immer wieder verblüffend schnell für Nähe und Sympathie.

Judith sah vom Topf auf. Noch eine, dann kannst du aufhören, Süße. Stört's dich, wenn ich das Radio anmache? Nein, mach nur, erwiderte sie, schon in die Musik hinein. Ein schneller, mühelos klingender Rhythmus war zu hören, über den eine Frauenstimme eine schlichte Melodie zu singen begann, in immer wiederkehrenden Wendungen. Judith summte mit. Eigentlich furchtbar, dieses Gedudel, aber in der Firma läuft das den ganzen Tag. Elisabeth erwiderte nichts. Die Musik gefiel ihr in ihrer offenherzigen Dümmlichkeit. Ein leichtes, säuselndes Gefühl in den Ohren, das sofort dafür sorgte, daß sie die feuchten Zwiebelstücke, die ihr zuvor immer wieder zwischen den Fingerspitzen verrutscht waren, geschickter zerschnitt. Durch die Musik war kein Geräusch aus der Wohnung zu hören. Offenbar las Jan noch immer. Als Elisabeth vorhin aus dem Zimmer gegangen war, hatte sie nicht einmal aufgesehen. Ich geh dann mal. Ja, gut. Wie konnte ein Mensch so lesen. Konzentriert, aber keineswegs angestrengt. Eher spielerisch, mit jener Leichtheit, die Elisabeth schon am Nachmittag an ihr beobachtet hatte, im Gespräch mit Judith. Es machte ihr scheinbar keinerlei Mühe, Fremdes zu begreifen. Sie tat es fast nebenbei, wie selbstverständlich. Sicher lebte sie ihr Leben mit außerordentlichen Fähigkeiten, die Kunst der Mitte beherrschend, im Gleichgewicht zwischen sich und dem, was sie umgab. Elisabeth dachte an ihre eigene bleierne Schwere, daran, wie plump sie noch immer von einem Zustand zum anderen fiel, auch jetzt wieder. Sie schob das Brett auf den Kühlschrank neben dem Herd. Judith nickte ihr zu und begann, die Fleischstücke in das heiße Fett zu legen. Ist gleich so weit. Deck doch bitte schon mal den Tisch. Und sag Jan Bescheid, sie kann ja auch morgen noch weiterlesen. Nach dem Essen wollten wir ins Frauencafé, hast du das mitbekommen?

Nein, hatte sie nicht. Sie erschrak über ihre Fahrlässigkeit, mit der sie weit hinter Judith zurückgeblieben war, ohne den sich vergrößernden Abstand bemerkt zu haben. Während sie erst dazu gekommen war, sich mit Jans Fremdheit zu beschäftigen, sprach Judith von ihr bereits wie von einer langjährig Vertrauten.

Ja, sagte sie.

Am späteren Abend war es merklich kälter geworden. Wind war wieder aufgekommen, doch anders als in der Nacht zuvor hatte eine schneidende Kühle in der Luft gelegen. Als sie ins Frauencafé gefahren waren, hatte Elisabeth auf dem kurzen Weg zum Auto den Reißverschluß ihrer Lederjacke bis zum Hals zugezogen. Obwohl sie eine zusätzliche Wolldecke aus dem Schrank geholt hatte, war ihr auch jetzt, im Bett liegend, nicht warm. Es friert wohl, meinte sie zu Judith, die aufrecht neben ihr saß und in den Zeitungen der letzten Woche blätterte. Wird auch mal Zeit, erwiderte Judith, ohne aufzusehen. Elisabeth nahm die Brille ab und legte sich auf den Rücken, zu lustlos, um noch zu lesen. Im Licht der kleinen Klemmlampe verschwamm das Zimmer zu weichen, unscharfen Kreisen. Ihre Kurzsichtigkeit hatte im letzten Jahr beängstigend zugenommen, aber noch immer gab es Situationen, in denen sie ihre Augenschwäche benutzte, um sich von Menschen und Dingen kurzerhand zu entfernen. Sowie sie die Brille abnahm, verloren sie ihre bedrohliche Schärfe. Auch jetzt genoß sie das diffuse Gefühl, nicht beteiligt zu sein. Die Schlagzeilen in Judiths Zeitung, die angesichts der katastrophalen politischen Verhältnisse zu kämpferischen Haltungen aufriefen, verwischten zu schwarzen, schlängelnden Linien. Über dem Zeitungsrand flossen Judiths Gesichtszüge formlos ineinander. Auch das Buch, das sie gestern abend zu lesen begonnen hatte, war nur ein undeutlich umrissener Fleck auf dem Parkett. Mit leise bewegter Neugier erinnerte sie sich an die Absicht, eine andere, völlig unberechenbare Geschichte zu erfinden. Eine Geschichte, die träge und beiläufig begann und erst nach und nach zu ungeahnter Grausamkeit auswuchs. Niemand würde zunächst darauf achten, wie die scheinbare Langeweile zu vibrieren begann. Wobei sich die Spannung nicht aus einem tatsächlich eintretenden katastrophalen Ereignis ergab, sondern lediglich aus der sich zwischen den Zeilen verdichtenden Möglichkeit eines solchen Ereignisses. Eine Poesie des Hinterhalts, die beim Erzählen erst gefunden werden mußte.

Schläfst du schon, Süße?

Erschrocken blickte sie auf. Nein, nein, ich grübele nur ein bißchen. Judith hatte die Zeitung beiseite gelegt und betrachtete sie. Sag mal, wie fühlst du dich eigentlich? Kommst du mit Jan zurecht? Sie griff nach der Brille. Alles in Ordnung, läuft doch ganz gut, wollte sie sagen, aber sie schwieg. Unmöglich, die Wörter in ihren lächerlichen Verkleidungen auszusprechen, als seien sie echt. Eine glatte, eine glättende Lüge. Nichts lief gut, zumindest nicht zwischen Jan und ihr. Jan hatte beim Essen nur flüchtig das Manuskript erwähnt, hatte gesagt, daß sie mit Spannung lese, aber erst mit ein wenig zeitlichem Abstand, morgen vielleicht, etwas sagen könne. Ob sie den Ordner vorerst behalten dürfe. Ja, sicher, hatte Elisabeth erwidert und angestrengt gelächelt. *Ja, es paßt. Wunderbar.* Ohne Jan danach fragen zu müssen, hatte sie zwar gesehen, daß ihre Augen beim Sprechen über das Manuskript bewegt gewesen waren. Als sei sie angerührt oder gar fasziniert, zumindest aber beteiligt. Kurz darauf hatten sie sich jedoch wieder um die Kartoffelschüssel und das Salzfaß gebeten, höflich aneinander vorbeisehend. Auch im Frauencafé hatte Jan ihre Aufmerksamkeit gleichmäßig im Raum verteilt. Nur durch Zufall hatten sie einen freien Tisch in der Ecke gefunden. An der Theke hatten Gruppen von Frauen gestanden, laut in die Musik hineinsprechend und sich über die Tische hinweg grüßend. Eine unkomplizierte Gelassenheit hatte geherrscht, als ob alle sich kannten und nur zufällig auf einen Sprung hereingekommen waren, um eben ein Schwätzchen zu halten. Elisabeth hatte sich beklommen gefühlt, ausgeschlossen aus den Vertraulichkeiten, die überall demonstriert worden waren. Zwischen Judith und Jan sitzend, war ihr auch die Intimität, die die beiden im Laufe des Nachmittags hergestellt hatten, immer unantastbarer erschienen, mit nichts zu durchbrechen. Dennoch war sie dem Gespräch fast dankbar gefolgt. Ein leichtes Plaudern, das einfach dahingelaufen war, belanglos zwar, aber dazu waren sie schließlich gekommen: den Abend zu zerstreuen.

Sie mag mich nicht. Dafür aber dich.

Noch beim Sprechen spürte Elisabeth, wie ihr das Blut ins Gesicht stieg. Eine Unsagbarkeit, die ihr da entwischt war. Dieses unerträgliche Gefühl des Zu-kurz-Kommens, wieder und wieder nicht genug: niemals genug, niemals die innere Friedlichkeit des Sattseins. Schon heute morgen im Bad hatte sie den vertrauten, bohrenden Druck im Magen gespürt, wie vor jeder Situation, in der sie sich darstellen und offenbaren mußte, ohne über die Sicherheit des Gemochtwerdens zu verfügen. Noch immer dieses kindliche Lieb-mich-doch, und selbst wenn sie hinterher dankend auf diese Liebe verzichtete: Ohne sie war sie zutiefst gekränkt.

Sicher mag sie dich, red keinen Quatsch.

Judiths Stimme hatte sich gehärtet. Du bist einfach zu sensibel. Warte doch ab, bis ihr morgen über das Manuskript sprecht.

Elisabeth schloß die Augen. Es war sinnlos, nach seriösen Sätzen zu suchen, die dieses rasende Gefühl nach außen transportieren konnten, ohne daß es nur nackt und blöde aus dem Mund fiel. Für ein unseriöses Gefühl gab es keine seriöse Sprache. Der jetzt wieder sanftere Ton, in dem Judith auf sie einzusprechen begonnen hatte, kam ihr unerträglich vor, wie eine Mißachtung. Sie wünschte sich, mit der Faust auf einen Tisch schlagen zu können, um Judith zum Schweigen zu bringen. Irgendeine unvermutet heftige, vielleicht unangemessene Geste, die eine Enttäuschung Enttäuschung sein ließ und Unvernunft Unvernunft. Sei doch nicht so empfindlich, Süße, hörte sie Judith sagen; ein Dreck, dieser Satz, sie war es nun einmal. Erst als Judith unter der Decke näher an sie heranrückte, wurde sie ruhiger. Wahrscheinlich hast du recht, sagte sie. Wahrscheinlich bin ich ein bißchen zu empfindlich. Judith umarmte sie fest. Ganz bestimmt. Obwohl es schon merkwürdig war, daß sie fast die ganze Zeit mit mir geredet hat. Ich meine – Sie brach ab. Ich weiß nicht, setzte sie dann leiser hinzu. Irgendwie kam es mir auch so vor, als ob sie sich mehr für mich interessiert. Ich fand das ziemlich blöde. Gerade für dich. Tut mir wirklich leid.

Elisabeth spürte ihren Körper, vibrierend gespannt. Als könne sie etwas dafür, daß Jan so offenkundig an ihr interessiert war. Als sei diese Zuneigung ein Vergehen, das nun gestanden werden mußte. Sie richtete sich auf und fuhr mit den Fingern durch Judiths Haar. Es ist doch in Ordnung. Wenn sie dich mag, mag sie dich eben. Das ist doch gut. Ihre Stimme war leicht, ohne Stockungen, die darauf schließen ließen, daß sie nicht sicher war. Judith lächelte. Ja, eigentlich schon. Aber du. Für dich ist es – Ach was, unterbrach Elisabeth sie. Halb so wild. Mal sehen, wie es morgen wird. Die Zuversicht, mit der sie nun Judiths Empfindlichkeiten wegzusprechen versuchte, war zwar grotesk, zugleich aber unvermeidbar. Judith gähnte und zog ihre Decke zurecht, offenbar beruhigt. Gute Nacht, Liebes. Und mach dir keine Gedanken. Sie mag dich auch. Ganz bestimmt.

Wahrscheinlich. Wir werden sehen.

Eine erneute Ungeheuerlichkeit, dieser Satz, besser, sie zu vertuschen. Sie schaltete das Licht aus und lehnte sich zurück, das Kissen in den Nacken gesteckt. *Sie mag dich auch.* Sogar für sie sollten also ein paar Reste vom Tisch gefegt werden. Dieses unerträgliche Gefühl, nicht gemocht, nur hingenommen zu werden. Woher das wohl kam. Wahrscheinlich ein gespenstisch zum Leben erwachtes uraltes Trauma, in frühester Kindheit beigebracht. In ihrer Kindheit war Aufmerksamkeit immer nur ein Geschenk gewesen, ohne Verläßlichkeit gekommen oder ausgeblieben. Etwas, zu dem sie Glück gebraucht hatte. So daß sie wohl noch immer glaubte, mit hündischem Blick in den Augen betteln gehen zu müssen, um zur Kenntnis genommen zu werden.

Obwohl ihr diese Erklärung dürftig erschien, wie ein billiger Trick, fühlte sie sich augenblicklich besänftigt. Was kümmerten sie schon die Beulen der Kindheit. Sie blieben ohnehin, und letztlich war das Erwachsensein nicht mehr, als sich in diesen Beschädigungen dauerhaft einzurichten. Um Jan ging es dabei nicht. Jan war nur eine von vielen Bekanntschaften, eine Adresse in Köln, nett, sich zu kennen. Überflüssig, sich von ihrer Anwesenheit noch weiter irritieren zu lassen. Im Dunkeln tastete sie nach Zigarettenpackung und Feuerzeug. Judith hatte sich zur Seite gedreht und atmete ruhig, den Kopf von ihr abgewandt auf dem Kissen. Schönes Haar, es war ihr lange nicht mehr aufgefallen. Als das Feuerzeug aufflammte, sah sie zur ihr hinüber, aber Judith regte sich nicht. Sie nahm einen Zug und blies den Rauch vorsichtig zur Seite. In der Dunkelheit leuchtete die Glut hellrot auf. Das Zimmer war still. Auch aus dem Hof kamen keine Geräusche. Nur Judiths gleichmäßiger Atem war zu hören; in einer fast hypnotischen Monotonie atmete sie aus und ein. Erst jetzt fiel ihr auf, wie fremd diese Ruhe war, in der Judith lag. Ohne daß sie es wahrgenommen hatte, waren die ständigen nervösen Bewegungen, die Judith jede Nacht im Schlaf befielen, offenbar aus ihrem Körper gewichen und vorbei.

Rasch richtete sie sich auf und drückte die Zigarette aus. Unglaublich, daß sie hier saß und rauchte und tat, als sei sie allein. Das Rauchen war ein krasser, unverzeihlicher Beweis ihrer Rücksichtslosigkeit, mit der sie ihre kleinen narzißtischen Verletztheiten kultivierte, während die wirkliche Verletzlichkeit bei Judith lag. Sie fühlte sich plump, unfähig, Judiths Bedürftigkeit zu verstehen. Ihre Nervosität im Schlaf war schließlich nichts anderes als eine Sprache der Angst, ein Zeichen dafür, daß sie sogar schlafend wach war, angespannt, mit allem rechnend, auf alles gefaßt. Jedes Zurückschlagen der

Decke, jede Körperdrehung, jeder fiebrig hervorgebrachte Atemstoß ein anderer Begriff von Furcht. Jetzt lag sie wie ein Kind, wehrlos, im völligen Vertrauen darauf, daß ihr nichts geschah. Wie lange das wohl schon so ging. Ein paar Tage vielleicht. Wochen, Monate. Offenbar hatte sie in der letzten Zeit aufgehört, wirklich hinzusehen. Hatte nichts als das ohnehin schon hundertfach Gesehene an Judith wahrgenommen, mit einem Blick, der nur das wiederentdecken wollte, was bereits entdeckt worden war. Aber auch Judith sah wohl schon länger nicht mehr hin. So daß sie sich beide nur einer Reihe sicherer und geläufiger Bilder bedienten, die sie voneinander entworfen hatten, um nicht jeden Tag der Mühe ausgesetzt zu sein, einer Fremden zu begegnen.

Ach, du also.

Keine Irritationen, kein zweiter Blick. Ihre Forschungen aneinander eine längst abgeschlossene Arbeit, deren Ergebnisse sie festgeschrieben hatten, um jederzeit über sie verfügen zu können. Ihre anfangs noch ungerichteten emotionalen Energien waren zu klar vereinbarten Gewohnheiten geworden, die Gefühle zu Gewißheiten, die Unbekanntheiten bekannt. Einige Male hatte sie versucht, mit Judith über den Mangel an Neugier zu sprechen, mit dem sie sich nicht mehr erforschten, sondern nur noch bewahrten. Es waren stockende, stumme Momente gewesen, in denen sie nach einer Sprache gesucht hatte, die sie nicht zu sprechen verstand. Psychokram, hatte Judith schließlich gemeint, und ob es nicht vielmehr darum ginge, eine Beziehung zu leben, statt sie theoretisch zu erörtern. Sie liebten sich doch, verstanden sich gut, was wolle sie noch. Ja, was. Es war doch immer so, überall. Ich-kenne-dich war nur ein anderer Ausdruck dafür, jemanden in ein unveränderbar fixiertes Bild gefaßt zu haben. Unmöglich, einen Menschen wirklich zu kennen, ohne ihm seine Beweglichkeit zu nehmen.

Judith hatte sich auf den Rücken gedreht und atmete schwerer. Im Dunkeln war ihr Gesicht nur schemenhaft zu erkennen, die große, gerade Nase, die geschlossenen Augenlider, das Haar. Schönes Haar. Vielleicht bedurfte es nur einer einzigen entschlossenen Geste, um alles zu verkehren, alles aus dieser

Gewißheit aufzustören, die über ihren Gefühlen füreinander lag. Vielleicht reichte es, den Arm auszustrecken und Judiths Gesicht mit vorsichtig streichelnden Fingern zu berühren, um sie schließlich lange und warm zu umarmen, während sie weiterschlief. Eine Geste des Aufbruchs, ein Zeichen dafür, daß sie bereit waren zu lernen, sich wirklich zu sehen. Sie streckte ihre Hand aus, stockte aber sofort. Etwas war falsch und in dieser Falschheit gefährlich. Allein der Glaube, die Starre zwischen ihnen mit einem kurzen euphorischen Handschlag wegwischen zu können, war kindisch, absurd. Nichts jahrelang Verhärtetes war mit einer einzigen Geste zu lösen. Sie zog den Arm zurück und streckte sich aus. In der Dunkelheit wirkte das Zimmer verwischt, die Dinge nur flüchtig umrissene Schatten, die beliebig geformt in den Raum gesetzt waren. Auch Judith lag vage und körperlos neben ihr, wie eines der Fabelwesen aus den Kindermärchen, deren Gestalt sich immer wieder in Ahnungen verlor, niemals greifbar und doch allgegenwärtig. Nur noch schemenhaft stiegen vereinzelte Gedanken auf, abgerissen, ohne jeden Zusammenhang. Im Dösen schien ihr auch der Wunsch nach dieser alles verändernden Berührung immer trügerischer, als liege unter seinem sichtbaren Kern noch ein zweiter, nur zu erahnender verborgen.

Etwas, das sie nicht sah.

Zu früh oder zu spät, auf jeden Fall unmöglich, es jetzt zu verstehen.

Sie schloß die Augen und spürte den Schlaf kommen, ein weiches, sinkendes Gefühl. Der Schlaf, ein Totenbruder. Als Kind hatte sie sich vor ihm gefürchtet. Heimtückisch war er zu ihr ins Zimmer geschlichen, ein dunkler, monströs über ihrem Bett aufragender Mann, der ihr mit höhnischem Gelächter einen Sack über den Kopf warf.

Dich hab ich. Dich nehm ich mit.

II

Dann halte ich an. Zu schnell werden die flimmernden Ränder der Bilder jetzt scharf. Zu schnell die Glätte, in der die Bilder sich zeigen. Damals war ich ganz dumm. Merkte nicht einmal, wie ich weich wurde unter einer nie dagewesenen Härte. Wie die Liebe mehr war als nur die Last, mit jemandem rechnen zu müssen. Und auch dich nahm ich nicht wahr. Sah nicht, daß etwas in deinen Augen war. Kurzes, abgerissenes Irgendwas, aber immerhin Zeichen. Ich deutete sie nicht. Erst später, viel später, habe ich sie zu entziffern gewußt.

Später, ungenaues Wort. Ich denke: jetzt. Es ist Mittag. Die Hitze ist dichter geworden, eine fortschreitende Annäherung an die Grenze zum Tod. Das Licht stürzt herab, glüht in den Augäpfeln nach. Ich schiebe den Stuhl in den Schattenrand, der am Mauervorsprung zu wachsen beginnt. Im Haus gegenüber sind die Balkone noch leer; nur durch die Blumenkübel geht manchmal der Wind. Ein Liegestuhl steht in die Sonne gerückt und flattert herum. Auf einer Leine schaukelt längst trockene Wäsche. Ich betrachte sie, als ginge sie mich etwas an. Das Erinnern ist Arbeit, die weh tut im Inneren. Eine Arbeit am eigenen Fremden. An der falschen Gewißheit, die Dinge zu kennen, nur weil wir gesehen haben, wie sie geschahen. Die Authentizität unserer Augenzeugenschaft trügt. Das bloße Leben ist Stückwerk, die Nähe nur eine Nähe zum Punkt, nicht aber zum Bild, zu dem sich die Punkte verdichten. Erst in der Entfernung werden die Dinge wahr. Erst später zeigt sich ein Sinn.
Dennoch tut diese Arbeit sich ungewohnt leicht. Als hätte ich lange genug gewartet und sie erledige sich nunmehr von selbst. Ein Wort gibt das nächste, zwei einen Sinn. Nicht mehr wie früher, da stand es viel schlimmer. Da wütete eine Holzfällerin in mir, die konnte nicht warten. Mit Säge und Axt ging sie an

die Arbeit, ließ Sätze wie verwüstete Stümpfe zurück und schlug Schneisen in das Gehölz der Gedanken: Durch die brach dann der Wind und trieb Sand in den Himmel.

Ich gehe hinein. Die Wohnung ist kühl, eine Wohltat in diesen Tagen. Im Zimmer lasse ich die Jalousie herab und setze mich hin. An der Wand hängt dein Bild. Du lächelst bübisch mit deinen schiefen Zähnen, und deine Augen schließen sich leicht in der Sonne, die damals schien. Eine milchige Wintersonne, trübe hing sie über einem See, der nicht gefroren war, ich weiß es noch gut. Wir standen auf einem Steg und hielten uns an den Händen. Schilf wucherte an den Ufern, wir waren allein. Ein Bus war oben am Kloster auf dem Parkplatz zu hören, aber der Weg hinunter zum See blieb leer. Wir froren. Dennoch fotografierten wir uns, ehe wir gingen. Jede ein Lächeln, sehr schnell. Ich weiß noch, ich wollte nicht recht, und erst als du sagtest: für später, wer weiß: da lächelte ich auch.
Ich hatte Angst, auch das weiß ich noch. Das Lächeln verging. Der See kam mir gespenstisch vor im Dunst, verwunschen. Keine Welle darin, eine unwirkliche Glätte. Weiter entfernt lagen dunkel gebeizte Fischerboote ohne Bewegung im Wasser. Über den weichen Weg gingen wir langsam zum Auto zurück. Es war nicht viel Zeit, also verzichteten wir auf einen Gang durch das Kloster, obwohl du in der Gärtnerei, die die Mönche in einem Seitengebäude führten, gern eine Schale aus Ton gekauft hättest. Für zwei hastige Tage war ich gekommen, noch steif vom Überleben in den Wochen zuvor. Unsere abendlichen Telefonate waren drückender geworden, nachdem wir wußten, daß du es vor Januar nicht einrichten konntest zu kommen. Es gab nichts zu sagen, zumindest nicht so. Bis ich ein paar Tage später sehr kühn zu dir meinte: Dann komme ich eben zu dir. Morgen, am Wochenende, auf jeden Fall noch im Dezember. Du erschrakst, für einen kurzen, stummen Moment. Ja? fragtest du schließlich. Meinst du, das könnte gehen? Und ihr kommt klar?
Ja, sagte ich. Nicht sicher, aber entschlossen, sicher zu werden.

Drei Tage darauf fuhr ich los. Fünf Stunden im Zug, ich weiß noch, ich rauchte zuviel. Verschüttete Kaffee auf meiner Hose, las nicht in dem Buch von Roland Barthes, das ich für dich mitgenommen hatte, Fragmente einer Sprache der Liebe. Ich fühlte mich krank, nicht gewachsen. Die Landschaft ein dünner, nässlicher Strich, der sich im Fenster dahinzog. Überall Regen. Krähen flogen in Scharen von Winterfeldern auf. Wasserlachen standen auf der schwarz gebrochenen Erde, dazwischen Knicks mit geduckten Büschen. Eine Zeitlang lief ein Fluß, an den Dörfer gesetzt waren, neben den Gleisen her. Schließlich Städte im schnellen Hintereinander. Lange bevor der Zug hielt, hatte ich meine Tasche genommen und mich an der Tür aufgestellt. Durch die getönte Scheibe sah ich dich sofort. Klein standest du an ein Geländer gelehnt, hattest den Mantelkragen hochgeschlagen und hieltest nichts in der Hand, nicht einmal eine Zigarette. Ich hatte dich größer in Erinnerung und erschrak über meine Achtlosigkeit, aber in einer Zeit wie dieser kann man sich wohl nicht genauer im Inneren behalten. Du sahst mich erst, als ich ausgestiegen war. Wir faßten uns an den Händen, umarmten uns scheu. Lange her, sagte ich. Ja, sagtest du, fast zwei Wochen. Ich habe die Tage gezählt.

Hast du ein Foto? fragte ich später, in deiner Wohnung. Nein, nichts Gescheites. Wir sahen einen Pappkarton durch; auf kaum einem Bild konnte ich dich erkennen. Das bist du? Vor vier Jahren? Kann ich nicht glauben. Du lächeltest über mein Erstaunen. Nahmst den Fotoapparat mit, als wir losfuhren, zum See bei dem Kloster.

Für später. Wer weiß.

DER MORGEN DES SONNABENDS kam mit drückender Helligkeit, nicht klar. Elisabeth betrachtete das Stück Himmel, das vom Bett aus zu sehen war, ein Himmel wie alle Tage, eisgrau und wolkenverfilzt, aber immerhin war es trocken geblieben, die Regenfäden auf der Scheibe nur staubige Schlieren von gestern. Das Zimmer war angenehm warm. Judith hatte, als sie aufgestanden war, die Fensterklappe geschlossen und die Heizung angestellt. Auch die Mulde, die der Kater in ihre Bettdecke gedrückt hatte, war leer. Jan war ebenfalls wach. Elisabeth hörte ihre Schritte im Flur, anders als Judiths, schwerer. Die Klospülung rauschte zweimal kurz hintereinander, eine Zeitlang lief Wasser im Bad, dann war Judiths Stimme zu hören, freundlich gedämpft.

Sie war also die letzte, auch gut, egal. Sie war ohnehin noch nicht in der Lage, mit einem frischen Guten Morgen die Tür aufzureißen, um sich nach einem ausgiebigen Duschbad schwatzend neben Judith und Jan an den Frühstückstisch zu setzen. Sie fühlte sich greisinnenhaft matt, unfähig, dem Tag zu entsprechen. Aber wozu sollte sie auch. Immerhin schien Judith bereits zu dieser frühen Stunde ihren ganzen liebenswerten Charme entfaltet zu haben. Jan lachte jetzt sogar laut durch den Flur. Sie verstanden sich eben, die zwei. So gut, daß sie sich ruhig noch ein wenig schonen konnte. Sie drehte sich auf den Bauch und griff nach dem Buch, das neben dem Bett auf dem Boden lag. Der Mörder hatte, während er über die Balkonbrüstung in den Garten gesprungen war, einen Fußabdruck hinterlassen. Unerhört, dachte sie, mit demselben Gefühl von Empörung, das sie schon beim ersten Lesen empfunden hatte, in der Nacht vor Jans Ankunft. Sie überschlug die Passage, in der der Kommissar den Abdruck entdeckte, und las fahriger weiter, sich nur flüchtig in den Zeilen orientierend. Dabei horchte sie immer wieder auf Geräusche vom Flur. Judith und Jan bewegten sich leise, aber mit vorwurfsvoll klingender Geschäftigkeit. Sicher überlegte Judith längst, ob sie es wagen könne, Elisabeth zu wecken. Willst du nicht aufstehen? Du hast doch Besuch? Komme sofort, müßte sie zweifellos antworten. Schließlich war sie nicht krank, und nur Kranke hatten ein Anrecht darauf, Tageszeit zu verschlafen. Aber vielleicht war sie es ja. Bei diesem Wetter war es durchaus denkbar, daß sie sich in den vergangenen Tagen etwas zugezogen hatte. Einen heimtückischen grippalen Infekt, der bislang im Verborgenen gearbeitet hatte und sich nun in einer ernsten, aber nicht zu schweren Krankheit niederschlug. Natürlich verbunden mit einer Zeit zwangsläufiger Bettlägrigkeit, die jede zu respektieren hatte. Judith würde ihr Nutellabrote und weichgekochte Eier ans Bett tragen und abends eine heiße Brühe, dazu frischen Pfefferminztee. Jan könnte sich am Nachmittag für ein Stündchen einen Stuhl an ihr Bett rücken und von dort aus nach Herzenslust das Manuskript kommentieren. Sie würde nur schläfrig blinzeln und schließlich ermattet in die Kissen zurücksinken. Jan würde sofort schuldbewußt aus dem Zimmer schleichen, um sich bei Judith nach ihrem Zustand zu erkundigen, flüsternd natürlich. Es ist ernst, würde Judith zurückflüstern. Sie braucht viel Schonung und Schlaf.

Elisabeth hörte ihre Stimmen auf dem Flur, sie flüsterten nicht. Laut erkundigte Jan sich danach, wo die Kaffeefilter seien. Im Regal, erwiderte Judith, über dem Herd. Dann war es still. Wahrscheinlich saßen sie ungehalten am Tisch, entschlossen, auch ohne Elisabeth mit dem Frühstück zu beginnen. Sie versuchte, weiterzulesen, aber die Handlung erschien ihr noch dürftiger als zuvor, die Figuren nur leere Hüllen, die die üblichen drastischen Phrasen lächerlich ernst vor sich hertrugen. *Stehenbleiben oder ich schieße.* Gereizt legte sie das Buch zur Seite. Wieder überlegte sie, ob sie nicht doch krank war oder zumindest kränkelnd aussah. Sie probierte einen gedrückten, bösartigen Husten, flach aus der Brust heraus, aber sie hustete nur, als wolle sie husten. Als Kind hatte sie sich besser zu helfen gewußt. Sie hatte das Fieberthermometer an die heiße Glühbirne der Bettlampe gehalten und dann, nach

einer angemessenen Zeit, mit heiserer Stimme die besorgnis-
erregende Höhe ihrer Temperatur verkündet. Nicht zu niedrig,
aber auch nicht so hoch, daß ihre Mutter umgehend einen
Arzt gerufen hätte. Die Klavierstunde wurde abgesagt, Ent-
schuldigungszettel für die Schule geschrieben, und ab und an
wurde die Zimmertür einen Spaltbreit geöffnet: Schläfst du
auch? Ja, sicher. Obwohl sie Stunde um Stunde damit zuge-
bracht hatte, genießerisch an den Fingernägeln zu kauen und
zu lesen.
Ein gerissenes Kind.
Lügnerisch, berechnend.
Aber vielleicht war sie schon damals einfach nur müde gewesen vom unablässigen Lebenmüssen. Müde vom Draußen-
herumlaufen, Vater-und-Mutter-Lieben, Schulheftefüllen. So
wie sie auch jetzt müde daran geworden war, fortgesetzt da
sein zu müssen. Ankommen, Gehen, Tun, Unterlassen. Selbst
im Schlaf arbeitete dieses Leben ununterbrochen weiter. Dieser
schleppende Zustand, der sie jeden Morgen aufs neue befiel,
so daß sie sich bereits kriechend durch eine nicht endende
Kette von Tagen und Nächten bewegen sah, die ihr Leben war,
mühsam verbracht, neben der Arbeit ohne eine Spur Leichtheit und Freude. Undeutlich dachte sie an die Nacht zurück,
an die seltsam klare und zugleich unwirkliche Wachheit, in der
sie neben Judith gelegen hatte. Im Halbschlaf waren die Gedanken wie kleine, rasch anschwellende Äderchen gekommen, die ihr im Kopf geplatzt waren, um sich sofort wieder
zu schließen, ohne einen nachfolgenden Schmerz, ohne Bedeutung. Irgendwann würde sie ausschlafen und mit einem
einzigen gigantischen Schub Schlaf diese Erschöpfung einfach
beseitigen.
Sie sah zum Wecker, zehn nach neun.

Jan saß entspannt neben Judith am Tisch. Guten Morgen,
sagte sie freundlich, als Elisabeth in die Küche kam, nahm
aber den zuvor gesagten Satz sofort wieder auf. Sie sah ausge-
ruht aus, obwohl sie Judith gerade erzählte, daß sie den größ-
ten Teil der Nacht hustend wachgelegen hatte, immer wieder

von Anfällen geplagt, die jetzt wohl eher auf eine chronisch werdende Bronchitis schließen ließen. Vielleicht solltest du dich besser wieder hinlegen, schlug Judith vor, doch Jan machte eine nachlässige Handbewegung, so schlimm ist es nicht, dafür bin ich schließlich nicht nach Hamburg gekommen. Sie lachte und sah Elisabeth an, als müsse sie ihre eigentlichen Absichten kennen. Elisabeth nickte, ohne ihr Lächeln zu erwidern. Die Absichten, die hinter Jans Besuch liegen mochten, kamen ihr undurchdringbar vor, unmöglich, sie zu identifizieren und darüber noch Späße zu machen. Dankbar griff sie nach dem Kaffeebecher, den Judith ihr hinhielt. Mit kleinen, vorsichtigen Schlucken begann sie zu trinken; eine Wohltat, die sich zügig im Körper auszubreiten begann. Nachher würde sie baden, dieses Mal wirklich, gleich nach dem Frühstück. Etwas anderes anziehen, auch das. In der Eile hatte sie dieselbe Kleidung genommen, die sie auch gestern getragen hatte. Judith und Jan wirkten dagegen irritierend erfrischt. Eine geradezu penetrante Munterkeit ging von ihnen aus, während sie mit übereinandergeschlagenen Beinen dasaßen und rauchten und sprachen, das Frühstück längst hinter sich. Jan hatte sich weit in den Stuhl gelehnt. Eine bestimmte Leichtheit lag in ihrer Haltung, als verstünde sie es, ohne Kraftanstrengung in ihrem Körper zu leben. Judith sah angespannt aus, aber ihre Stimme klang klar. Heute abend kommen ein paar Frauen zum Essen, das hat Elisabeth dir sicher erzählt? Jan nickte. Ja, hat sie. Schön. Dann kann ich gleich noch ein paar Hamburgerinnen kennenlernen.

Elisabeth begann, ein Stück Stollen mit Butter zu bestreichen, bemüht, ihr Befremden zu verbergen. Undenkbar, daß Jan eine von denen war, die jede wahllose Ansammlung von Frauen nach potentiellen Partnerinnen durchforschten. Dennoch hatte das Interesse, das sie diesem Abend entgegenbrachte, seltsam kräftig geklungen, als sei es auf etwas anderes gerichtet als auf das bloße gemeinsame Essen. Noch gestern hatte sie befürchtet, daß sich Jans Kräfte bereits an Judith und ihr erschöpft hatten und sie darüber hinaus nicht an Geselligkeit interessiert war. Klein und müde hatte sie sie zwischen Inge und Claudia am Tisch sitzen und mit deutlichem Unbehagen eine Zigarette nach der anderen rauchen sehen. Statt dessen hatte sie die Aussicht auf den Abend eigentümlich belebt. Wer kommt denn alles? fragte sie, leiser zwar, aber doch wieder so, als läge erst hinter dieser Frage das, was sie eigentlich wissen wollte. Judith begann, die Namen aufzuzählen. Imme ist eine Freundin von Elisabeth, ziemlich lange schon. Wir unternehmen viel zu dritt. Claudia und Inge sind frisch verliebt, also im Moment kaum ansprechbar.

Sie machte eine Pause und lachte. Ein vertrauliches Du-weißt-schon hatte in ihrer Stimme gelegen, etwas, das Jan offenbar sofort verstand. Kann ich mir vorstellen. Und die vierte? Wer ist die? Immes Freundin? Nein, nein, wehrte Judith gleich ab. Sonja ist überzeugte Einzelgängerin, unterbrach Elisabeth sie kauend. Sie hält nichts von Beziehungen klassischer Art.

Besser, zu diesem Thema etwas beizutragen, hatte sie gedacht, aber mit vollem Mund hatte ihre Bemerkung ungewollt eifrig geklungen. Sie gähnte und legte das Stück Stollen ab, als könne sie damit unterstreichen, daß sie beim Frühstück mit Gesprächen dieser Art nicht behelligt werden dürfe. Judith erläuterte die Speisenabfolge. Und nach dem Essen könnte man ja noch in die Frauenkneipe fahren, das interessiere Jan sicher. Auf jeden Fall, erwiderte Jan. Wieder lag eine befremdliche Euphorie in ihrem Ton. Also war sie wohl wirklich nicht die, die Elisabeth erwartet hatte. Zumindest nicht in dieser Hinsicht. Wie selbstverständlich war sie davon ausgegangen, daß Jan seit Jahren in einer festen, aber doch bewegten Beziehung lebte. Am Telefon hatte sie sogar daran gedacht, zu ihr zu sagen: Bring doch deine Freundin mit. Angesichts des Tempos, in dem Jan organisiert, geordnet, abgemacht und zwischendurch noch leichte Späße gerissen hatte, hatte sie es schließlich vergessen. Auch nach ihrem Namen hatte sie sie fragen wollen. Eigenartig, ein Männername für eine Frau. Jetzt schien es ihr unmöglich, derartige Dinge unbefangen in Erfahrung zu bringen. Nur über Judith waren vielleicht noch Antworten zu finden. Suchend hob sie den Blick, aber Judith war aufgestanden und damit beschäftigt, auf dem Schreibblock die unerledigten Einkäufe aufzulisten. Brauchen wir noch Kaffee? Elisabeth nickte. Und vielleicht kannst du mir Zigaretten mitbringen? Mit schnellen, gleichmäßig schrägen Buchstaben schrieb Judith: Zigaretten für E. Und sonst? Hustenbonbons vielleicht? Sie sah zu Jan hinüber, doch Jan schüttelte höflich den Kopf und wies auf eine kleine, metallene Dose, die neben ihrem Frühstücksbrett auf dem Tisch lag. *Fisherman's Friend* stand in roten, rustikalen Lettern darauf. Die reichen vollkommen aus. Judith lachte und riß den Zettel vom Block. Für mich wär das nichts. Tschüß, ihr beiden, bis gleich.

Elisabeth hörte sie die Wohnungstür ins Schloß ziehen. Dann war es still. Mußte sie jetzt etwas sagen? Erzählen? Sich höflich nach Jans Bronchitis erkundigen? Und ob sie gut geschlafen habe? Sie schob das Frühstücksbrett zur Seite und suchte nach einem Satz, aber jedes Wort kam ihr wuchtig vor, nur mit äußerster Anstrengung zu bewältigen. Nach Stille und Kaffee und Rauchen war ihr zumute, so wie Jan, die gerade wieder eine neue Zigarette aus der Packung nahm, aber ihre eigene war leer. Auch Jan schien nicht an einer Unterhaltung interessiert. Zwischen zwei Zügen griff sie in die Hustenbonbondose und steckte sich eine Pastille in den Mund. *Fisherman's Friend,* las Elisabeth wieder. Eine ungewöhnliche Dose für Bonbons dieser Art. Auch der Name klang zugleich beruhigend und abenteuerlich, wie eine Kindersehnsucht. Mit dem Zeigefinger berührte sie den Deckel. Darf ich?
Sicher, aber paß auf, die sind sehr scharf.
Ich wollte gar nicht probieren. Die Dose ist schön.
Ein Geschenk, meinte Jan vage. Elisabeth erwiderte nichts. Leicht drehte sie die Dose in der Hand. Unter dem Schriftzug war ein rauhes, wettergezeichnetes Seemannsgesicht abgebildet, daneben ein hölzernes Schiff mit gesetzten Segeln, von Möwen umkreist. Die tief hängenden Wolken waren aufgerissen. Ein helles, erhabenes Blau trat aus den Rissen hervor, ein Tuschkastenblau, wie sie es als Kind benutzt hatte, um den Himmel auszupinseln. Etwas Naives ging davon aus, eine Schlichtheit, die sie eigentümlich berührte, als hätte sie sie

lange vermißt. Die winterlichen Nordseeurlaube fielen ihr ein, jahrelang entbehrt, weil nie Zeit gewesen war und erst recht kein Geld. In diesem Jahr hatten Judith und sie schon im Spätsommer beschlossen, dennoch zu fahren. Ach, laß uns doch, wird schon gehen, irgendwie. Vage wie immer. Dann aber hatten sie in der vergangenen Woche tatsächlich ein Haus gemietet, nahe am Meer, für die Zeit zwischen den Jahren. Ein Plan, der nicht ins Leere gelaufen war. Noch immer gab es also Unberechenbares zwischen ihnen. Plötzliche Wendungen, Überraschungen. Vielleicht lag in diesem Urlaub genau jenes Zeichen des Aufbruchs, das sie in der vergangenen Nacht vergeblich gesucht hatte. Sie betrachtete die Dose genauer, als käme es darauf an, sich jedes Detail so genau einzuprägen, daß sie das Bild später, nach Jans Abfahrt, im Kopf wiederherstellen konnte. Am Mast des Schiffes stand ein roter Wimpel im Wind, vielleicht nur ein Filzstiftfleck. Dennoch empfand sie eine verschwommene Freude, als sie den Wimpel betrachtete. Auch der hell aufgerissene Himmel kam ihr plötzlich verheißungsvoll vor, wie ein Versprechen, um dessen Einlösung sie nicht zu fürchten brauchte, wenn sie nur lange genug wartete.

Immerhin regnet es nicht mehr, sagte sie, als sie bemerkte, daß Jan sichtlich gelangweilt in einer der Zeitungen zu blättern begonnen hatte, die auf dem Tisch liegengeblieben waren. Wenn das Wetter so bleibt, könnten wir nachher spazierengehen. Sicher hast du Lust, dir die Stadt ein bißchen anzusehen. Jan nahm eine weitere Pastille aus der Dose. Ich bin keine große Spaziergängerin, weißt du, aber wenn du meinst, warum nicht. Elisabeth hob die Schultern. So war das nicht gemeint. Wir müssen ja nicht. Nur wenn du willst.

Sie schwiegen wieder. Dann eben nicht. *Sie konnten einfach nicht miteinander*, so sagte man wohl, wenn zwei nur steif auf den Stühlen saßen und verlegen hüstelten, ehe sie eine weitere Floskel bemühten. Das Schicksalhafte, unveränderbar Gegebene, das diese Formulierung nahelegte, kam ihr erleichternd vor, als sei nun endlich eine Erklärung gefunden, die sie selbst freisprach von jeder Schuld. Daß es so war, mochte bedauerlich sein, konnte aber in seiner Unveränderbarkeit nur mit Würde hingenommen werden. Keine Verpflichtung, einander zu mögen. Auch keine Verpflichtung, gemeinsam die Stadt abzulaufen; sie verschloß sich ohnehin jeder gegenüber, die nicht hinzusehen bereit war. Zudem würde es wieder regnen, kein Zweifel. Aschfahl hingen die Wolken herab, das Licht nur ein kläglicher Fleck, in den Himmel gerotzt.

Wir können gleich mit der Arbeit anfangen, wenn du willst, sagte sie betont gleichgültig, während sie aufstand und die Marmeladengläser auf das Regal zu räumen begann. Ich möchte nur schnell ein Bad nehmen, wenn du erlaubst. Dauert nicht lange.

Wenn du erlaubst, ein geradezu grotesker Satz, aus der Not heraus in den Mund gestürzt, aber Jan schien sich nicht daran zu stören. Sie nickte nur. Laß dir ruhig Zeit, ich lese noch ein bißchen weiter. Nun, da es klar war, daß es keine weitere Beziehung zwischen ihnen gäbe, war es offenbar auch wieder möglich, sich unbesorgt auf das zu beschränken, was sie ohnehin miteinander gewollt hatten. Dennoch war die Wortlosigkeit zwischen ihnen angestrengt, als warteten sie noch immer auf etwas, das es nicht gab. Als Elisabeth sich zum Kühlschrank beugte, sah sie, daß Jan sie betrachtete. Zum erstenmal, zumindest auf diese Weise. Prüfend. Interessiert, als suche sie nach sichtbaren Bestätigungen für Vermutungen, die sie bereits seit längerem hatte. Was sie wohl sehen mochte, wonach sie wohl sah. Ihre ganze gesammelte Dürre, was sonst. Mehr gab es an ihr nicht zu sehen. Auch Jan dachte mit Sicherheit so. Mensch, ist die dünn. Nur Haut und Knochen. Nichts zum Anfassen.

Aber schließlich ging es nicht darum, daß sie Jan etwas zum Anfassen bot. Ein Manuskript diskutieren konnte man auch mit mageren Personen.

Ich geh dann, sagte sie, schon in der Tür.

Im Bad wartete Elisabeth einen Moment, aber Jan hatte sich offenbar wieder ins Lesen vertieft, keine Schritte waren zu hören. Dennoch verschloß sie, bevor sie sich auszog, die Tür.

Ihre ganze gesammelte Dürre, da war sie, ein kümmerliches Gefühl. Da Judith und Jan bereits geduscht hatten, war es im Badezimmer angenehm warm, so daß sie zumindest nicht fror. Es konnte also durchaus Vorteile haben, die letzte zu sein. Nichts war bekanntlich ausschließlich schlecht oder gut. Die Eindeutigkeit, in der sie diese Begriffe früher ausgestreut hatte, war nur ein Ausdruck dieser gräßlichen gedanklichen Enge gewesen, in der sie sich grobschlächtig durch die Welt bewegt hatte, fahrlässige Simplifizierungen wie Laufstiefel benutzend. Jetzt ging sie barfüßig und holte sich Blasen, verstand sich aber darauf, sogar im Schlimmsten noch Annehmlichkeiten zu entdecken. In allem war alles und damit egal. Die Wanne hatte sich schon gefüllt. Sie ließ einen Tropfen Schaumbad ins Wasser laufen und fühlte die Temperatur, nicht zu heiß, aber doch so, daß sie einen leichten Schmerz verspürte. Vorsichtig setzte sie ein Bein hinein und zog das andere nach. In ihren Verrenkungen wirkten ihre Beine noch magerer als zuvor; zwei mißlungene Striche, die spinnenähnlich aus dem Rumpf ragten, um in zwei Fußplatten mit langgezogenen Zehen zu münden.

Schuhgröße einundvierzig.

Ein hageres, hoch aufgeschossenes Kerlchen.

Eine feine Frau.

Sie drehte den Hahn ab und streckte sich aus. Im Wasser schloß sie einen Moment die Augen und genoß das prickelnde, hitzige Gefühl auf der Haut. Unfaßbar, welche Verachtung sie noch immer gegen sich zu richten bereit war. Als glaube sie, die erwarteten Kränkungen anderer mildern zu können, indem sie sie selbst übernahm. Sie griff nach dem Plastikkrokodil, das sie vor einiger Zeit in einer Spielzeughandlung gekauft hatten, aber wie jedesmal drehte es sich, als sie es ins Wasser gesetzt hatte, in stupiden Bewegungen um sich selbst und stieß schließlich mit seinem weit aufgerissenen Maul an den Wannenrand, immer wieder, mit einem kleinen, klopfenden Geräusch. Eine Enttäuschung, von Anfang an. Judith hatte es gleich nach dem Einkaufen im Waschbecken ausprobiert und wütend aus dem Bad gerufen: Es schwimmt einfach nicht! Eine richtige Pleite!

In ihrer kindlichen Enttäuschung hatte Elisabeth sie geliebt. Eine kurze, fast schmerzhafte Spannung, schon vorbei, als sie ins Bad gegangen war und Judith umarmt hatte. Noch während sie sich berührt hatten, war ihr Körper bereits wieder ausgeleert, wie das matt im Wasser trudelnde Krokodil in einer Bewegung begriffen, die erschöpft war, ehe sie sich entfaltet hatte. Beschämt hatte sie sich abgewandt. Hatte vergeblich nach einem Grund gesucht, warum sich diese Energie immer wieder verlor. All das Begehren zwischen ihnen, das sich nur hob, um sofort wieder zu fallen. So daß sie die Nächte schwesterlich still unter den Bettdecken verbrachten, nicht lieblos, aber ohne einen offenen Wunsch.

Wir sollten mal wieder miteinander schlafen, Liebes.

Neulich erst hatte sie das gesagt, und Judith hatte genickt, ja, das finde ich auch.

Kurz darauf waren sie eingeschlafen.

Sie nahm die Seife vom Wannenrand und rieb sich ein. In kleinen, hart gezeichneten Linien traten ihre Rippen unter der Haut hervor, im Seifenschaum deutlich zu spüren. *Haut und Knochen.* Mit den Händen ruderte sie Schaumflocken über ihrer Brust zusammen, als könne sie, wenn sie ihre Magerkeit verbarg, den drastischen Ernst dieser Formulierung lösen. Sie lachte ja auch, sowie jemand zu ihr sagte: Mensch, bist du mager geworden. Iß doch mal regelmäßiger. Das tat sie schließlich. Schokolade, Kuchen, Kakao. Mit Sahne angerührte Soßen, in Speck gebratene Kartoffeln und Eier. Niemand sah offenbar wirklich hin. Wie ihre Mutter, die mit sorgenvoller Stimme ihre Dürre beklagte, wenn sie satt und gutgenährt zu Besuch kam, dagegen aber erfreut sagte: Kind, du siehst richtig gut aus, wenn sie ausgezehrt in der Tür stand, eine erschöpfte Hülle.

Merkwürdig, dieser ins Absurde verkehrte Blick, mit dem ihre Mutter so regelmäßig an ihr vorbeisah. Noch merkwürdiger, daß sie sich früher davor gefürchtet hatte, fett zu werden. Obwohl sie niemals dick gewesen war, hatte sie sich lange Zeit sperrig und schwer in ihrem Körper gefühlt. Eine aufgedunsene Masse, deren Unzulänglichkeit ihr unverzeihlich vorgekommen war, mit nichts zu verbergen. Sogar beim Baden, allein, hatte sie sich davor geekelt, das weißlich im Wasser schimmernde Fleisch zu berühren. *Fett schwimmt oben.* Du wirst einmal eine fettleibige, feiste Schlampe, hatte ihr Vater früher oft gesagt und dabei wie üblich jede Silbe pedantisch akzentuiert. Eine Vettel, die mit speckigem Haar im Sessel sitzt und keift. Natürlich ein neckender Scherz, sie hatten sich schließlich geliebt. Doch selbst jetzt, da die Prophezeiungen sich in ihr Gegenteil verkehrt hatten, dachte sie noch daran. Vielleicht war ihre Magerkeit nur ein Reflex kindlicher Wut. Ein Gegenbild, das sie ihrem Vater noch immer entgegenhalten mußte, um die Macht seiner Bilder zu bannen. So daß sie dieser Macht nur scheinbar entwachsen war. Also erst dann in ihren eigenen Körper finden konnte, wenn sie die Gültigkeit dieser Bilder zurückwies und ihnen wirklich entwuchs. War sie ja.

Gewohnt, ihre ureigensten Entscheidungen zu treffen. Wie auch dieser fliegengewichtige Körper ausschließlich ihre Angelegenheit war. Sie selbst lebte gut darin, angenehm leicht. Mit den Zehen spritzte sie ein wenig Schaum in die Luft, als könne sie so ihre Behaglichkeit beweisen. Auch das Plastikkrokodil, das unter die Wasseroberfläche gesunken war, kam ihr in seiner unverhohlenen Nutzlosigkeit jetzt wie ein Zeichen wiedergewonnener Leichtheit vor. Selbst wenn die Strenge, mit der sie ihre täglichen Lebensbeweise erbrachte, gelegentlich harsch und unerbittlich scheinen mochte, so konnte sie sie jederzeit fallenlassen und einfach da sein: für niemanden zu gebrauchen und nicht einmal darum bemüht, für brauchbar gehalten zu werden.

Süße? Badest du?

Judiths Stimme klang laut, als stünde sie direkt vor der Tür. Sofort setzte sie sich auf. Ja, aber ich bin gleich fertig. Judith erwiderte etwas, das sie nicht verstand. Kurz darauf kamen Geräusche aus der Küche, Gelächter. Sie zog den Stöpsel aus dem Abfluß. Leise gurgelnd lief das Wasser ab. Nach und nach trat zwischen den Schaumflocken ihr Bauch hervor, ein flaches Stück Haut, das sich kaum merklich wölbte. Darunter das

dunkle, krause Haar. *Schamhaar*, schlimmes Wort. Mit der Handfläche fuhr sie hindurch, dann langsam über das Becken höher. Im Wasser hatte sich ihre Haut angenehm geweicht. Dennoch waren auch jetzt die spitz hervorstehenden Knochen zu spüren. Keine Heimat, dieser Körper. Vielleicht hatten Judith und sie deshalb die Lust verloren, einander zu berühren. Beide lebten sie ja eher nachlässig in ihren Körpern, wie in einer vorübergehenden, lieblos eingerichteten Behausung. Körper, mit denen kaum etwas Lustvolles, Sanftes vorstellbar war. Jede Berührung glich einem Stoß, jede Umarmung einem Aufprall. Sie versuchte sich zu erinnern, was sie empfunden haben mochte, als Judith und sie zum letzten Mal miteinander geschlafen hatten. Etwas Drahtiges, Kantiges. Keine Lust. Eher ein Gefühl von Schuld, aus diesem Mangel an Lust heraus. Lange her, sie hatte Mühe, sich zu erinnern. Wahrscheinlich war es aber so gewesen. Wahrscheinlich war diese Härte genau der Grund, warum sie so selten miteinander schliefen. Die Angst, bei jeder Annäherung nur hart aneinanderzustoßen, an Knochen und Haut, also an Grenzen.
Ein immerhin guter Grund.
Und dennoch egal. Nichts brauchte letztlich einen Grund, um so zu sein, wie es war.

Dann ging es los. Ein furchtbares Präsens: jetzt. Steif setzte Elisabeth sich an den Schreibtisch und deutete auf den mit Segeltuch bespannten Stuhl, ihr gegenüber. Nimm Platz. Möchtest du Kaffee? Jan nickte. Hier arbeitest du also? Ein schöner Raum. In der Klinik sitzen wir zu zweit in einem winzigen Kabuff unter dem Dach, es passen gerade zwei Schreibtische hinein. Zu Hause arbeite ich meistens in der Küche. Die anderen Räume belegt Barbara, und in meinem Zimmer gibt's nur Bett und Bücher.
Barbara. Also doch. Elisabeth schlug das Manuskriptbuch auf, zog die Kappe vom Füller und setzte ein paar dünne Kreise an den Rand des Papiers. Natürlich hatte Jan eine Freundin. Während sie noch überlegte, ob es angebracht war, sich höflich distanziert nach dieser Barbara zu erkundigen, wer sie so

sei, was sie so mache, sprach Jan weiter. Sie arbeite ja mehr mit Menschen, weniger am Schreibtisch; deshalb störe sie der Mangel an Arbeitsraum auch nicht so. Aber Elisabeth säße doch sicher den ganzen Tag hier?

Ja, das stimmt. Oft auch noch abends, manchmal sogar am Wochenende, je nachdem, wieviel Arbeit anfällt. Aber ich fühle mich hier ganz wohl.

Sie brach ab und begann, die Kreise sorgfältig auszuschraffieren. Weiter, irgend etwas reden, erzählen, mochte es auch noch so belanglos sein, nicht mehr als ein höfliches Geräusch. Etwas, das diesem Präsens die Schärfe nahm. Immerhin wirkte Jan freundlicher als zuvor, als hätte sie wieder Hoffnung geschöpft. Sie legte den Füller zur Seite und richtete sich auf. Vor ein paar Wochen habe ich noch hinten in dem kleinen Zimmer gearbeitet, in dem du jetzt schläfst.

Jan sah erstaunt auf. Tatsächlich? Dahinten?

Ja. Heute wundert es mich auch, es ist ja mehr eine Zelle. Aber damals, als wir hier eingezogen sind, habe ich es mir so gewünscht. Keine Ahnung, warum. Es entsprach mir wohl irgendwie.

Beiläufig, als sei es bereits eine stillschweigend vereinbarte Gewohnheit, hielt Jan ihr die Schachtel mit den englischen Zigaretten hin. Nimm, wenn du magst. Danke, gern. Jan gab ihr Feuer. Was hast du denn damals gemacht? Noch studiert? Elisabeth machte eine abwehrende Handbewegung, nein, das Studium habe ich schon vor ein paar Jahren abgebrochen, noch bevor ich mit dem Schreiben anfing. An der Uni habe ich mich eigentlich nie besonders heimisch gefühlt. Die Seminare liefen nur nebenher, beschäftigt war ich damals mehr mit der Politik. Jeden Abend auf Achse, von einem Termin zum nächsten, da blieb nicht viel Zeit fürs Studieren. Ohne mich ging die Weltgeschichte eben nicht weiter.

Sie lachte, rauh aus der Kehle heraus. Ekelhaft, wie sie darüber sprach. Herablassend. Als sei diese Zeit bereits zu einer lächerlichen Anekdote verkommen, die unter abfälligem Grinsen zu erzählen war.

Und jetzt? Bist du noch aktiv? Ich meine, politisch?

Nein. Eigentlich nicht.

Sie räusperte sich. Ihre Stimme hatte gedrückt geklungen, als müsse sie sich entschuldigen. Ich arbeite viel, weißt du, fuhr sie etwas frischer fort. Es bleibt einfach keine Zeit mehr dafür. Oder, besser gesagt, keine Kraft. Das Schreiben nimmt sehr viel mehr in Anspruch als nur die Zeit, die ich damit verbringe. Es verschleißt eine Unmenge Energie. Und daneben muß ich ja auch noch zusehen, daß ein bißchen Geld hereinkommt. Aber ich habe mich freiwillig dafür entschieden. Ich will es so, es macht mir Spaß. Ganz abgesehen davon, daß es wohl das einzige ist, was ich kann. Also der mir angemessene Beitrag zur Revolution.

Wieder lachte sie. Na ja, setzte sie schnell hinzu, auch das Schreiben kann man letztlich als eine Art von politischer Arbeit begreifen. Ein Lautwerden. Eine Möglichkeit, einzugreifen in politische Zusammenhänge, indem man sich artikuliert, die Kränkungen und Verletzungen bloßlegt, die diese Gesellschaft Menschen antut. Im Alltag komme ich mir allerdings oft genug narzißtisch vor, nur mit meinen eigenen Wehwehchen beschäftigt. Das gefällt mir nicht, aber ich denke, das gehört halt dazu.

Sie lehnte sich zurück, als sei alles, was dazu zu sagen war, gesagt. Sie redete ja, als hätte sie nur auf ein leises Stichwort gewartet, um sich endlich vor Jan offenbaren zu können. Immerhin war Jan eine Fremde, auch wenn sie sich nicht fremd zu fühlen schien, nicht mehr. Ihre Fragen hatten interessiert geklungen, mehr als nur höfliche Erkundigungen. Beim Sprechen stützte sie sogar die Ellenbogen auf die Schreibtischplatte und beugte sich vor. Die Zweifel an der Effektivität, am wirklichen Nutzen des Schreibens, das könne sie schon verstehen. Aber sie habe Respekt vor dieser Arbeit. Vor den Möglichkeiten, die darin lägen. Sie selbst werde ja permanent dazu angehalten, mit ihrer Arbeit eine krankmachende Gesellschaft am Leben zu erhalten. Die Menschen also wieder fit zu machen dafür, daß sie in den Dreck zurückkehren könnten. Und wenn sie ihre Arbeit politisch begreife, sozusagen subversiv, dann arbeite sie letztlich daran, sie überflüssig zu machen.

Eine Gesellschaft ohne Kunst sei ja tot, ohne Bewegung, unvorstellbar. Eine Gesellschaft ohne die Notwendigkeit therapeutischer Arbeit dagegen wünschenswert.

Elisabeth empfand einen leisen Respekt vor Jan, davor, daß sie einen solchen Gedanken aussprach, ohne ihn zugleich zu beklagen. Daß sie die Dinge in ihrer wirklichen Widersprüchlichkeit beließ, sich nicht abfindend, sich aber ebensowenig in Bitternis oder Wehleidigkeit verlierend. Vielleicht war es genau das, was zu lernen war. Widersprüche nicht in einem sich umgehend schließenden Denksystem zu glätten, sondern sie wahrzunehmen und zu beschreiben, damit aus dieser klareren, ruhigeren Haltung eine ganz neue, viel kräftigere Handlungsfähigkeit erwuchs als die, über die sie einmal zu verfügen geglaubt hatte. Obwohl sie im Grunde nur auf eine kindische Weise zornig gewesen war und somit niemals wirklich fähig, etwas zu tun. Das Thema wechseln, dachte sie, schnell.

Deine Arbeit kostet sicherlich auch einiges an Kraft, kann ich mir denken.

Jan machte eine vage Geste. Man braucht schon viel Wachheit, das stimmt. Sich abgrenzen können, das ist wahrscheinlich das wichtigste. Die Arbeit hat einen gewissen Sog; wenn man nicht aufpaßt, kostet sie zumindest das Privatleben. Im großen und ganzen habe ich das aber geregelt. Auch mit Barbara.

Barbara, schon wieder. Wie Jan wohl mit dieser Barbara zusammenleben mochte. Was sie geregelt hatten, was nicht. Möglich, daß Jan ihr abends im Bett Fallgeschichten aus ihrem Klinikalltag erläuterte. Frühkindliche Störungen, unaufgearbeitete Mütterbindungen, Suizidalität, während der Fernseher lief. Aber wahrscheinlich war auch sie Therapeutin und diskutierte angeregt mit.

Und deine Freundin, die Barbara? Was macht die?

Barbara? Jan lachte ein kräftiges Lachen. Barbara ist meine Tochter. Habe ich dir das nicht erzählt? Nein? Sie ist damals, nach der Scheidung, mit mir zusammen ausgezogen. Mittlerweile ist sie neunzehn. Hat gerade die Schule abgebrochen, kurz vorm Abitur; jetzt will sie Krankenschwester werden.

Wir hatten einiges an Diskussionsstoff in der letzten Zeit, das kannst du dir sicher vorstellen.

Klar. Kann ich mir vorstellen.

Elisabeth drehte die Füllerkappe wieder ab und begann, eine weitere Reihe von Strichen aufs Papier zu ziehen. Eine Lüge, nichts konnte sie sich vorstellen, zumindest nicht, mit einer erwachsenen Tochter zu leben. Ohne den Füller abzusetzen, hob sie den Blick. Irgendein Satz, alles, nur kein peinliches Schweigen, das auf diese Überraschung schließen ließ, die sie empfand, ein heilloses Staunen.

Kommt ihr sonst gut miteinander aus?

Ach doch, eigentlich schon. Soweit das eben möglich ist zwischen Müttern und Töchtern.

Weitere Linien, zu Gittern verschachtelt, als sei ihr gerade danach. *Zwischen Müttern und Töchtern.* Selbstverständlich war Jan, wenn sie eine Tochter hatte, eine Mutter. Dennoch war dieser Begriff als Bezeichnung für Jan absurd. Sie versuchte, sich eine noch junge, aber erwachsene Frau vorzustellen, die zu Jan *Mutter* oder gar *Mama* sagte, unmöglich. Eine unauflösbare Fremdheit ging von diesem Begriff aus, die alle Versuche, zu Jan eine Beziehung zu finden, augenblicklich untergrub. Auch wenn sie nicht den gängigen Klischees entsprachen, so unterschieden sich Mütter von erwachsenen Töchtern zumindest in einem von den Frauen, mit denen Elisabeth umging und lebte: Sie waren älter. Fünfzehn Jahre, die zwischen Jan und ihr lagen, sie Anfang dreißig, Jan Mitte vierzig. Das hatte sie vorher gewußt, aber es war ein kühles, abstraktes Wissen geblieben, ohne Bedeutung, ohne Gefühl. Läppische Jahre, hatte sie gedacht. Erst jetzt wurde ihr bewußt, daß kein einziges Jahr in einem Menschenleben ein läppisches war, zumindest nicht bei einem Menschen wie Jan. Jans Leben war ein anders gelebtes, nicht nur von längerer Dauer, sondern zugleich in anderen Bezügen verbracht. In Elisabeths Leben gab es keine Tochter, nicht einmal eine Aussicht darauf. Noch weniger einen Wunsch. Sie selbst war ja noch Tochter, nach wie vor von den wöchentlichen Anrufen ihrer Mutter in diese Rolle verwiesen.

Was meinst du, wollen wir anfangen?

Fragend sah Jan sie an. Sie wirkte nicht ungeduldig, eher scheu, wie schon am Tag zuvor, als sie Elisabeth um das Manuskript gebeten hatte. Der Ordner lag aufgeschlagen vor ihr. Elisabeth nickte. Von mir aus gern. Jan legte das Kinn auf den Handballen und begann, in den Seiten zu blättern. Mit dem zweiten Kapitel bin ich noch nicht ganz durch, aber das erste habe ich relativ gründlich gelesen. Ich habe ein paar Bleistiftstriche an den Rand gemacht, ist das okay?

Sicher. Ist ja kein Heiligtum.

Während sie ihren Stuhl zurechtrückte, sah Elisabeth kurz auf die ordentlich gereihten Sätze, die die Seiten im Ordner füllten, eine pedantisch entworfene bleischwarze Architektur von Wörtern. Plötzlich fühlte sie sich angenehm leicht, als habe sie ihre Schwere abgegeben an das Papier. Kein Heiligtum, nein, aber doch eine Art Heimat, etwas zum Wohnen.

Du kommst aus England, nicht wahr?

Jan kniff die Augen leicht zusammen, als sei sie es leid, diese in ihrem Leben sicher hundertfach gestellte Frage ein weiteres Mal zu beantworten. Ursprünglich ja, stimmt. Obwohl das schon lange her ist. Aber der Akzent bleibt natürlich.

Du sprichst sehr gut deutsch, das meinte ich nicht.

Wieder nickte Jan unwillig, auch das wohl ein hundertfach gehörtes Kompliment, wenn es überhaupt ein Kompliment war. Möglich, daß sie es eher als Beleidigung empfand, wenn Menschen in ihrer Umgebung es noch immer für notwendig hielten, sie darauf hinzuweisen. Eine sehr feine, aber doch deutlich hörbare Ausgrenzung, die darin lag: Du sprichst sehr gut deutsch. Du bist keine von uns.

Jan lächelte, offensichtlich um Freundlichkeit bemüht. Nun, immerhin sind es inzwischen fast zwanzig Jahre, die ich hier lebe. Da kann man wohl eine einigermaßen flüssige Sprache erwarten. Mittlerweile fühle ich mich im Deutschen eigentlich sogar heimischer als im Englischen. Deutsch ist sozusagen meine Stiefmuttersprache. Keine Mutter, aber doch sehr vertraut.

Elisabeth schwieg. Wie es wohl sein mochte, fremd in einer

fremden Sprache zu sein, im völligen Verlust aller vertrauten Bezüge. Sprache war schließlich die eigentliche Heimat, losgelöst von Landschaften und Menschen. Sprache war Identität; sie zu verlieren bedeutete, den Verstand zu verlieren. Wieder fühlte sie eine stille Hochachtung vor Jan, vor ihrer Bereitschaft, fremd zu sein. Sie selbst hatte nur unter gräßlicher Angst den Ort ihrer Kindheit verlassen und war auf dem erstbesten Fleck, auf dem sie zum Stehen gekommen war, sofort wieder verwurzelt. Jan hatte nicht nur ein Elternhaus und einen Ort, sondern ein Land, eine Sprache, eine Kultur verlassen. Später dann eine Ehe, eine sexuelle Orientierung, ein ganzes Lebensmuster. Sie hatte ihr Leben aus eigenen Wünschen heraus urbar gemacht, war nicht in einen bereits gerodeten Boden hineingewachsen, der nur noch mit kleinen Verästelungen hätte ausgefüllt werden können, Verzierungen, die dann das eigene Leben waren. Radikal, an der Wurzel ansetzend, das war Jan zweifellos auf eine ganz andere Art, als sie selbst es immer von sich behauptet hatte. Ein Wort, das bei Jan gefüllt war mit gelebtem Leben; keine leere revolutionäre Floskel, die dort endete, wo es an die eigenen Bequemlichkeiten ging. Scheu, als dürfe sie nicht weiter in Jan eindringen, blickte sie sie an.

Und dein Name, was bedeutet der? Ein englischer Name?

Janet. Abgekürzt und eingedeutscht, das ist einfacher.

So simpel also. Wie überhaupt alles jetzt simpel schien. Der Ausbruch kindlicher Enttäuschung fiel ihr wieder ein, dieses Sie-mag-mich-nicht, das sie Judith gestern in die Ohren geheult hatte. Alle Gefühle, die sie auf Jan gerichtet hatte, kamen ihr plötzlich unangemessen vor, lächerlich überzogen, wie Reflexe uralter Ängste. Vielleicht gelang es ihr, Jan einfach zu sehen, wie sie war. Sie also nicht länger mit dieser Ansammlung kümmerlicher Neurosen zu überschütten, die sie als Ballast mit sich herumtrug.

Schwungvoll schlug sie die Beine übereinander und sah Jan ins Gesicht, bereit, endlich anzufangen, jetzt.

Der Abend kam schnell. Irgendwann hatte es wieder zu regnen begonnen, in die schiefergraue Dunkelheit hinein, die gegen vier zu fallen begonnen hatte, ein stumpf verlaufenes Licht. Sie hatten konzentriert gearbeitet, ohne Fahrigkeit. Erst jetzt, als Elisabeth sich ans Treppengeländer lehnte und Sonjas nassen Anorakärmel heraufkommen sah, warf sie einen Blick auf die Uhr, zehn vor acht. Ein Sauwetter, rief Sonja noch auf der Treppe. Richtig kalt ist es geworden. Das gibt ein Chaos, wenn es heute nacht friert. Sie gluckste, als freue sie sich über einen gelungenen Scherz. Elisabeth umarmte sie knapp. Komm rein, leg ab. Sonja lachte nach beinahe jedem Satz, meist ohne erkennbaren Anlaß. Es war kein heiteres Lachen, eher bitter-ernst, wie aus Notwehr. Eine Art, möglichen Verletzungen zuvorzukommen, hatte Elisabeth immer wieder gedacht und sich vorgenommen, nicht mitzulachen, wenn sich Sonjas Stimme selbst beim Erzählen furchtbarster Geschichten in schweren Schüben von Gelächter verlor. Dennoch gelang es auch ihr nur selten, sich der Macht dieses Lachens zu entziehen. Sie lachte, wie alle lachten, während Sonjas Verstörungen zu einem gelungenen Witz wurden, wirklich komisch, der Rede nicht wert. Aber das war es wohl auch, was Sonja beabsichtigte: sich selbst zu einer heiteren, luftigen Bagatelle zu machen.

Ist dein Besuch schon da? Die Frau aus Köln?

Ja, gestern nachmittag gekommen.

Sonja hängte ihren Anorak an die Garderobe und tupfte mit einem Taschentuch sorgfältig die Wasserschlieren von ihren Brillengläsern. Und sonst? Bin ich etwa die erste?

Ja. Zehn Minuten zu früh.

Ein unangenehm strenger Ton hatte in ihrer Stimme gelegen, als empöre sie sich darüber, daß Sonja bereits gekommen war. Aber so war es schließlich auch. Diese unsägliche Mühsal kommunikativer Verpflichtungen, die über dem Abend lag: jede Frau eine Aufforderung zum Sprechen. Dabei hatte sie den ganzen Tag nichts anderes getan, und jetzt war es an der Zeit, still zu sein. Ist aber nicht schlimm, fügte sie versöhnlich hinzu. Es dauert nur alles noch ein bißchen. Judith und Jan sind beim Kochen, und die Wohnung sieht auch noch ziemlich chaotisch aus. Hoffentlich hast du keinen brüllenden Hunger. Sonja machte eine unbekümmerte Geste und ging auf die Küchentür zu. Ach was. Ich kann ja auch noch was tun. Sicher brauchen die noch jemanden zum Kartoffelnschälen.

Vorhin war keine Eile gewesen, kein Gefühl dafür, daß etwas getan werden mußte. Jan und sie waren, nachdem sie mit der Arbeit aufgehört hatten, noch eine Weile am Schreibtisch sitzen geblieben. Sie hatten nicht viel gesprochen, aber ihr Schweigen war ruhig gewesen, ohne Spannung, als hätten sie beide ihren Vorrat an Sprache erschöpft und warteten nun darauf, daß er sich wieder anfülle. Jan hatte noch ein wenig von ihrer Arbeit erzählt, doch ihre Sätze waren immer sparsamer geworden, unterbrochen von großen Pausen. Das Fenster der beiden Alten gegenüber war vom scharf umrissenen, bläulichen Licht eines Fernsehers erleuchtet gewesen, im Wechsel der Bilder immer wieder abrupt umschlagend, mal hell, dann wieder dunkler. Aus Judiths Zimmer war kein Geräusch gekommen. Auch der Kater hatte die abgerissenen, hellen Schreie, mit denen er eine Zeitlang im Flur herumgelaufen war, wieder eingestellt. In der Stille hatte Elisabeth sich seltsam schwerelos gefühlt, ein taumelnder Zustand, in dem alle Verpflichtungen unwirklich geworden waren, als sei eine andere gemeint. Erst nach einer Weile hatte sie sich daran erinnert, seit dem Mittag nicht mehr mit Judith gesprochen zu haben. Sofort war sie aufgestanden und hatte ihre Tür einen Spaltbreit geöffnet. Was machst du?

Nichts. Endlich mal so richtig gar nichts. Nur faulenzen. Und ihr? War's gut?

Doch, ja. Sehr gut.

Schon beim Sprechen kam ihr der Verdacht, nicht die Wahrheit zu sagen, obwohl es genau so gewesen war: gut. Sie schloß die Zimmertür und ging zu Judith hinüber, die unter dem hellen Lichtfleck der Stehlampe im Sessel saß, den Kater auf den Knien. Hat sich wirklich gelohnt, wiederholte sie, während sie sich zu ihr auf die Sessellehne setzte, aber wieder klang ihre Stimme dünn, als täusche sie eine Begeisterung vor, die sie gar nicht empfand. Judith lächelte. Siehst du. Hab ich dir gleich gesagt.

Sie mag dich auch, das hatte Judith in der Tat gesagt. Sie spürte, wie ihr Körper steif wurde. Wieder hatte sie das Gefühl, gönnerinnenhaft mit einer Zuneigung bedacht zu werden, die eigentlich auf eine andere gerichtet war und sie nur zufällig traf. Aber es gab natürlich auch einiges zum Diskutieren, setzte sie ungewollt heftig hinzu. Die Widersprüche, die unnötigen Wiederholungen, das ist ihr ziemlich schnell aufgefallen. Und natürlich auch all die gestelzten Formulierungen. Du weißt ja, manchmal verfalle ich in diesen furchtbar aufgeblasenen Tonfall.

Ja, aber das ist doch gut, auch Kritik ist gut, daran mußt du dich einfach gewöhnen.

Etwas lächerlich Eindringliches lag in Judiths Stimme, als spreche sie zu einem störrischen Kind. Elisabeth schwieg. Es gab keine authentische Sprache für diesen Nachmittag. Kein Wort, mit dem sie Judith erklären konnte, daß gerade die Kritik im Gespräch mit Jan so wichtig gewesen war. Und daß der uralte Wunsch, flennend aus dem Zimmer zu laufen, gar nicht erst aufgekommen war. Daß sie statt dessen sehr genau hingehört hatte. Undenkbar, zu sagen: Du, das Gespräch mit Jan war anders als sonst, ernsthafter irgendwie, seriöser, ich weiß nicht genau. Immerhin war ihre Arbeit etwas, das sie mit niemandem teilte. Sie war also auf die Ernsthaftigkeit, mit der Jan gelesen und geurteilt hatte, nicht vorbereitet gewesen. Jan hatte genau hingesehen, auf jeden einzelnen Satz. Keinerlei Leichtfertigkeiten. Kein vorschnelles Lob. Kein flüchtiges Na-ja, ganz-nett. Kein verlegenes Schweigen.

Jan hatte sie ernst genommen, ernster vielleicht, als sie selbst jemals dazu in der Lage gewesen war. Unmöglich, Judith in zwei, drei knappen Sätzen davon zu erzählen, ohne ihr zugleich zu unterstellen, sie nähme sie nicht ernst. Später, vielleicht. Wenn es wieder Zeit gab und ruhiger geworden war. Jan zurück in Köln, sie beide in einem kleinen Haus an der Nordsee.

Sie legte ihren Arm um Judiths Schulter und küßte sie, aber ihre Lippen waren trocken und hart, ohne Gefühl. Rasch stand sie auf. Ich geh mal wieder. Jan sitzt noch am Schreibtisch.

Judith lächelte. Ich komme auch gleich. Sie ist nett, nicht?

Ja, das ist sie wohl. Nett.

Auf dem Flur fegte Elisabeth mit der Handfläche ein paar Steinchen zusammen, die neben dem Katzenklo verstreut lagen. Durch die angelehnte Küchentür war Jans Stimme zu hören, dazwischen Sonjas Gelächter. Auch Judith lachte; dann ging mit einem leisen Summton der elektrische Mixer an. Im vorderen Zimmer war die Luft, obwohl die Flügeltür zum Arbeitszimmer geschlossen gewesen war, schwer und verraucht. Sie öffnete die Tür zum Balkon und trat einen Schritt hinaus. Der Regen hatte nachgelassen; die Luft war angenehm scharf, ohne den Geruch von nässender Fäulnis, der in den letzten Tagen in der Straße gestanden hatte. Es war spürbar kühler geworden. Der Wind riß an den Rändern des Plastiksacks mit Blumenerde, der an das Geländer gelehnt war. Dahinter sah sie das dürre Geäst der Fuchsien, in der Dunkelheit undeutlich bewegt. Nach dem Baden hatte sie eine ihrer Sommerhosen aus dem Schrank gesucht, zu dünn für die Jahreszeit, aber der weite Schnitt und die großen, an den Beinen aufgesetzten Taschen waren ihr wie Zeichen einer Leichtheit erschienen, die nach langer Abwesenheit endlich in ihren Körper zurückzukehren bereit war, wenn sie nur wartete, nichts tat. Jetzt fror sie unter dem dünnen Stoff. Sie ließ die Balkontür offen stehen und ging ins Zimmer zurück. Durch die Flügeltür sah sie kurz ins Arbeitszimmer, aber sie hatte bereits aufgeräumt, der Schreibtisch war leer. Der Manuskriptordner stand wieder in gleichmäßiger Reihe zwischen den anderen Ordnern im Regal, alle mit einem weißen Rücken versehen und penibel beschriftet, die losen Entwürfe und Notizen der früheren Jahre mit Jahreszahlen versehen. Sogar ihre hoffnungslosesten Versuche konnten dort eingereiht noch für ein Stück nützliche Arbeit gehalten werden. Dabei hatte sie, statt zu arbeiten, über lange Zeit nur ein zersprengtes, fiebriges Stammeln zu Papier gebracht, ohne Form, ohne Sinn. So daß Marianne damals keine spitzfindigen Beweise hatte bemühen müssen, als sie behauptet hatte, Elisabeths Arbeit sei die unnötigste und ineffektivste, die je ein Mensch getan hätte. Es war keine Behauptung gewesen, eher ein letzter, vernichtender Schlag am Ende ihrer Beziehung, als sie schon gewußt hatten, daß eine von ihnen bei künftigen Zufallsbegegnungen die Straßenseite wechseln würde. Das war vor Judith gewesen, vier Jahre her, aber noch immer spürte sie diesen Schlag, eine nur dürftig verheilte Wunde. Um sie aus ihrem Leben zu beseitigen, hatte Marianne jedes Mittel benutzt. Alles, was sie war, mußte weg, also auch ihre Arbeit, vielmehr: sie selbst, vergegenständlicht in ihrer Arbeit.

Sie öffnete die Flügeltür und setzte sich an den Schreibtisch. Möglich, daß auch Judith ihre Arbeit lediglich als ein Medium benutzte, um Gefühle zu transportieren, für die sie keine andere Sprache fand. Zumindest lag darin eine Erklärung für die Beklemmung, die sie immer wieder empfand, wenn Judith rasch ein paar Seiten überflog, um mit schwimmendem Blick aufzusehen und zu sagen: Toll, Süße. Gefällt mir wirklich sehr gut. Jan dagegen hatte über ihre Arbeit gesprochen, nur darüber. Ihre Kritik war kein unterschwelliger Versuch gewesen, sich zu ihr in Beziehung zu setzen. Sie hatte die Wörter ernst genommen, Elisabeths Art, sie zu gebrauchen. Nichts Anbiederndes hatte in ihrer Stimme gelegen, als sie gesagt hatte: Mir gefällt es ausnehmend gut, dein Buch. Beim Sprechen war sie vorsichtig mit der Handfläche über die aufgeschlagene Manuskriptseite gefahren, zärtlich gegenüber den Wörtern, voller Respekt. Elisabeth hatte sie angesehen, ein stummes, begriffsentleertes Starren. Wie immer war sie davon ausgegangen, daß nicht ihre Arbeit, sondern sie selbst zur Diskussion stand. Sofort hatte sie geglaubt, Jan meine sie. Daß sich Jan also wie alle anderen in der Ebene geirrt hatte und mit einer immerhin möglichen Enttäuschung über ihre Person auch ihr Urteil zurücknahm. Nur undeutlich hatte sie geahnt, Jan nicht verstanden zu haben. Ihre Erstarrung war ihr dümmlich vorgekommen, sie hatte sie zu verbergen versucht. Freut mich, schön, hatte sie plaudernd gesagt und dann auf die nächste

Passage übergeleitet. Erst jetzt begriff sie das Mißverständnis, in dem sie gefangen gewesen war, schläfrig davon ausgehend, das immer Erlebte passiere ein weiteres Mal. Es war nicht um ihre Person gegangen. Nicht darum, ob sie schwerfällig oder spritzig, genial oder gewöhnlich war, jemand zum Mögen, zum Übergehen, zum Verachten. Jan hatte ausschließlich die Ergebnisse ihrer Arbeit gemeint.

Mehr nicht. Nicht weniger.

In ihrer Hosentasche suchte sie nach Zigarettenpäckchen und Feuerzeug, aber im selben Moment hörte sie Judiths Stimme, laut aus der Küche rufend. Süße! Geh doch bitte mal an die Tür! Sie stand auf. Als sie auf den Türöffner drückte und das Licht im Treppenhaus ansprang, fühlte sie einen leisen Ärger aufkommen, als störe man sie in einer Angelegenheit, die nur sie selbst etwas anging. Wenn sie auch nicht wußte, worin diese Angelegenheit bestand. Sie horchte auf die Stimmen im Treppenhaus, Inge und Claudia, kein Zweifel. Gleich würde der Abend sich also einlärmen, ein geschwätziges Unternehmen, in dem sie die Zeit absaßen, um hinterher sagen zu können: Es war nett. Ja, wirklich nett. Während sie an der Tür wartete und mit einem Bein den Kater zurückhielt, kam Jan unschlüssig lächelnd über den Flur.

Na, dann geht's wohl jetzt los.

Ja, sagte sie. Sieht so aus.

Nachdem sie den Küchentisch nach vorn getragen und ausgezogen hatten, wirkte das Zimmer ungewohnt eng, aber in seiner Enge zugleich behaglich. Elisabeth setzte sich auf den Platz, den die anderen neben Judith freigelassen hatten. Judith war schon dabei, die Salatschüssel um den Tisch zu reichen. Sonja hatte ihren Stuhl ans Tischende gerückt. Imme saß neben Judith, Jan in einiger Entfernung ihnen gegenüber neben Inge und Claudia. Sieht gut aus, meinte Inge. Dann wollen wir mal. Guten Appetit allseits. Die Gespräche flossen jetzt, als sie zu essen begannen, im wohligen Gleichmaß. Sogar Imme, die die Zeit bis zum Essen teilnahmslos in der Ecke auf dem Sofa abgesessen hatte, wirkte wieder wacher.

Sie war spät gekommen, erst gegen neun. Vom Flur aus hatte sie durch die halboffene Tür ins Zimmer gesehen, ein Na-wie-ist-sie-denn-so in den Augen, aber als Elisabeth sie vorgestellt hatte, war der Ausdruck von Erwartung, mit dem sie auf Jan zugegangen war, sofort in sich zusammengefallen. Nach all der Neugier, die sie auf Jan gerichtet hatte, hatte sich ihr Gesicht augenblicklich ausgeleert, als ginge Jan sie nun, da sie sie gesehen hatte, nichts mehr an. Wortlos hatte sie sich gesetzt und den Kater auf die Beine genommen, der zwischen ihnen herumgelaufen war. Komm her, Dicker, hatte sie gesagt, du armer Bilderbuchkater, keine kümmert sich um dich.

Jetzt schien sie die Enttäuschung, die Jan für sie gewesen sein mußte, überwunden zu haben. Lebhaft erzählte sie Judith von ihren Katzen, die sie jeden Morgen gegen sechs weckten. Unvorstellbare Nervsäcke, meinte sie, und Judith nickte, ja, das macht der Dicke auch immer. Sie lachten wie über ein unerzogenes, aber doch liebenswertes Kind. Sonja erläuterte Jan das Rezept für einen Gemüseauflauf. Jan hörte aufmerksam zu. Ich verstehe, sagte sie mehrmals; offenbar war auch sie firm in der Kunst des Kochens. Inge und Claudia saßen, nachdem sie sich die Teller aufgefüllt hatten, einander zugewandt, sich beim Essen immer wieder küssend und anfassend. Neben ihnen wirkte Jan abgeschnitten, mit jener Grausamkeit aus dem Geschehen entfernt, die nur Paare verbreiten konnten. Schön, dich kennenzulernen, hatte Inge vorhin zu ihr gesagt, in einem Ton aufrichtiger Freude. Claudia hatte nur genickt und böse an Jan vorbeigeblickt. Sofort war Inge ebenfalls dazu übergegangen, Jan zu übersehen. Arm in Arm hatten sie sich an den Tisch gesetzt und sich zwischen ihren langanhaltenden Küssen leise tuschelnd zu unterhalten begonnen. Die Gewalttätigkeit, die in dieser demonstrativen Intimität gelegen hatte, war Elisabeth unerträglich erschienen, wie eine Nötigung, mit der alle anderen in die Pose voyeuristischer Spannerinnen gezwungen waren, die aufgeregt aus den Augenwinkeln heraus glotzten, während sie scheinbar gelangweilt die Beine übereinanderschlugen. Auch Jan hatte zwar still, aber mit deutlichem Unbehagen in ihrem Stuhl gesessen.

Elisabeth hatte überlegt, irgend etwas zu sagen, *so ist sie eben, die Liebe* oder einen ähnlich dümmlichen Satz, aber so war ja die Liebe gar nicht, also hatte sie geschwiegen und Jan nur gelegentlich komplizinnenhaft angeblickt. Auch jetzt suchte sie wieder ihren Blick, doch Jan saß im Gespräch mit Sonja leicht nach vorn gebeugt und sah nicht auf. Sonja hatte mit klarer, eindringlicher Stimme von ihrer Frauengruppe zu erzählen begonnen. Das Desinteresse, mit dem sie Jans Besuch zuvor kommentarlos zur Kenntnis genommen hatte, war nun einer unbeschwerten, freundlichen Neugier gewichen. Vielleicht war sie, da sie nichts erwartet hatte, als einzige in der Lage, das wahrzunehmen, was tatsächlich war. Nein, sie gehe da nicht mehr hin, sagte sie gerade. Ein gräßlicher Haufen, Jan ahne ja gar nicht, wie gräßlich Frauen sein könnten. Ich weiß, erwiderte Jan. Die ärgsten Feinde stehen in den eigenen Reihen. Sonja lachte. Genau. Außerdem gehe ihr dieses ganze Psychogesülze auf die Nerven. Sie sei eben mehr fürs Praktische. Handfeste politische Arbeit, aber daran sei ja niemand mehr interessiert.

Nimmst du keinen Salat? Schmeckt es dir nicht so recht? Elisabeth griff nach der Salatschüssel, die Judith ihr hinhielt. Doch, natürlich. Ich bin nur ein bißchen müde. Der Nachmittag, weißt du. Alles ein bißchen viel. Judith fuhr ihr mit der Hand durchs Haar. Kann ich verstehen. Du mußt ja auch nicht so viel reden. Schweigend begann Elisabeth ihren Teller zu füllen. Wieder hatte sie das Gefühl, Judith zu belügen. Sie war erschöpft, zugleich aber eigenartig erregt, nicht ausgeleert und dumpf wie so oft, wenn sie zuviel gearbeitet hatte. Eher vibrierend gefüllt, in einem Zustand hochgradig nervöser innerer Wachheit. Ich fürchte, ich bin heute nicht die beste Gastgeberin, setzte sie leise hinzu. Macht doch nichts, flüsterte Judith zurück. Ich bin doch auch noch da. Ich kümmere mich schon um Jan, falls du dir Sorgen machst, daß sie sich nicht wohlfühlt. Sie richtete sich auf und schenkte Jan Orangensaft nach, als müsse sie ihre Fürsorge umgehend beweisen. Jan nickte kurz und wandte sich wieder Sonja zu. Wie ich Hamburg finde? Kann ich gar nicht sagen. Bisher habe ich eigentlich nur

Elisabeths Arbeitszimmer gesehen. Wieder dies sonderbar leise Lachen. Judith lachte ebenfalls. Das darf natürlich nicht so bleiben, sagte sie mit entschlossener Stimme. Morgen sollten wir wirklich mal ein bißchen raus. Zum Beispiel an der Elbe spazierengehen, wenn das Wetter nicht allzu schlimm ist. Jedenfalls solltet ihr es nicht übertreiben mit der Arbeit. Ein bißchen Entspannung muß einfach sein. Mal sehen, meinte Jan. Vielleicht.

Judith erwiderte etwas, das wie eine Ermahnung klang. Elisabeth hörte nicht hin. Niemand am Tisch schwieg, also konnte sie vielleicht eine Weile still bleiben, ohne daß jemand nach Gründen zu suchen begann. Während sie aß, beobachtete sie, wie Inge Claudia einen Kuß ins Gesicht drückte, während von Claudias Gabel, die sie schief in die Luft hielt, langsam die Soße auf den Teller zurücktropfte. Ein lächerliches Bild, wie eine Karikatur, die die Blödheit der Liebenden entlarvte. Sie unterdrückte das Gefühl, hemmungslos loslachen zu müssen. Schließlich waren die beiden nicht einmal zwei Monate lang ein erklärtes Paar und noch voller nervöser Energie, getrieben von der Furcht, sich verlieren zu müssen, wenn sie sich nicht fortwährend einander vergewisserten. Das ging vorbei. Liebe war letztlich nicht mehr als eine Annehmlichkeit, etwas, mit dem es sich komfortabler leben ließ als allein. Dennoch empfand sie ein undeutliches Versagen, als sie daran dachte, wie matt sie selbst neben Judith saß. Wie wenig neugierig auch. Sie versuchte, Judith und sich aus der Ferne zu betrachten, so wie andere sie möglicherweise sahen. Ein in Würde ergrautes Schwesternpaar, das still auf einer Parkbank saß und ab und an Brotkrumen aus einer Tüte zwischen den Enten verstreute. Nicht verbittert, aber doch auf eine Weise gealtert, die statt der erhofften Weite nur Enge gebracht hatte. Leicht legte sie die Hand auf Judiths Bein. Judith blickte nicht auf. Der Fischmarkt, das ist schon sehenswert, sagte sie gerade zu Jan und streifte dabei flüchtig Elisabeths Hand. Die Nähe zwischen ihnen war so selbstverständlich geworden, daß sie sie nicht einmal mehr wahrnahmen. Mit Mühe mußten sie sich von Zeit zu Zeit daran erinnern, daß ihre Beziehung unter dem

Begriff Liebe stand, also mehr war als eine freundliche Gewohnheit. Dennoch, sie galten als glücklich. Waren es auch. Glück war schließlich nicht nur ein penetrant bewegter Zustand, der sich bereits von weitem offenbarte und andere mit seiner Nervosität belästigte.

Auch Stille war ein Glück.

Sie schenkte sich Mineralwasser nach. Absurder Satz. Glück war ein Klischee, kein Zustand. Ein Hohlraum, in dem ein klebriger Sud von Bedeutungen vor sich hinköchelte. Alles und nichts. Trotzdem stimmte es so. Nach einer so langen und würdevoll absolvierten Zeit hatten Judith und sie einen Anspruch auf diesen Begriff erwirkt. Zumindest waren sie bedürfnislos geworden, und das war immerhin eine mögliche Definition. Wunschlos. Hieß schließlich: glücklich.

Das Polaroidfoto, plötzlich dachte sie wieder daran. Wie Jan es vorhin auf dem Regal entdeckt hatte, zufällig, ein dummes Versehen. Dieser unangenehm genaue Blick, mit dem sie es betrachtet hatte. Gründlich, als gebe es mehr auf dem Bild zu sehen als das, was offenkundig war. Ein schönes Foto, hatte sie schließlich gesagt. Elisabeth hatte genickt. Ja. Gib mal wieder her. Nur mit Mühe hatte sie sich davon abhalten können, es Jan aus der Hand zu reißen. Blut war ihr ins Gesicht gestiegen, in schnellen Stößen. Meine Mutter hat es gemacht, hatte sie hinzugefügt. Vor einer Woche, als sie zu Besuch war. Den Apparat hat sie immer dabei, für die Familienchronik. Sie hatte lachen wollen, aber ihre Stimme hatte seltsam geschepert, wie leer. Rasch hatte sie das Foto genommen und in die Schublade ihres Schreibtisches gelegt. Eine überzogene Reaktion, zu heftig, auch die war ihr peinlich gewesen. Als müsse sie etwas verbergen. Schon am vergangenen Wochenende hatte sie sich unbehaglich gefühlt, als das Foto wie eine entlarvende Widerspiegelung nicht gesehener Wirklichkeit aus der Kamera gekommen war, mit einem leise surrenden Geräusch. Beklommen hatte sie neben Judith gesessen und zugesehen, wie aus der Verschwommenheit des Fotopapiers Farben und Konturen entstanden waren, Körperumrisse, sie selbst.

Ein gelungenes Bild.

Arm in Arm saßen sie da, in die Kamera lachend, nicht verkrampft wie so oft, sondern mit einer leicht in den Augen sitzenden Fröhlichkeit, als ginge es ihnen auch nach dem Fotografieren noch gut. Ein Abbild des Glücks. Glänzend und gesund wie alle Abbilder glücklicher Paare, die durch die Welt gingen. Bei Elisabeths kurzgeschnittenem Haar und ihrer hochgewachsenen, hageren Figur mußte man ohnehin genau hinsehen, um zu erkennen, daß sie zwei Frauen waren und somit zumindest nicht auf die übliche Art glücklich. Ihre Mutter konnte das Foto also gefahrlos als Beweis einer auch unter diesen schwierigen Umständen noch harmonischen Familie ins Album heften, neben das Foto ihres Bruders mit seiner Ehefrau. Uns geht es gut. Die Kinder sind glücklich verheiratet.

Deshalb vielleicht diese unmäßige Scham. Der Zwang, das Bild zu verstecken. Ein weiteres beklemmendes Indiz dafür, daß die Betonung gesellschaftlicher Normen eher auf *Paar* als auf *heterosexuell* lag. Solange sie die Struktur staatlich erwünschter Lebensformen in festgefügten, lebenslänglichen Paargemeinschaften nicht antasteten, waren sie auch lesbisch willkommen. Dennoch war damit die rasende Energie nicht erklärt, mit der sie das Bild hatte beseitigen wollen. Ein anderes Unbehagen mußte darunter liegen, stärker. Mehr als nur das, eine Lebensform gewählt zu haben, die längst keine Revolte mehr darstellte, nur eine weitere Spielart dessen, was immer dagewesen war.

Diese Panik, als Jan das Foto entdeckt hatte. Der Wunsch, es ihr aus der Hand zu reißen.

Möglich, daß Jan auf dem Bild eine andere, verschlüsselte Sprache wahrgenommen hatte. Daß sie es so genau betrachtet hatte, weil sie mehr zu erkennen vermochte als nur ein zufriedenes Paar. Daß sie also etwas entziffert hatte, was ihr selbst rätselhaft blieb. Prüfend hob sie den Blick, aber Jan saß unverändert höflich und offen auf ihrem Platz. Keinerlei Anzeichen von Veränderung in ihren Augen, als sie jetzt ebenfalls aufsah. Sie lächelte sogar, als wolle sie sagen: Na, läuft doch alles ganz gut. Neben ihr erzählte Sonja von den neuesten

Gemeinheiten ihrer Wohngemeinschaft. Eine habe ihr tatsächlich das dreckige Geschirr ins Zimmer gestellt, weil sie der Meinung gewesen sei, Sonja sei mit dem Abwasch dran. Auch den Mülleimer. Urkomisch. Sie lachte laut auf. Dringend müsse sie da raus, sagte Imme in einem resolut klingenden Tonfall, aber Sonja lachte unbekümmert weiter. Du nimmst das doch alles zu leicht, erwiderte Imme, lehnte sich zurück und schwieg. Ein Ausdruck bleierner Unzufriedenheit lag in ihrem Gesicht, als habe sich ihr eigenes unauflösbares Elend plötzlich wieder über ihr geschlossen. In letzter Zeit gelang es ihr immer seltener, sich von der bedrückenden Vergeblichkeit ihrer Bemühungen um eine Beziehung zu lösen. Für sie war es ein Unglück, niemanden zu lieben, von niemandem geliebt zu werden. Natürlich war es schlimm, keine Frage. Ohne eine Liebesbeziehung das eigene Leben einrichten zu müssen galt gerade unter lesbischen Frauen als gräßlicher Mangel. Dennoch gab es etwas, das Imme im Beklagen dieses Mangels übersah. Ein unabschätzbarer Gewinn, der darin bestand, sich einzeln in der Welt zu bewegen, suchend also, aus allen Gewißheiten gelöst. Unter den geschlossenen Schichten von Liebe und Zärtlichkeit, die die meisten Paare umgaben, lag letztlich nur ein anderes, vielleicht schlimmeres Elend verborgen. Eine furchtbare Unberührbarkeit. Ein Stillstand, der im Grunde defizitärer war als die Vereinzelung.

Das Foto, wieder fiel es ihr ein. Dieser schwere, penetrante Geruch, der von ihm ausging, so süßlich, daß man sich beim Betrachten instinktiv die Nase zuhielt und zur Seite atmete. Ein Geruch, der weder kam noch ging, ähnlich der stehenden Luft einer Gewitterhitze, die brütend am Himmel klebte und sich nicht entlud. Genau dieser unbewegliche Abdruck von Glück in ihren Gesichtern war es, den das Foto wie eine Obszönität zur Schau stellte. Früher hatte sie auf Fotos eher darbend ausgesehen, als trüge sie im Inneren Kämpfe aus, die noch zu entscheiden waren. Eine Unruhe hinter den Augen. Jetzt stand ihr Gesicht still. Kein Bedürfnis, das sich in ihr regte. Kein Wunsch, keine geheimen unsagbaren Sehnsüchte, die nicht schon längst von der Erfüllung niedergemäht worden waren. Nur die Arbeit war noch ein Ort heimlicher, unruhiger Energie. Darüber hinaus war sie voll. Ein bis zum Rand gefülltes Faß, zugenagelt und ruhend gelagert, denn mit jeder Bewegung, jeder auch noch so leichten Erschütterung würde es überlaufen und Tropfen um Tropfen verlieren.

Das war ja irre. Die Vorstellung, mit Anfang dreißig ihr Leben ausgelebt zu haben und nur noch darum bemüht zu sein, das einmal Erreichte zu bewahren, war grotesk. Mit der Hand suchte sie unter dem Tisch wieder nach Judiths Bein. Judith drehte sich kurz zu ihr um. Geht's dir etwas besser? Ein bißchen. Tatsächlich spürte sie plötzlich eine undeutliche Zuversicht. Vielleicht reichte es aus, all diese Schrecken und Verzerrungen von Zeit zu Zeit zu denken, um sie gereinigt und klar wieder verlassen zu können. Immerhin liebte sie Judith. In einer wahllosen Ansammlung von Frauen würde sie sie ohne Zögern als ihre Geliebte erkennen, auch in Zeiten wie diesen, in denen sie sich nicht begehrten. Vielleicht war es nicht zu vermeiden, daß im Zustand der Erfüllung alles erstarrte. Daß mit der Befriedung der Wünsche alles zum Stillstand kam. Daß also jede gelebte Liebe genau daran zugrunde ging: an ihrer eigenen Existenz, an ihrer Erfüllung. Eine vollkommen normale Zwangsläufigkeit, nicht ihr Versagen. Sie lehnte sich zurück. Aus den Augenwinkeln nahm sie wahr, daß Jan sie mit kurzen, kaum merklichen Blicken betrachtete. Schon seit einiger Zeit war sie deutlich stiller geworden. Höflich lachte sie, als Sonja mit einem Blick auf Claudia und Inge sagte: Findet ihr nicht, daß Paare eine sterbenslangweilige Angelegenheit sind? Elisabeth lachte ebenfalls, zu laut. Ziemlich öde, sagte sie schnell hinterher. Wieder sah sie, daß Jan sie ansah. Sie hatte bereits zu essen aufgehört und rauchte. Ihr Gesicht wirkte konzentriert und zugleich abwesend, als ginge sie einer Beschäftigung nach, die weit unterhalb der Wortgrenze lag. Mit der Hand schob sie ein paar Brotkrumen auf der Tischdecke zusammen. Die streichelnde Bewegung fiel Elisabeth wieder ein, mit der sie vorhin über die Manuskriptseite gefahren war. Ihre Ernsthaftigkeit. Das hatte sie angerührt, hatte sie durch den Dunst ihrer Zufriedenheit immerhin erreicht.

Vielleicht war zwischen Jan und ihr doch etwas möglich. Eine warmherzige Freundlichkeit zumindest. Die Bereitschaft, einander kennenzulernen. Sie warf einen Blick zur Uhr, halb zehn, noch war Zeit genug, ehe Jan wieder fuhr. Ein halber Abend. Ein ganzer Tag.

Der Streit hatte sich plötzlich gelegt, so abrupt, wie er entstanden war. Nachdem eben noch alle erregt durcheinander gesprochen hatten, war nun eine apathische Stille im Zimmer, als seien alle damit beschäftigt, die während des Streits beschädigten Haltungen wiederherzustellen. Sonja hatte die Beine weit von sich gestreckt und rührte in ihrem Kaffeebecher. Imme gähnte anhaltend. Warum regen wir uns eigentlich so auf, sagte sie. Lohnt sich ja doch nicht. Doch, doch, das lohnt sich durchaus, meinte Sonja, aber auch ihre Stimme klang matt. Inge sah Claudia fragend an. Gehen wir eigentlich noch in die Frauenkneipe? Claudia hob die Schultern. Was weiß ich. Imme richtete sich auf. Ja, wer hat denn nun überhaupt noch Lust? Wahrscheinlich keine? Quatsch, sagte Elisabeth rasch. Ich komme auf jeden Fall mit. Judith nickte. Mach das, Süße. Aber du weißt ja. Ich schaffe es beim besten Willen nicht mehr. Schon vorhin, als sie sich flüsternd zu Elisabeth vorgebeugt hatte, war ein leidender Unterton in ihrer Stimme gewesen. Ob sie denn noch mitwolle? Ja? Sie selbst wisse nicht so recht. Die laute Musik, das Gedränge, und dann erst so spät ins Bett, eigentlich sei ihr das zuviel. Aber wenn Elisabeth unbedingt wolle. Ach was, hatte Elisabeth sie unterbrochen. Leg dich lieber hin. Ich kann doch allein gehen, kein Problem. Tatsächlich war sie nicht ärgerlich gewesen, nicht einmal enttäuscht. Auch die weinerliche Wut war ausgeblieben, die sie sonst so oft überkam, wenn sie die Sicherheit von Judiths Anwesenheit plötzlich verlor, ohne eine Zeit der inneren Vorbereitung. Heute schien es ihr angemessen, vielleicht sogar gut, sich nicht wie üblich als Paar zu bewegen. Sie steckte sich eine Zigarette zwischen die Lippen und lehnte sich zurück. Die Anstrengungen, mit denen sie vorhin den Abend wie eine belästigende Übung zu absolvieren versucht hatte, kamen ihr jetzt, da sich alles als leicht und unkompliziert erwiesen hatte, übertrieben vor, ein sinnloser Verschleiß von Energie. Sogar die heftigen Emotionen, die sich während des Streits entladen hatten, waren folgenlos verpufft. Nur Sonja lachte noch einmal ruppig auf. Nach diesem Theater wollt ihr tatsächlich noch los? Na, von mir aus gern. Ich fürchte mich nicht.

Es war Sonja gewesen, die nach dem Essen vorgeschlagen hatte, in die Frauenkneipe zu fahren. Zunächst hatten alle genickt. Ja, warum nicht, gute Idee. Nur schnell noch einen Kaffee, hatte Imme gemeint, dann sei sie wieder fit. Als Elisabeth mit dem Kaffeetablett aus der Küche gekommen war, hatte sie schon im Flur die Stimmen der anderen gehört. Hör doch mal zu. Nein, jetzt laß mich ausreden. Das ist ja furchtbar, so kann man nicht diskutieren. Irritiert hatte sie das Tablett auf dem Tisch abgestellt. Was ist denn mit euch los? Nichts weiter, hatte Sonja kichernd erwidert. Nur eine kleine Meinungsverschiedenheit. Imme findet es nicht in Ordnung, daß in der Frauenkneipe neuerdings sado-masochistische Veranstaltungen stattfinden. Sie fürchtet, daß wir uns Ketten und Peitschen zulegen müssen, wenn wir dort in Zukunft noch etwas zu melden haben wollen. Und? Stimmt's etwa nicht? war Imme dazwischengefahren. Du glaubst doch nicht, daß ich die einzige bin, die von diesen Lederlesben abgestoßen wird. Ich jedenfalls überlege es mir inzwischen gut, ob ich noch Lust habe, meine Abende in einer solchen Brutalo-Atmosphäre zu verbringen. Und ich wette mit dir, daß auch die anderen Frauen, die mit Ketten und Leder nichts im Sinn haben, nach und nach wegbleiben werden. Wer geht schon in einen S/M-Schuppen, um in Ruhe zu klönen oder zu tanzen. Abrupt hatte Sonja das Lachen eingestellt. Du redest von Ausgrenzung? Ist ja nicht zu fassen. Genau das tust du doch selbst. Nur weil die S/M-Frauen nicht so sind, wie du dir Frauen vorstellst, sprichst du ihnen die Existenzberechtigung ab. Denkst du vielleicht, daß nur du ein Recht darauf hast, so sein zu können, wie du willst?

Wieder hatte sie gelacht, diesmal schärfer. Sofort hatten alle auf sie einzureden begonnen. Ach was, so kannst du das nicht sehen. Ist doch Blödsinn. Schweigend war Elisabeth einen Moment im Zimmer stehengeblieben, ehe sie sich neben dem Kater auf dem Sofa ausgestreckt hatte. Die Entfernung zum Tisch war ihr angemessen erschienen, notwendig, um in dem Gewirr von Haltungen ihre eigene zu finden. Hört doch auf, hat ja keinen Sinn, hatte sie nach einer Weile leise in Jans Rücken gesagt. Obwohl niemand zugehört hatte, war ihr der weinerliche Ton ihrer Bemerkung entlarvend erschienen, als bringe sie außer einem matten Flehen um Harmonie nichts mehr hervor. Die Frauenkneipe ist immerhin eine Errungenschaft der Frauenbewegung, hatte sie lauter hinzugefügt. Ich wüßte also nicht, was solche heterosexuellen Machtspielchen dort zu suchen haben. Armselig finde ich das, wenn Frauen nichts anderes einfällt, als sich gegenseitig zu unterwerfen. Wir kämpfen doch für eine andere Sexualität.

Sie hatte klar gesprochen, ohne Irritation. Dennoch hatten sich ihre Wörter seltsam hohl angehört, wie scheppernd aus dem Mund fallende Leerkörper, die beim Aussprechen in der Mitte aufplatzten und sie aus ihrer Leere heraus anstarrten. Still nickend hatte sie zugehört, während Sonja sich über ihre Argumente empört hatte. Was ist denn das für eine Sexualität, für die wir angeblich kämpfen! Gänseblümchensex, Händchen halten, sich verliebt in die Augen gucken, das ist doch schon alles! Der eigentliche Skandal bei den S/M-Frauen ist doch, daß sie ihre Sexualität offen zeigen. Daß sie zeigen, daß Frauen überhaupt eine Sexualität haben. Darüber regen sich doch alle auf, auch ihr!

Ja, hatte sie gedacht. Vielleicht. Nein. *Sexualität. Kämpfen.* Wieder hatte sie den Hohlraum gespürt, der in diesen Begriffen lag. Vorhin hatte sie sich ihrer bedient, als seien sie ihr selbstverständliches Eigentum, gefüllt mit Erfahrung und Kraft, so daß sie sie ohne weiteres für sich beanspruchen konnte. Dabei waren sie nicht mehr als leblose Rudimente vergangener Zeiten, die sie noch immer auf den Lippen führte, weil sie ihr Absterben nicht einmal bemerkt hatte. Ohne etwas auf Sonjas Rede zu erwidern, hatte sie den Fortgang der Debatte verfolgt. Auch als Judith sich umgedreht und den

Faden ihrer Argumentation aufgenommen hatte, hatte sie nur schweigend zugehört. Ich finde, Elisabeth hat recht. S/M ist in Ordnung für die, die es wollen, aber nicht als erklärter Inhalt von Frauenprojekten. Unsere sexuellen Utopien gehen doch in eine ganz andere Richtung. Weder Judith noch sie hatten ein Recht, sich für eine Sexualität zu ereifern, die sie selbst längst nicht mehr lebten. Sie waren körperlos geworden, ohne Begierde, ohne Lust, ohne Phantasie. Aber vielleicht mußten sie das Utopische einer anderen, freieren Sexualität gerade deshalb so ungewollt laut betonen: um zu kaschieren, daß sie sie selbst nicht mehr empfanden. Wie vielleicht alle, auch Sonja, ihre Heftigkeit ausschließlich aus ihren Defiziten bezogen und nur scheinbar aus einem Zustand der Fülle. Die Bemühungen, einander zu überzeugen, waren ihr mit jedem Wort sinnloser vorgekommen, als wisse jede längst, daß es eigentlich um etwas ganz anderes ging. Weit ins Sofa gelehnt hatte sie die Augen geschlossen und gewartet, bis auch die Stimmen der anderen schleppender geworden waren und endlich stumm.

Jan begann, das Geschirr auf dem Tisch zusammenzustellen. Laß doch, meinte Judith, ich räume auf, wenn ihr losgefahren seid. Ja, erwiderte Jan, ohne ihre Arbeit zu unterbrechen. Imme war schon aufgestanden und suchte in ihrer Tasche nach dem Busfahrplan. Wer kommt denn nun mit? Sonst nehme ich den letzten Bus. Wir nicht, meinte Claudia und faßte nach Inges Hand. Wir sind einfach zu müde, nicht wahr? Inge, die vorhin noch laut Lust gehabt hatte, nickte knapp. Jan legte das Besteck in eine leere Schüssel. Ich bleibe auch lieber hier. Der Tag war ziemlich lang. Und dann noch diese lästige Erkältung. Judith lächelte. Ja, du solltest dich wirklich nicht übernehmen. Ein frischer Pfefferminztee ist bestimmt besser als die verrauchte Kneipenluft. Kann ich dir machen, kein Problem. Imme sah Elisabeth prüfend an. Und du hast dann wohl auch keine Lust mehr?

Doch, natürlich. Hab ich ja gesagt.

Sie drückte ihre Zigarette aus und stand auf. Ein kaltes, barsches Gefühl stieg in ihr hoch. Erst jetzt, als ihre Erwartungen enttäuscht worden waren, spürte sie ihr Ausmaß. Worin sie auch immer gelegen haben mochten, sie mußten kräftig gewesen sein, groß. Zweifellos hatte sie sich mit Jan etwas erhofft. Etwas, das hier in der Wohnung zu dritt nicht möglich war. Irgend etwas, egal. Nachdem sich Jan so deutlich desinteressiert gezeigt hatte, war alles beliebig, ins Lächerliche verzerrt, vorbei. An der Tür wartete sie, bis Jan mit dem vollen Tablett aus dem Zimmer gegangen war. Ihr Gesicht wirkte matt, wie von hohem Fieber verwischt. Dennoch war etwas Huschendes in ihrem Blick, als sei der eigentliche Grund für ihre Entscheidung ein anderer, nicht sichtbar, nicht sagbar. Imme und Sonja hatten bereits ihre Jacken vom Flur geholt. Wir wollen los, sagte Sonja. Kommst du? Ja. Während sie sich anzog, hörte sie Jan in der Küche hantieren. Judith küßte sie zum Abschied leicht auf die Stirn. Also, viel Spaß. Und nimm deinen Schal, es ist kalt.

Auf der Straße ging noch immer ein scharfer Wind. Es regnete nicht mehr, aber große Pfützen waren auf dem Pflaster zusammengelaufen und wellten sich leicht unter den Böen. Immerhin ist es nicht glatt, sagte Sonja beim Einsteigen. Imme saß schon hinten im Auto. Bevor Elisabeth zu Sonja nach vorn stieg, sah sie von der Straße noch einmal zu den Fenstern der Wohnung hoch, neben den zwei dunklen ihres Arbeitszimmers das hell erleuchtete Wohnzimmer. Wahrscheinlich würden sich Judith und Jan nun, nachdem auch Inge und Claudia gerade aus der Haustür gekommen waren, bei einem frisch aufgebrühten Pfefferminztee in ein langes und ruhiges Gespräch vertiefen, den Faden der Nähe wieder aufnehmend, der gestern zwischen ihnen entstanden war. Möglich, daß sich Judith sogar nach einiger Zeit vorbeugen und mit einem Ausdruck höchster Vertraulichkeit in den Augen sagen würde: Weißt du, mit Elisabeth ist es etwas schwierig in letzter Zeit. Sie ist so, ich weiß auch nicht. Sie stieg ein. Sonja wartete, bis sie sich angeschnallt hatte; dann fuhr sie los.
Da hätten wir gleich zu Fuß gehen können, meinte Imme, als sie die dichten Autoreihen sahen, die am Straßenrand vor der

Kneipe geparkt waren. Nachlässig steuerte Sonja den Wagen auf den Bürgersteig direkt vor dem Eingang. Ist es so recht? Imme lachte. Als sie sich durch die Tür zur Kasse drängten, kam ihnen warme Luft entgegen, ein schwerer, drückender Dunst. Elisabeth nahm die beschlagene Brille ab und suchte mit einem Gefühl von Unzulänglichkeit im Portemonnaie nach passendem Kleingeld. Blind sah sie in die Menge hinein. Die wenigen Tische im vorderen Raum waren besetzt. Laßt uns nach hinten gehen, meinte Sonja, hier vorne ist nichts zu machen. Sie schob sich durch die Reihen von Frauen, die an der Theke nach Getränken anstanden. Imme und Elisabeth folgten ihr. Bierflaschen und Gläser mit einer bunten Flüssigkeit wurden auf einem Tablett an ihnen vorbeigereicht. Durch die rhythmisch schlagende Musik wurde laut gesprochen und gelacht. Eine flirrende Unruhe lag in der Luft, wie vor einem lange erwarteten Ereignis, dessen Eintreffen unmittelbar bevorstand. Auch im hinteren Raum war es voll. Am Rand der Tanzfläche hatten sich Gruppen von Frauen gebildet, die gestikulierten und beim Reden die Köpfe zusammensteckten, als hätten sie Heimlichkeiten miteinander. Dazwischen lehnten einzelne Frauen an der Wand und sahen konzentriert in den Raum hinein, als erwarteten sie dort eine Bewegung, die sie umgehend aus ihrer Teilnahmslosigkeit risse. Die Musik steigerte sich zu einem scharfen Staccato, mit schneidenden Bläsern und Schlagzeug. Sonja, die in der Ecke ein paar freie Klappstühle entdeckt hatte, winkte sie weiter.

Elisabeth setzte sich neben Imme. Die nervöse Unruhe wirkte nun, da sie saßen, weniger fordernd. Zwischen zwei Gruppen konnte sie auf die Tanzfläche blicken, auf der ein paar Tänzerinnen sich seltsam lethargisch bewegten. Ganz schön voll, was? schrie Imme ihr ins Ohr. Ja, nickte sie zurück. Imme erwiderte etwas, aber außer Jans Namen konnte sie nichts verstehen. Schon im Auto hatte Imme sich mit plötzlich wiedererwachtem Interesse nach Jan erkundigt. Sie sei wirklich ganz nett. Ob sie miteinander klar kämen? Ja, ganz gut, hatte Elisabeth geantwortet, bemüht, die enttäuschte Kühle zu vertuschen, die mit Jans Verweigerung eingetreten war, grundlos, absurd. Dennoch hatte sie auch jetzt wieder das Gefühl, darauf achten zu müssen, nicht plärrend den Mund zu verziehen. Sie hob den Blick und suchte in der Menge nach Gesichtern. Weiter hinten erkannte sie Maria, mit der sie zusammen studiert hatte; eine Metzgerlesbe, wie sie sie einmal scherzhaft genannt hatte, eine von denen, die andere Frauen wie Fleischstücke begutachteten, deren Tauglichkeit für einen genußvollen Verzehr möglichst effektiv ermittelt werden mußte. Sie hatte Maria nie gemocht; vielleicht, weil sie bei ihrer Fleischbeschau sofort durchgefallen war und Maria ihr danach nur noch mit kalter Gleichgültigkeit begegnet war. Auch jetzt beobachtete sie mit einem leichten Gefühl von Ekel, wie Maria sich abschätzend umsah. Eine dickliche, bieder wirkende Frau hatte offenbar ihren Kriterien genügt. Sie machte einen Scherz in ihre Richtung und sah dabei wohlwollend an ihrem Körper herunter, aber die Frau blickte weiterhin steif an ihr vorbei und war kurz darauf in der Menge verschwunden. Maria lehnte sich an die Wand, sichtlich enttäuscht, zugleich aber bemüht, ihre Enttäuschung sorgsam zu kaschieren. Aus den Augenwinkeln verfolgte Elisabeth, wie sie plötzlich euphorisch zu ihr herüberzuwinken begann. Ohne ihren Gruß zu erwidern, wandte sie sich wieder der Tanzfläche zu. Auch dort schienen die meisten Frauen im Grunde nur damit beschäftigt, Enttäuschungen zu verbergen. Eine Atmosphäre von falscher Munterkeit war im Raum, die bemüht hochgehalten wurde, obwohl jede längst wußte, daß sie falsch war. Alle wirkten ermattet, als seien sie mit heimlichen Erwartungen gekommen und nun gezwungen, betont fröhlich über die schleppende Ereignislosigkeit hinwegzugehen, die statt der erhofften Geschehnisse eingetreten war.

Imme kam von der Theke zurück und drückte ihr eine Mineralwasserflasche in die Hand. Danke, nickte sie und machte eine fragende Geste. Was kriegst du? Imme winkte ab und setzte sich wieder. Die Musik war lauter geworden. Eine schrille Frauenstimme sang ein Lied über vergebliche Liebe. Mehrere Frauen drängten zur Tanzfläche und begannen mit fließenden Bewegungen zu tanzen. Offenbar konnten sie sich jetzt, da zumindest eine Enttäuschung offen ausgesprochen wurde, wieder leichter bewegen. Elisabeth schloß die Augen. Bevor sie Judith kennengelernt hatte, war auch sie eine Zeitlang in der absurden Erwartung hierher gekommen, irgend etwas Unvermutetes könne geschehen, das gewaltsam durch ihre Einsamkeit schlüge und sie aus allem Gewesenen herausrisse. Doch sowie sie in der Menge gestanden hatte, war ihre Hoffnung wieder in sich zusammengefallen und einer erbärmlichen Enttäuschung gewichen, mit der sie gewußt hatte, daß auch diesmal alles so bleiben würde, wie es war. Apathisch hatte sie dagestanden, rauchend, trinkend, auf nichts wartend außer darauf, daß es Zeit wurde, wieder zu gehen. Seit sie mit Judith als Paar kam, gab es keine heimlich unter der Oberfläche arbeitenden Antriebe mehr; sie kam und war da. Dennoch war es vorhin dasselbe Gefühl unfaßbarer Erregung gewesen, nachdem Judith erklärt hatte, sie bliebe zu Hause. Als stünde etwas bevor. Wie früher auch das Gefühl kalter, klumpender Leere, als Jan sich mit Überanstrengung und Erkältung entschuldigt hatte und Elisabeth mit Sonja und Imme übriggeblieben war. Ihre Lust, noch zu fahren, war auf Jan gerichtet gewesen und augenblicklich aus, vorbei, erlahmt. Mit ihrer ungerührten Entschlossenheit, dennoch zu fahren, hatte sie lediglich beweisen wollen, daß es keinerlei Erwartungen gab und somit auch keine Enttäuschungen. Daß alles wie immer war, banal und sagbar und glatt. So mußte sie nun also in dieser lärmenden Ereignislosigkeit die Zeit absitzen und heldinnenhaft ihre Beweise erbringen, während Judith und Jan die Winternacht in aller Ruhe verplauderten. Sie zog den Reißverschluß ihrer Jacke herunter und suchte in der Innentasche nach Zigaretten. Na, wo sind sie denn, eure Lederfrauen? schrie Sonja laut in die Musik hinein. Sie lachten. Auch das eine in sich zusammenfallende Erwartung; die Empörung war leer geworden mit den ausbleibenden Ereignissen. Schweigend saßen sie nebeneinander. Ein neues Lied setzte ein, in knappen, springenden Rhythmen. Auf der Tanzfläche bewegten die Frauen sich mit abrupten Schritten. Im flackernden Licht waren hochgerissene Arme und Beine zu sehen. Neu ankommende

Frauen drängten herein. Elisabeth schob ihren Jackenärmel hoch und versuchte, im Dunkeln das Zifferblatt ihrer Uhr zu erkennen. Vielleicht war endlich genügend Zeit verstrichen und die zu erbringenden Beweise erbracht. Wie spät haben wir's denn? rief Imme ihr ins Ohr. Halb zwei. Ich geh mal lieber nach Hause, morgen wird es bestimmt anstrengend. Sie trank mit großen, zügigen Schlucken die Mineralwasserflasche leer und stand auf. Sonja hob den Blick. Was, jetzt schon? Wenn du noch ein halbes Stündchen bleibst, fahre ich dich eben rum. Nein, laß mal, ich laufe zu Fuß. Ein bißchen frische Luft kann nicht schaden. Sie lachte und beugte sich zu Imme herunter, die ihr noch einmal gewunken hatte. Sag mal, wann will Jan eigentlich wieder fahren? Früh?
Nein, glaube ich nicht. Irgendwann am Nachmittag wohl. Vielleicht können wir dann morgen noch was unternehmen? Kaffeetrinken oder so? War ja heute nicht so die rechte Gelegenheit zum Reden.
Sie machte eine vage Geste, als sei sie sich nicht sicher. Elisabeth nickte. Klar, warum nicht. Ich rufe dich morgen an. Sie richtete sich auf und winkte Sonja noch einmal zu, ehe sie sich durch die stehenden Frauen nach vorne drängte, zur Tür.

Schon von der Straße aus sah Elisabeth, daß die Wohnung dunkel war. Dennoch beeilte sie sich auf der Treppe. Den ganzen Weg über war sie zügig gegangen, neben dem dünn fließenden Autoverkehr her. Die Luft war trocken geblieben und klar. Auf den Asphalt hatte sich eine im Scheinwerferlicht matt glitzernde Rauhreifschicht gelegt. Der Wind, der ihr entgegengekommen war, hatte durch den dünnen Hosenstoff schmerzhaft in ihre Haut geschnitten, aber sie war gleichmütig weitergelaufen, in großen, regelmäßigen Schritten. Auch ihre Finger waren gefühllos und starr. Ungelenk suchte sie den Schlüssel aus ihrer Jackentasche und steckte ihn ins Schloß. Wie immer mußte sie ein paarmal darin herumfahren, ehe es aufschnappte. In der Stille klangen die Geräusche ungehörig grob. Leicht zog sie die Tür hinter sich zu und legte den Riegel vor. Die vorderen Zimmer waren geschlossen. Judiths Tür war wie üblich nur angelehnt, aber nicht einmal der Kater streckte seinen Kopf durch den Spalt. Sie machte kein Licht. Tastend hängte sie das Schlüsselbund an den Haken und zog die Schuhbänder auf. Die Reglosigkeit, in der die Wohnung lag, verlangte nach barfüßigem Schleichen, nach huschenden, unhörbaren Bewegungen. Ihr Atem wurde schon gleichmäßiger, die Erschöpfung vom Laufen wich. Auch ihre Augen weiteten sich langsam in der Dunkelheit. Als sie sich aufrichtete, sah sie im Spiegel neben ihrer Garderobe einen kleinen, gelben Zettel schimmern, mitten auf das Glas geklebt. Undeutlich konnte sie Judiths schräg aufs Papier gesetzten Schriftzüge erkennen. Sie zog ihn am Klebestreifen ab und versuchte, ihn zu lesen, aber außer Judiths Unterschrift waren nur vage umrissene Wortrümpfe zu entziffern. Dennoch fühlte sie sich sofort alarmiert. Eine unaufschiebbare Dringlichkeit ging von dieser Mitteilung aus, irgend etwas, von dem Judith glaubte, daß sie es noch heute nacht zur Kenntnis nehmen müsse. So leise wie möglich lief sie über die ausgetretenen Bodendielen durch den Flur. Obwohl sie die Küchentür schloß, ehe sie die Neonlampe über dem Herd anschaltete, kam ihr das Licht übertrieben hell vor, wie eine Provokation. Auf den Herdplatten standen noch immer Töpfe, die Judith zum Kochen benutzt hatte. Fettspritzer waren auf der Emaillefläche getrocknet. Das Geschirr vom Abend war ungespült und in hohen Türmen neben dem Spülbecken gestapelt. Gläser und Aschenbecher waren hastig auf dem Küchenschrank abgestellt, als hätte die Zeit zum Aufräumen gefehlt. Alles wirkte flüchtig und provisorisch, nur eben so hergerichtet, weil offenbar andere, wichtigere Dinge zu erledigen gewesen waren.

Noch im Stehen begann sie zu lesen.

Hallo Liebes, mach bitte das Fenster im vorderen Zimmer zu, wenn du kommst. Gute Nacht & Kuß, Judith.

Ohne die Jacke auszuziehen setzte sie sich an den Tisch. Das also war es, was sich ereignet hatte: nichts. Mit steifen Fingern begann sie, eine Zigarette aus Judiths Tabakpäckchen zu drehen, das auf dem Tisch liegengeblieben war, langsam, als lohne es nicht mehr, sich zu beeilen. Judith und Jan hatten das

Geschirr kunstvoll neben dem Spülbecken aufgetürmt, Judith hatte gründlich gelüftet, dann war auch sie schlafengegangen, während Jan schon lange ins Kissen gehustet hatte. Nicht einmal die Unordnung verbarg einen tieferen Sinn, sondern war das, was sie immer war: pure Trägheit. Nur sie war so irre gewesen, den ganzen Weg in der diffusen Erwartung zu laufen, etwas verändert zu finden. Wenn sie auch nicht gewußt hatte, was. Womöglich, daß Judith und Jan sich ineinander verliebt und in ihrer Abwesenheit zueinander gefunden hatten. Und Judith sie verlassen würde, heute, morgen, in einem Jahr. Lächerlich, aber so hatte sie wohl gedacht. Nun, da sich alles als irre Phantasie entlarvt hatte, fühlte sie eine milde, beruhigte Enttäuschung. Sie war müde, mit einem Schlag leer. Sie legte die Zigarette im Aschenbecher ab und zog die Beine an den Körper, das Kinn auf die Knie gepreßt. Daß Judith in eine andere Frau, Jan, verliebt sei und sich irgendwann, bald, von ihr trennen würde, hatte sie zugleich geängstigt und gereizt. Vielleicht, weil Bewegungen damit verknüpft waren, die nicht mühsam herbeigeführt werden mußten, sondern unabwendbar da waren, mit keinem Wort anzuhalten und zu zerstreuen. Eine Lösung ihrer Starre. Ein Stoß in die Freiheit, mit dem zwar vieles verloren gewesen wäre, aber ebenso etwas gewonnen. Mit beiden Händen rieb sie ihre klammen Füße und sah zu, wie die Zigarette im Aschenbecher zu einem dünnen, aschfahlen Röllchen verbrannte. Schöner schlimmer Gewinn, den sie sich versprochen haben mußte. Zum Beispiel, daß mit diesem Stoß all die lange verschütteten Energien in ihr wieder aufbrechen könnten. Die Notwendigkeit, alles neu entdecken zu müssen, neu einzurichten. Und damit die Lebendigkeit, die sie früher einmal besessen haben mußte, als sie noch nicht als Teil eines Paares durch die Welt gegangen war. Der Schmerz einer Trennung war immerhin ein Gefühl und damit unendlich viel lebendiger als die Trägheit, in die sie vor Jahren gefallen war. Diese entsetzliche Trägheit, die darin lag, nichts zu wünschen, nur zu bewahren.

Sie drückte den Zigarettenrest aus und stand auf. An den Fensterrahmen gelehnt sah sie auf den Küchenbalkon. Eine dünne Eishaut hatte sich über das Regenwasser gezogen, das dort zusammengelaufen war. Noch immer hatte sie ihre Jacke an, als sei sie nur eben auf einen Sprung hereingekommen und wolle gleich wieder hinaus, weiter. Gut, daß Judith nicht wach geworden war und sie so sah. Sie war nicht auf dem Sprung, war nur kalt und müde und dumm. So gefühllos, daß sie schon nach Schmerzen lechzte, um ihre Lebendigkeit zu spüren. Als müsse sie sich in den Arm kneifen, um sich ihre tatsächliche Existenz zu beweisen. Als gäbe es in dieser Unberührbarkeit keine anderen Empfindungen als Furcht, Zerstörung, Leid. Dabei boten sie sich ihr in unschätzbaren Mengen an. Statt sie zu nehmen, blieb sie jedoch lieber steif und apathisch stehen und hoffte heimlich auf Schicksalsschläge, die andere für sie besorgen sollten, Judith oder Jan oder beide zusammen. Und selbst diese Hoffnung war gebrochen, durchsetzt von einer panischen Angst vor Verlust. So daß sie die Gegebenheiten mit einer Bewegung verstieß und dennoch zu bewahren versuchte. In einer abstrusen Gleichzeitigkeit wollte sie beides, Sicherheit und Waghalsigkeit, Altes und Neues, Stillstand und Bewegung. So wie sie auch Judiths Zettel als Besänftigung und Unerträglichkeit in einem empfunden hatte: Weil er bekräftigte, daß alles beim alten blieb, so verhaßt und geliebt, wie es war. Geliebt, ja, auch das. Die Aussicht, von Judith verlassen zu werden, war ein Schrecken, keine Verlockung. Sie zog die Jacke aus und warf sie auf den Stuhl. Diese Gedankenüberreizungen, die zwangsläufig kamen, wenn sie erschöpft war. Schwamm drüber, schnell. Diesen ganzen mißratenen Abend wie eine falsch gelöste Rechenaufgabe auf eine Tafel setzen und ihn mit einer knappen Bewegung auslöschen: Schluß, aus, vorbei. Sie wollte nichts, hatte alles, und jetzt war es Zeit, sich mit einem heißen Tee zu Judith ins Bett zu legen und nach ein paar Schlucken müde zu werden. Sie nahm den Wasserkessel, ließ Wasser hineinlaufen und stellte die Herdplatte an. Wieder kamen ihr die Geräusche beim Hantieren rüpelhaft laut vor. Jan fiel ihr ein, die Wand zwischen Küche und Zimmer war ja nicht mehr als eine dünne Schicht Pappe. Aber vielleicht wollte sie genau das: sie aufwecken. Mit ihr unter der Küchenlampe sitzen und in langsamen, klaren Sätzen all das erklären, was nicht zu erklären war. Vielleicht würde sich unter Jans Blick sogar in einem abstrusen Rechenvorgang noch eine Logik offenbaren, Schritte zu einem Ergebnis. So daß letztlich nicht sie Jan, sondern Jan ihr alles erklärte, aber das war nicht wichtig. Das Wasser begann zu kochen. Sie goß den Tee auf und horchte auf den Flur, aber Jans Zimmer war still. Schwamm drüber, Schluß. Vorsichtig nahm sie den Becher und öffnete die Tür. Bevor sie zu Judith ins Zimmer ging, leise, um sie nicht zu wecken, schloß sie das Fenster im vorderen Zimmer.

III

Der Glanz, das Elend dieser Tage. Deine Sinne waren geweitet, du konntest sehen. Verraten hast du jedoch nichts, nicht einmal mir. Meine Augen gingen nicht auf. Den Blick verengt von unsinniger Furcht, setzte ich meine Studien an den ausfransenden Rändern der Dinge fort, ohne zu sehen, daß im Inneren längst etwas aufgebrochen war.

Unerklärlich kommt mir diese Blindheit jetzt vor. Für eine Weile sitze ich still. Der Tag nimmt schon ab. Die Büros haben längst Scharen von Menschen in die brütende Luft gespuckt, ein Wimmeln in Bahnhöfe und Parkhäuser hinein, dann glühen die Gehsteige wieder ins Leere. Schalentierartig kriechen die Autos über den köchelnden Asphalt. Ich strecke den Hals über das Balkongitter, aber für dich ist es noch früh. Niemand kommt oder geht. Nur das Kind aus der Imbißbude schlägt unten vorm Haus einen Ball übers Pflaster und lacht ihm blöd hinterher, als er über die Fahrbahn rollt. Sofort zänkelt ein Muttermonster in kalkweißer Schürze aus der offenen Ladentür heraus. Sollst doch nicht immer, hab ich dir nicht, höre ich. Ganz plötzlich fühle ich mich siech, müde von dieser und allen Geschichten. Ich schließe die Augen in die Sonne, ein Geflimmer von Licht spritzt hinter den Lidern auf. Weiter, denke ich, aber etwas atmet jetzt schwerer. Etwas ist anders, als ich es will. Ich sehne Wind herbei, Wunderheiler, vollkommenere Bilder. Ich finde mich winzig und zersprungen in dieser Zeit, unwürdig gebrochen. An tausend Enden faßte ich an und zerrte herum, unfähig, eine immerhin vorhanden gewesene Kraft zu gebrauchen. Eine Greisin mit Kindergesicht fällt mir ein. Keine, die große Geschichten macht. Alles bleibt halb, angetippt, wieder verloren. Schon bin ich versucht, Hand anzulegen und sie ein wenig gerader zu ziehen. Etwas Aufrechtes in diese Geducktheit zu schummeln. Aber wozu. Die Zeit war nicht danach. Erst später kamen die stärkeren Gesten, die greller gemalten Kulissen.

Eine andere Zeit.

Ich weiß noch, sie kam dann sehr schnell. Die Fahrt zu dir im Dezember bedeutete ihren Beginn. Danach fiel ein schärferes Licht. Das Tempo stieg an. Viel erinnere ich nicht von den Tagen nach meiner Rückkehr. Schlimm waren sie wohl. Ich arbeitete nicht. Ich kam nicht umhin, eine gewisse Lächerlichkeit zu entdecken in meiner früheren Strenge. Alles schien fremd, nicht mit alten Gewohnheiten zu verstehen. Die Stadt war voll, so kurz vorm Fest. Ich mied die Geschäfte, diesen Anblick von raffenden Menschen. Zweimal täglich hielt der Paketwagen vorm Haus. Ich erwartete nichts. Oft saß ich nur da. Abends riefst du mich an, zu verabredeten Zeiten, so daß ich gleich abheben konnte. Deine Stimme klang weich, ich bemühte mich, sie nicht zu härten. Immer wieder nahm ich ein Stück Zuversicht von irgendwoher, das ich dir aufsagen konnte. Wird schon werden. Komme schon klar.

Ja, sagtest du.

Du zweifeltest nicht, zumindest nicht laut. Auch fragtest du nicht nach ihr, nicht danach, wie wir jetzt lebten. Doch schon damals konntest du auf den Grund meiner Stimme hören, auf ihr inneres Fieber. Du wußtest also Bescheid. Wußtest von diesem würgenden Frieden, in dem wir hier saßen. Sie war nicht böse, kein Zeichen von Wut. Deine ersten Briefe hatte sie stümperhaft über kochendem Wasser geöffnet, war dann aber in einen Zustand nickender Lähmung gefallen. Ja, sie verstände das schon, versicherte sie mehrmals am Tag mit blutleer zusammengepreßten Lippen. Ein anderer, viel leiserer Terror hatte begonnen, ich hörte ihn nicht sofort. Schuld war das Wort. Längst hatte es Rabennester mit Unmengen von Eiern in mir gelegt und tausend weitere, ähnliche, ausgebrütet, die bereits wieder zu nisten begannen. Ich sprach es nicht aus. Ich hoffte, es würde sich abreiben im Laufe der Zeit, dünner werden, schließlich verschwinden. Anfangs hatte ich noch absurde Versprechungen gemacht, hatte jede Gelegenheit genutzt, um in ihr starres Gesicht hineinzureden, auf daß es sich löse. Von Wendungen hatte ich gesprochen und möglichen Wegen, davon, daß man nur Mut aufbringen müsse und Kraft. Jetzt unterließ ich alles, also auch das. Gespenstisch leise fielen die Tage auf uns herab. Nur einmal fuhr sie nachts aus dem Schlaf und verlor sich in einem wortlosen Anfall von Angst. Ich saß aufrecht im Bett, die Hände zu kleinen, schwitzenden Klumpen gedrückt. Ich weiß noch, wie leer alles war, während sie schrie. Das Zimmer eine Behausung. Die Wörter ein Ausblasen von Luft. Jedes Gefühl eine Falschheit.

Am nächsten Tag fuhren wir los. Wir beeilten uns nicht. Es war nach Mittag, als ich dich noch einmal anrief. Du warst erstaunt, mich zu hören, dachtest, wir seien längst unterwegs. Mit sehr flachen Stimmen nahmen wir Abschied bis zum nächsten Jahr. In dem vagen Gefühl, jetzt allein weiter zu müssen, legte ich auf, ohne dir eine Adresse zu hinterlassen. Schon während der Fahrt kam mir der Verdacht, fahrlässig gewesen zu sein, aber ich unterdrückte den Wunsch, sie zu bitten, an einer Telefonzelle zu halten. Wir fuhren in mausgraues Licht. Die Straßen waren schon leer. Als wir das Dorf endlich fanden, war es dunkel geworden. Tannenbäume zündelten überall hinter den Gardinen der Häuser. Wir klingelten an der angegebenen Tür und erhielten den Schlüssel für ein Schuhschächtelchen hinter dem Haus, tief zwischen zwei Scheunen gedrückt. Dort? Ja, alles sehr komfortabel, gerade erst renoviert. Durch einen pfützenschweren Boden trugen wir unser Gepäck zum Eingang. Im Haus standen wir einen Moment still. Zwei Zimmer waren von Betten versperrt, große, wuchtige Holzgestelle mit Federbettzeug darauf. Ein drittes fast leer. Der Blick aus den Fenstern fiel in eine hofähnliche Enge, in der Arbeitsgerät abgestellt war. Die Vermieterin hatte ein Bäumchen in die Zimmerecke getan, es nadelte zwischen knittrigen Lamettafäden und Engelsgesichtern heraus. Wachs tropfte auf einen Teppich von unbestimmbarer Farbe, als wir die Kerzen entzündet und uns hingesetzt hatten. Ihre Mutter hatte Päckchen mit Kräuselbandschleifen gepackt, schief glotzende Weihnachtsmänner auf grünem Papier. Ein Stück Seife kam daraus hervor. Ein Handtuch. Parfüm. Stoßweise atmeten wir unsere Verlegenheit aus. Nett von ihr. Ja, wirklich sehr nett. Fast gleichzeitig standen wir auf. Brachten Stunden in einer winzigen Küche zu, um den Sand aus den Blättern des Grünkohls zu waschen, den wir in großen Mengen und unsinnig frisch gekauft hatten. Nochmals Stunden, bis die Kohlblätter in einem Puppentopf verkocht waren. Schließlich saßen wir vor den Tellern und sahen auf einen monströsen Fernsehapparat. Ich weiß noch, ich dachte an Flucht. An halsbrecherische Überlandfahrten, leere Bahnhofshallen, schnurgerade Schienenstränge. Daran, daß es kein Telefon gab und die einzige Möglichkeit, jetzt noch davonzukommen, meine Füße.

Ein Suppenhimmel hing am nächsten Morgen herab und riß nicht mehr auf. Kein Wind ging. Wie Totenzeug ragte das naßschwarze Baumgeäst an den Wegrändern auf, die wir entlangliefen. Und dann das Meer. Ganz genau erinnere ich, wie es endlich im lichtlos geflockten Grau hinter dem Deich erschien. Die unvorstellbare Belanglosigkeit dieser Erscheinung. Eine träg schwappende Fläche bis zum Himmelsstrich, in seiner schmutzgrauen Tönung kaum davon zu trennen. Ein Vogelkadaver lag mit ölschwarzem Gefieder im leckenden Wasser und setzte Verwesung in die stehende Luft. Ich verbot mir die Lust, laut zu heulen vor Enttäuschung und Wut. Wir gingen zwei Schritte auf dem asphaltierten Deichsockel herum, dann kehrten wir um. Ich weiß noch, ich suchte nach Worten. Es dauerte einen Moment, bis ich verstand, daß es, selbst wenn ich sie fände, keinen Anlaß mehr gab, sie zu sagen. Diese andere Zeit, jetzt war sie da.

Drei Tage, die ich noch brauchte, um sie geschehen zu lassen. Drei Tage der hängende Himmel. Dreimal zum verhuschten Tümpel hinter dem Deich. Dreimal Grünkohl am nadelnden Baum, bis wir endlich einpackten und fuhren. Erzählen müßte man davon wohl auch, doch jetzt ist keine Zeit. Du bist gekommen. Ich sehe dein Auto auf dem Katzenkopfpflaster stehen. Zum Winken ist es zu spät. Längst bist du die Treppe herauf und stehst da. Unfaßbare Verdichtung von Zeit, während ich mein Gesicht in deine Halsbeuge stecke. Ein Riechen und Schmecken und Fühlen. Die Sprache rinnt aus. Nichts ist vergessen, aber alles vorbei. Eine Weile halten wir uns, dann rücken wir Stühle nebeneinander und setzen uns hin. Wie war's? fragst du mich. Ich schweige mich aus, zum Erzählen ist es zu früh. Später, bedeute ich dir. Und bei dir? Zu heiß, um zu arbeiten, sagst du und lächelst dein bübisches Lächeln. Diese kesselnde Luft, die ist nichts für dich. Nur am Meer kannst du solche Tage ertragen. Lust hast du, jetzt einfach zu fahren. Wollen wir?
Ja.

TRÜBER KLEINER TAG, der dann kam. Vom Schreibtisch aus sah Elisabeth in den fließenden Himmel, der sich hinter den Dächern vergessen hatte. Schnee tropfte noch immer in wässrigen Flocken herab, kaum mehr als ein Regen. Schon am späten Vormittag war es im Zimmer zum Lesen zu dunkel. Jan hatte die Manuskriptseiten unter den Lichtkegel der Lampe geschoben; weit vorgebeugt saß sie da, die Ellenbogen auf die Schreibtischplatte gestützt, das Gesicht in den Händen. Gleich nach dem Frühstück waren sie ins Arbeitszimmer gegangen. Allerdings müsse sie erst einmal weiterlesen, hatte Jan gemeint. Zwar würde sie die Zeit viel lieber zum Diskutieren nutzen, aber sprechen könne sie natürlich nur über etwas, das sie auch kenne. Aber ja, keine Frage, hatte Elisabeth erwidert. Auch sie fand es schade, daß nun ein Teil des Tages auf diese Weise verging, immerhin war es der letzte und nicht mehr viel Zeit. Dennoch hatte sie mit der Überarbeitung des letzten Kapitels genügend zu tun. All die Korrekturen, die sich aus dem gestrigen Gespräch ergeben hatten, mußten eingefügt, ganze Passagen neu geschrieben werden. Warum nicht damit beginnen, solange Jan noch für Rückfragen zur Verfügung stand. Ob sie sich zum Lesen nicht mit an den Schreibtisch setzen wolle? Sie störe Elisabeth jedenfalls nicht.

Großes Wort. Es gab nichts, wobei Jan sie hätte stören können, zumindest keine Arbeit. Kaum drei Seiten waren ihr gelungen, seitdem sie sich hingesetzt hatten. Gelungen war es ihr nur, einen leeren Kopf über die Papiere zu halten und Kerben in den Bleistift zu beißen, den sie für alle Fälle zur Hand genommen hatte. Jan dagegen kam zügiger voran. Seite für Seite schlug sie im Ordner um, getrieben von derselben schamlos verschlingenden Gier, die Elisabeth schon am Freitag verstört hatte. Ein wirklich gutes Kapitel im übrigen, hatte sie schließlich gesagt. Obwohl ich einige Fragen dazu habe. Keine Kritik, nein, das nicht. Mehr auf einer persönlichen Ebene. Aha, hatte Elisabeth erwidert. Trotz der Unruhe, die dieser Satz in ihr ausgelöst hatte, war es ihr klüger erschienen, nicht weiter zu fragen. Kurz darauf hatte Jan das Sprechen ohnehin eingestellt. Sie las mit einer geradezu wahnwitzigen Konzentration, bezogen auf nichts als den Text. Sogar das Repertoire von Höflichkeitsfloskeln, das in den letzten Tagen unablässig in ihr gearbeitet hatte, war zum Stillstand gekommen. Als Judith vorhin ins Zimmer gesehen hatte, hatte sie nur vage in ihre Richtung genickt und den Blick umgehend wieder gesenkt. Judith war nicht hereingekommen, nicht gegangen. Sie habe gerade frischen Kaffee gekocht, ob sie vielleicht einen Becher mochten? Nein? Gut, dann wolle sie gar nicht weiter stören. Gespräche dieser Art seien für Elisabeth schließlich ungeheuer wichtig. Das isolierte Brüten am Schreibtisch führe eben auf Dauer zu nichts. Vielleicht ließe es sich ja organisieren, daß sie in Zukunft regelmäßiger zusammenarbeiteten. Hätten sie daran schon mal gedacht?

Nein, hatte Jan durch die Finger gesagt. Aber die Arbeit mache ihr Spaß, warum also nicht.

Arbeit, und was sich so nannte. Mit dem Bleistift zog Elisabeth ein paar flusige Striche von einer Entdeckung zur anderen, die Jan im Text gemacht hatte. Dort ein Widerspruch. Hier ein verschwommener Begriff, der auch in der folgenden Passage als Kern einer zentralen These keine klaren Konturen annahm. Was sie denn damit meine? Ja, was. Sie zirkelte einen pedantischen Kreis um das Wort, als sei so seine Reinheit zurückzuerlangen. Kein anderes fiel ihr ein. Entsetzliche Müdigkeit, in der sie sich seit dem Morgen bewegte. Ein nicht aufreißendes Netz, unter dem die Gedanken wie fransige Schatten dahinhuschten. Sie fühlte sich abgeschnitten von allem, auch von ihrer Arbeit. Dennoch tat es ihr gut, die Augen auf dem Papier ausruhen zu können. Nicht hinsehen zu müssen. Nicht sprechen. Judith war in ihr Zimmer gegangen, auch sie schien sich mit der Dürftigkeit des Tages abgefunden zu haben. Jan räusperte sich, griff aber lediglich in die Hustenbonbondose, statt etwas zu sagen. Die Stille war gut. Die lärmende Nacht floß langsam ab. Sie fühlte die sickernden

Priele, in denen die falschen Gefühle herausschwemmten. Darunter blieb etwas zurück. Irgend etwas, das richtig gewesen sein mußte inmitten der Falschheit. Sie wußte nicht, was. Gestern, im Bett neben Judith, war sie noch sicher gewesen, nur etwas gespielt zu haben. Sie selbst eine kleine theatralisch verrenkte Figur, die auf eine Bühne gestellt war und mit groteskem Ernst pathetische Phrasen ausstieß. Keine Bewegungen, nur Posen. Keine wirklichen Empfindungen, nur ihre Ränder. Kein Vorstoß zum Inneren der Wörter, nur Hüllen, die man sich vor die Füße warf, und natürlich ging es um Verrat und Betrug, und am Ende war eine die Dumme und eine die Kluge, und die dritte, die durfte gut lachen. Ein billiges Stück. Sie hatte geglaubt, nur abtreten zu müssen. Hinter dem fallenden Vorhang alles vorbei. Sie selbst wieder die Alte. Sie stützte das Kinn auf den Handballen, bemüht, den Lachreiz zu verbergen, den sie empfand. Am Morgen war sie schon klüger gewesen. Der allesfressende Schlaf, auf den sie gehofft hatte, war ausgeblieben. Auch die Kopfschmerzen, mit denen sie eingeschlafen war, waren über Nacht nicht gewichen; ein stetig pulsierender Druck hinter den Schläfen. Beim Erwachen hatte sie das Gefühl, eine taube Masse Körper im Bett hochzustemmen. Die Nervenbahnen ein Netz aus toten Strängen, die nur mit grotesker Verzögerung Impulse durch die Glieder transportierten. Dennoch war sie sofort aufgestanden. Es war früh, noch dunkel. Judith schlief ohne Regung, bis zum Kinn in die Decke gerollt. Auch der Kater steckte nur kurz seinen Kopf aus dem Fell, kam ihr aber nicht in den Flur nachgelaufen. Im Bad nahm sie eine Schmerztablette, schlug sich eine Handvoll Wasser ins Gesicht und zog sich etwas über. Kein Geräusch kam aus Jans Zimmer, als sie in die Küche ging, aber sie meinte, Licht unter dem Türspalt gesehen zu haben. Stickige Wärme stand in der Küche; sie hatte am Abend vergessen, die Heizung abzudrehen. Die Luft roch verbraucht, nach kaltem Rauch und Essensdunst. Sie drückte die Balkontür auf und atmete einen Moment in die Kühle, die von draußen hereinstieß. In der Dunkelheit hingen die Wolken wie Säcke herab, die in Kürze aufplatzen würden. Schweres, feuchtes Zeug, wie zusammenlaufender Schnee. Sie ließ die Balkontür offen und begann, das Frühstück vorzubereiten. Die Unordnung in der Küche war belanglos, keine Appelle bargen sich darin. Während sie das Geschirr auf dem Tisch verteilte, kam Jan herein, plötzlich, sie hatte sie nicht gehört. Hallo. Du bist aber früh dran.

Du aber auch.

Jan wirkte müde, ihre Augen waren gerötet. Auch ihre Stimme klang gepreßt, befangener als am Abend zuvor. Leider bin ich Frühaufsteherin, fügte sie nach einer Pause hinzu. Nicht einmal am Wochenende schaffe ich es, länger als bis acht zu schlafen. Und gestern war es ja auch nicht so spät. Steif lächelten sie einander zu. Ohne ein weiteres Wort ging Jan ins Bad. Mit gleichmäßigen Handgriffen setzte Elisabeth ihre Arbeit fort. Brot, Butter, Marmelade. Die Formationen, in denen die Dinge sich auf dem Tisch zusammenfanden, befremdeten sie, als hätte eine andere sie ausgerichtet. Sie setzte sich hin, wartend auf nichts. Sie spürte dieses Nichts, ein leeres, klares Gefühl. Niemand sollte kommen, gehen oder bleiben. Nichts geschehen, nichts ausbleiben. Sie steckte sich eine Zigarette an, rauchte, drückte sie wieder aus. Langsam sickerte Licht in den Himmel, fahlere Streifen von Grau im Wolkengeflecht. Vereinzelt leuchteten Lampen aus den Küchenfenstern über den Hof. Jan kam aus dem Bad zurück.

Wollen wir anfangen? Oder möchtest du lieber auf Judith warten? Nein, warum. Elisabeth reichte ihr Butter und Brot. Judith war ohnehin wach, sie hörte sie auf dem Flur. Ihr Gesicht war gedunsen, als sie hereinkam, wie nach zu langem Schlaf. Seid ihr schon lange auf? Du meine Güte. So spät ist es doch noch gar nicht. Ich könnte glatt noch ein Stündchen weiterschlafen. Schenkst du mir Kaffee ein, Süße? Mensch, du siehst aber ganz schön schlecht aus. Fühlst du dich nicht gut? Nein? Du Ärmste.

Sie küßte Elisabeth auf die Stirn, richtete sich aber sofort wieder auf. Lausig kalt habt ihr's hier drin. Ich ziehe mir wohl besser etwas über. Fangt ruhig schon an. Elisabeth nickte. Erst jetzt fiel ihr auf, daß sie fror. Auch Jan hatte sich einen Pullover

über die Schultern gelegt. Als Judith gegangen war, stand sie auf und schloß die Balkontür. Jan sagte nichts. Ihr Gesicht wirkte karg, als folge es einer plötzlich notwendig gewordenen inneren Ökonomie, die jeder unbedachten Verschwendung ein Ende setzte. Schweigend begannen sie zu essen. Gestern nacht habe ich noch ein bißchen in deinem Manuskript gelesen, meinte Jan nach einer Zeit. Wieder hatte ihre Stimme etwas Gepreßtes, als müsse sie sich um jedes Wort bemühen. Ich konnte nämlich nicht schlafen, fuhr sie fort. Einige Stellen haben mich doch so beschäftigt, daß ich sie gern in Ruhe noch einmal nachlesen wollte. Also habe ich mir einfach den Ordner aus deinem Zimmer geholt. Ich hoffe, du –
Sie brach ab und nickte Judith entgegen, die wieder herein-kam, sichtbar munterer als zuvor. Eine unangenehme Span-nung war im Raum, aber Judith setzte sich unbekümmert und griff nach dem Kaffeebecher, den Elisabeth ihr hingestellt hatte. Schön, mal in Ruhe ausschlafen zu können, sagte sie zwischen zwei Schlucken. Am Wochenende muß das einfach sein, finde ich. Wie ein Stein bin ich gestern ins Bett gefallen, ich habe nicht mal gehört, wann du gekommen bist, Süße. War es denn spät? Nein? Na, du bist ja meistens die erste, die wieder geht. Obwohl du so aussiehst, als seist du die letzte gewesen. Ja, wirklich miserabel. Du hast dir hoffentlich ein Taxi gegönnt? Bist doch nicht etwa zu Fuß nach Hause ge-laufen?
Ach was. Elisabeth wartete, doch Judith nickte nur, na, wenig-stens das. Dumme, unsinnige Lüge, aber was ging sie das an. Sie hatte sich leicht lügen lassen, beinahe so, als löge eine andere aus ihr heraus. Sie schwieg, während Judith erläuterte, daß Elisabeth es glatt fertigbringe, den ganzen Weg zu Fuß zu gehen. Mitten in der Nacht. Bei Eiseskälte. Jan erwiderte nichts. Wie sehen denn eigentlich deine Pläne für heute aus? erkundigte Judith sich ohne Übergang. Du willst doch hoffent-lich nicht allzu früh fahren? So daß wir auf jeden Fall noch spazierengehen können? Jan tippte die Asche von ihrer Ziga-rette ab. Ich fürchte, daß es für einen Spaziergang nicht mehr reicht. Auch wenn ich erst einen späteren Zug nehme. Sie

machte eine Pause und sah Elisabeth an. Das kann ich durchaus tun, wenn es dir recht ist. Morgen habe ich noch einen Tag Urlaub, ich bin also nicht unter Druck. Trotzdem werden wir die Zeit wohl zum Arbeiten brauchen. Ich möchte jedenfalls ungern mitten in der Diskussion abbrechen. Was meinst du? Nein. Das wollte auch sie nicht. Auf gar keinen Fall.

Sie blätterte um. Auch auf den folgenden Seiten hatte Jan den trügerisch sicheren Fluß der Wörter gestört. *Ungenau,* hatte sie mit gedruckten Buchstaben am Rand vermerkt. *Weitschweifig* unmittelbar darunter. Jan hatte recht. Die ganze Passage war wattig gehalten, nicht mehr als ein einlullendes Irgendwie-vielleicht-andererseits-aber. Sie staunte über die Fahrlässigkeit, mit der sie die Sprache mißbraucht hatte, ohne diesen verheerenden Ballast an Nichtigkeiten zu empfinden. Jan hatte ihn sofort bemerkt. Trotz der Geschwindigkeit, in der sie den Text aufsog, gelang es ihr immer wieder, aus einer in feister Eloquenz vor sich hinschwatzenden Passage ein Wörterskelett herauszusezieren, das dann das Wesentliche war, also das einzige, was gesagt werden durfte. Heilsame Dürre der Wörter, die sie manchmal verlor. Obwohl Jan nicht mit geschriebener Sprache arbeitete, kannte sie sich damit aus. Wahrscheinlich hatte dieser sezierende Zugriff auf das Eigentliche der Sätze mit handwerklichem Wissen gar nichts zu tun. Wahrscheinlich war es eher eine bestimmte innere Verfaßtheit, die diese Fähigkeit bedingte. Ihr selbst mangelte es wohl daran. So daß sich ihre Sprache nur noch in lahmen, umständlichen Windungen bewegen konnte, weil sie in der Beliebigkeit ihrer Tage selbst immer lahmer und umständlicher geworden war. Das schwüle Glück fiel ihr wieder ein, das sie gestern empfunden hatte. Die Apathie, mit der sie in ihrem Leben saß wie in einer schlammigen, warm vor sich hinwabernden Brühe. Der Wunsch, alles möge mit einem Schlag enden und Kargheit und Unglück zurückkehren. Vielleicht war es das, was als Ablagerung dieser Nacht geblieben war.

Undeutlich hörte sie das Telefon auf dem Flur vor sich hinsurren. Kurz darauf klappte Judiths Zimmertür; das Surren brach ab. Jan hatte ihren Blick nicht gehoben. In ungebrochener

Konzentration war sie über den Ordner gebeugt. Ein rasendes Lesen, noch immer. Vielleicht konnte sie, wenn sie ihr lange genug zusah, an dieser präzisen Gier nach den Sätzen teilnehmen. Den Speck wieder verlieren, den ihre Sprache angesetzt hatte. Sich aus dieser Vagheit schälen, aus der heraus sie nur noch nuschelnd zu sprechen vermochte. Unter Jans hochgerutschtem Pulloverärmel sah sie das Zifferblatt ihrer Armbanduhr, halb zwölf vorbei. Kurze lange Zeit, die ihr jetzt noch dafür blieb. Sie wußte nicht, ob kurz oder lang. Sie hatte nicht nachgefragt, als Jan vorhin erklärt hatte, sie nehme erst einen späteren Zug. Erst jetzt fiel ihr auf, daß Jan keine weiteren Andeutungen darüber verloren hatte, wann dieses Später nach ihrer Definition war. Sie rechnete die Stunden zusammen, die zwischen Hamburg und Köln lagen. Möglich, daß es zu gar nichts mehr kam. Daß Jan den Ordner erst zuschlug, wenn es Zeit war zu gehen.

Aber es war ihre eigene Schuld. Ohne weiteres hätte sie Jans Lesegier vor ihrer Fahrt nach Hamburg stillen können. Sie hatte Gründe dafür gehabt, vorsichtig zu bleiben und ihr das Manuskript erst zu überlassen, als sie sich begegnet waren. Gute, gewichtige Gründe, auch wenn sie ihr jetzt aufgebläht vorkamen, nicht mehr als hysterische Schatten einer längst unbrauchbar gewordenen Angst. Damals war ihr diese Angst offenbar nützlich gewesen. Mit ihr hatte sie dafür gesorgt, jede unmittelbare Begegnung zwischen ihnen zu verhindern. Genau so hatte sie es schließlich gewollt: daß es nichts gab außer dem Text. Daß Jan wieder fuhr, ohne mehr zu hinterlassen als ein paar Bleistiftspuren auf einem Packen Papier.

Sie fingerte eine weitere Zigarette aus der Schachtel. Der Schnee war dichter geworden. Flirrend standen die Flocken einen Moment in der Luft, ehe sie am Fenster vorbeischaukelten. Auf die Dachziegel der gegenüberliegenden Häuser hatten sich fransige Flecken gesetzt. Plötzlich kam es ihr furchtbar vor, daß ihre Zeit nun tatsächlich auf diese Weise ein Ende nahm. Sie fingen doch erst an, mit allem. Erst jetzt spürte sie die rigiden Grenzen, die sie mit dieser entsetzlichen Angst gezogen hatte. Kein weites Feld, auf dem sich ihre Begegnung ihrem eigenen Fluß entsprechend hätte entfalten können; schnell, stockend, sprunghaft, ihrem inneren Rhythmus folgend. Statt dessen saßen sie reglos in einem engen, pedantisch vermessenen Raum. Schade, ein armseliges Wort, unvermittelt kam es ihr in den Kopf. Ein kurzer, undeutlicher Schmerz, des Fühlens nicht wert. Sie lehnte sich vor und stieß die Zigarettenglut in den Aschenbecher.

Kommst du nicht recht voran?

Jan sah sie an, Besorgnis war in ihrem Gesicht. Doch, doch, winkte sie ab. Sie verpaßte den kurzen Moment, etwas zu sagen. Ehe sie Luft in die Lungen gesogen hatte, war Jans Blick schon wieder vorbei und auf dem Papier. Bin gleich zurück, sagte sie und stand auf. Sie wartete nicht, ob Jan etwas erwiderte. Der Flur war leer. Judith war mit dem Telefon in ihr Zimmer gegangen, sie hörte den monotonen, leicht singenden Tonfall ihrer Stimme. Die Tür zum hinteren Zimmer stand offen. Jan hatte noch nicht gepackt. Der Reißverschluß ihrer Reisetasche war aufgezogen; Kleidungsstücke waren lose darübergeworfen. Neben der Tasche lag ein dicker, in Leder gebundener Terminkalender. Sie horchte einen Moment, ehe sie einen Schritt ins Zimmer trat, aber alles war ruhig. Ein feiner würziger Geruch war im Raum. Obwohl Jan nur die notwendigsten Dinge ausgepackt und verteilt hatte, wirkte das Zimmer gefüllt. Das Bett war ungemacht. Auf der zurückgeschlagenen Decke lag ein T-Shirt. Ein kleiner Reisewecker tickte auf dem Parkettboden am Kopfende. Daneben sah sie einen aufgeklappten Notizblock, das obere Blatt war beschrieben. Deutlich konnte sie Jans kräftige Handschrift erkennen. Nur kurz kam ihr der Gedanke, etwas unwiederbringlich Falsches zu tun, wenn sie das Zimmer nicht sofort verließ. Sie setzte sich auf die Bettkante. Lächerlich, jetzt noch darauf bedacht zu sein, etwas richtig zu machen. Es war egal, vollkommen beliebig.

Milchiges Licht kam durch das kleine Fenster. Atmend lehnte sie sich zurück. Vielleicht gab es endlich Schnee. Schwere, wollige Flocken, die über Tage hinweg aus dem bauchigen Himmel fielen. Schließlich eine glasklare, klirrende Kälte, in der es mit jedem Schritt nur so krachte und knirschte. Es würde sichtbare Spuren geben, Zeichen dafür, daß die Zeit verging. Ein Kratzen kam ihre Kehle hoch, wie Weinen. Still und leer würde sie sein, diese Zeit. Jan wäre längst wieder in Köln. Das Zimmer nichts als ein Zimmer, ihre Arbeit wieder ein Ding, das zu tun war. Sie würde sie tun. In ein paar Tagen würden Judith und sie das Auto mit dicken Jacken und Stiefeln und Pullovern beladen und langsam die Küste hinauffahren, an die Nordsee. Dort würden sie Zeit haben, keine Arbeit, viel Zeit. Sie würden essen und schweigen und nachts unter dicken Federbetten liegen. Aus dieser Stille würde sie Jan eine Ansichtskarte mit einer weiten, sehr leeren Marschlandschaft schicken, auf der nur der Himmel eine mögliche Grenze war. Süße? Wo bist du denn?

Sie fuhr hoch. Ich komme, rief sie. Fast lief sie auf den Flur. Judith kam ihr entgegen. Ach, hier steckst du. Jan wußte auch nicht, wo du bist. Meine Mutter war eben am Telefon.

Sie nahm etwas Tabak aus ihrem Päckchen, ihre Finger zitterten leicht. Elisabeth räusperte sich. Und? Irgendwelche Katastrophen? Judith lachte hart auf. Wie man's nimmt. Sie will unbedingt, daß ich heute zum Adventskaffee komme. Wo ich doch über die Feiertage nicht da bin. Tausendmal habe ich ihr gesagt, daß es heute beim besten Willen nicht geht. Daß wir Besuch haben. Natürlich umsonst. Du weißt ja, wie sie ist. Es ist doch nicht mein Besuch, hat sie gesagt. Noch immer denkt sie, wir teilen gerade mal die Küche und das Klo. Und dann mein Vater. Es geht ihm nicht gut, meint sie. Er wollte nicht einmal ans Telefon kommen.

Elisabeth schwieg. Mit grotesker Genauigkeit beobachtete sie, wie Judith das Zigarettenpapier zu einer dünnen Wurst rollte. Eine feine Speichelspur blieb am Papier, nachdem sie über die Gummierung geleckt hatte. Ein paar Krümel bröselten heraus. Nur undeutlich nahm sie wahr, daß Judith unablässig weitergesprochen hatte. Irgend etwas mußte sie davon gesagt haben, daß sie keine Wahl habe. Wohl oder übel müsse sie fahren. *Wohl oder übel,* ja, genau diese Formulierung hatte sie gebraucht. Ein wildes Kichern stieg in ihr hoch. Erst in letzter

Sekunde gelang es ihr zu nicken. Ja, dann mußt du wohl fahren. Wirklich zu blöd. Ausgerechnet heute. Sie versuchte, ihrer Stimme einen empörten oder zumindest erschrockenen Klang zu geben, aber die Wörter kamen matt unter ihrer Zunge hervor, tonlose Gebilde, die sie lahm herunterredete.

Judith faßte sie an den Arm.

Und du bist nicht böse, wenn ich dich allein lasse mit Jan? Obwohl es dir nicht so gut geht?

Aber nein. Fahr ruhig. Wir brauchen sowieso noch eine ganze Weile, bis wir mit der Arbeit fertig sind.

Judith lächelte wattig. Ihr Blick hatte etwas schamlos Bestimmtes bekommen, als hätte sie sich ohnehin längst entschieden und nur noch auf Absolution gewartet. Tatsächlich war kein Bedauern in ihrer Stimme, während sie weitersprach. Das hatte sie sich auch schon gedacht. Was sollte sie hier herumsitzen und warten, wenn sie doch nur die ganze Zeit am Schreibtisch hockten. Und mit dem Auto brauchte sie nur eine knappe halbe Stunde für den Weg, spätestens um vier war sie also wieder zurück. Bestimmt früh genug, um vor Jans Abfahrt noch in aller Ruhe einen Kaffee zu trinken. Trotzdem war es wohl besser, zur Sicherheit noch einmal zu fragen, mit welchem Zug Jan eigentlich fuhr.

Elisabeth ging ihr nicht nach. Sie hörte Jans Stimme, sie sprach lauter als sonst, jedes Wort scharf artikulierend. Ja, gegen vier bin ich mit Sicherheit noch hier. Mach dir doch bitte meinetwegen keine Umstände. Nein, ich weiß noch nicht genau, wann.

Judith erwiderte etwas, aber ihre Stimme war zu gedrückt, um sie zu verstehen. Auch Jan sagte jetzt etwas unverständlich Leises. Kurz darauf kam Judith zurück, sichtlich erleichtert. Jan meint auch, ich solle fahren. Sie bleibt noch ein bißchen. Allerdings mache ich mich dann besser gleich auf den Weg.

Elisabeth nickte. Ja. Tu das. Sie wartete auf ein Gefühl, irgendeins, von dem sie glaubte, daß es spätestens jetzt kommen müsse, aber alles war leer. Still sah sie zu, wie Judith Jacke und Schuhe anzog. In der Wohnungstür umarmten sie sich knapp.

Also, mach's gut.

Ja. Bis später.

Auf der Treppe winkte Judith noch einmal hoch. Elisabeth wartete, bis sie verschwunden war. Schon vom Flur aus sah sie, daß Jan nicht mehr las. Sie hatte die Beine weit unter den Schreibtisch gestreckt und blickte auf, als sie ins Zimmer kam. Der Stoß von ungelesenen Seiten im Ordner vor ihr war dünner geworden, aber nicht abgetragen. Was meinst du? Wie lange brauchst du wohl noch? Sie deutete auf das Manuskript. Etwas Hetzendes hatte in ihrer Stimme gelegen, als wolle sie Jan zur Eile antreiben. Jan schob den Pulloverärmel hoch und sah auf ihre Uhr. Ich weiß nicht. Aber ich kann jederzeit aufhören. Schon komisch, daß die Zeit nun doch so schnell vergangen ist. Zuerst war es mir unvorstellbar, wie wir ein ganzes Wochenende miteinander verbringen sollen.

Sie lachte. Elisabeth setzte sich. Von der Straße kam das leise Tocken eines startenden Motors herauf. Dann das Quatschen von Reifen im Matsch. Ohne zu fragen nahm sie eine Zigarette aus Jans Schachtel. Jan gab ihr Feuer. Weißt du, eigentlich finde ich es schade, daß ich nicht mehr von dir kennengelernt habe als das. Mit einer raschen Geste schob sie den Ordner zur Seite. Natürlich habe ich durch das Manuskript eine Menge von dir erfahren. Aber es sind ja eher unterschwellige Mitteilungen, versteckt, nicht unmittelbar. Ganz abgesehen davon, daß ein solches Gespräch zwangsläufig einseitig bleibt. Von mir hast du letztlich kaum etwas gehört. Ich fühle mich, nun, gewissermaßen in deiner Schuld.

Elisabeth schwieg. Ein klebriges Brüten hing hinter ihrer Stirn, kein Satz war damit zu machen. Schief sah sie an Jan vorbei aus dem Fenster. Noch immer fielen Flocken, in kleinen, tänzelnden Bewegungen. Eine dünne Schneeschicht hatte sich auf das Balkongeländer gesetzt.

Weißt du schon, wann du fahren willst?

Jan zögerte einen Moment. Nein, nicht genau. Gegen vier müssen wir wohl Schluß machen. Spätestens wenn Judith zum Kaffeetrinken zurückkommt. So daß ich vielleicht den Zug um halb sechs nehmen kann. Sie zog eine Zigarette aus der Schachtel, zündete sie aber nicht an. Es sei denn, du hast Lust, unser Arbeitswochenende noch um einen Tag zu verlängern.

Du meinst, du könntest bis morgen bleiben?
Möglich wäre das schon. Ich muß erst am Dienstag wieder
arbeiten. Barbara freut sich bestimmt, wenn ich einen Tag
später komme. Es reicht also völlig aus, wenn ich morgen
Mittag zurückfahre. Aber natürlich mußt du das entscheiden.
Wenn es dir zuviel wird, sag Bescheid. Dann fahre ich gleich.
Kein Problem.

Dann ist es schon dunkel. Der Himmel ist leer im Gewölk der
Flocken, die wieder fallen. Eine Schneeschaufel kratzt vor
dem Haus über das Pflaster, ein behäbiges Geräusch, fremd
für die Regenohren, die sie noch hat. Behaglichkeiten fallen
ihr ein, heißer Kakao und Stollen zum Beispiel oder Bratäpfel,
wie sie der Vater früher im Winter hinter die eiserne Klappe
des Kachelofens schob. Dieser Geruch von Ordnung und
Liebe, daß sie jetzt daran denkt. Ihre Hände sind naß und
fliegen schon wieder, als sie nach dem Feuerzeug sucht. Die
Zigaretten nehmen kein Ende, nichts nimmt ein Ende;
immerzu dieser einzige Nachmittag, sie verrückt ihn in ihrem
Kopf, obwohl gar nichts war. Nur Sonntag wie immer, ein
leeres Stück Zeit zum Vertun. Was soll sie da sagen auf Judiths
mögliche Fragen? Was habt ihr gemacht? War's schön? Geht's
dir gut? Sie wird den Kopf ein wenig wiegen, na-ja, so-la-la,
bestenfalls nicken, schlechterenfalls schweigen, aber sogar im
Schweigen wird sie nicht lügen, zu erzählen ist nichts.
Nur Jans Entschluß, von dem muß sie wohl sprechen mit
einem sehr mager daherkommenden Satz. Übrigens, Jan fährt
erst morgen. Irrwitziger, ungeheuerlicher Entschluß. Eine
geheime Ballung von Sinn muß darin liegen, auf die sie nicht
kommt. Judith wird danach nicht suchen. Die Lippen zu
einem Strich gezogen wird sie ins Zimmer kommen, Himmel,
war das wieder anstrengend, wirklich entsetzlich, und ihr?
Hast du den Kater gefüttert? Ach, Jan bleibt noch länger? Toll.
Sie wird stocken für den Bruch einer Sekunde, es dann aber
wirklich schön finden und meinen, daß man den unerwarte-
ten Abend gemütlich verbringen sollte, Essen gehen zum Beispiel, der Italiener am Großneumarkt bietet sich an, und auch

Imme sollten sie fragen, hat Elisabeth nicht erzählt, sie wolle Jan gern noch einmal sehen? Gut. Dann ruft sie sie am besten gleich an. Ein Kuß, und der Abend läuft schon dahin. Wie am Schnürchen, denkt sie, aber nicht einmal darüber kann sie noch lachen. Unablässig dünnt die Zeit sich jetzt aus. Der Nachmittag ist in den Abend gefallen, viertel vor fünf, die Zeiger spreizen sich weiter. Längst müßte Judith hier sein. Sie geht ein bißchen durchs Zimmer; am Fenster kommt sie zum Stehen und sieht nach dem olivgrünen Auto, aber die Straße ist leer. Auf dem Gehweg vorm Haus kann sie den Mann mit der Schneeschaufel erkennen, in eine gelbe Wetterjacke geschlagen stemmt er gerade geschnittene Streifen aus der Decke, die überall liegt. Sie setzt sich schon wieder. Noch hat sie Zeit. Jan schläft oder döst oder ist wach, nicht einmal das könnte sie sagen, falls Judith sie fragt. Eine halbe Stunde nur, ich muß mich ein bißchen ausruhen, hat sie vorhin gesagt und ist in das kleine Zimmerchen gegangen wie ins Exil, mit demselben Ausdruck leidvoller Konzentration, mit dem Elisabeth früher dorthin zum Arbeiten gegangen ist. Oder was sie in diesen Zeiten als Arbeit bezeichnet hat, lachhaft, aber das versteht sie erst jetzt. Niemand kann etwas verstehen, bevor es ein Ende genommen hat.

Und was nimmt schon ein Ende.

Nichts zu verstehen.

Auf und ab geht ihr Atem, stößt immer wieder hervor. Aus den Fingerkuppen beißt sie sich Stücke von Haut, der Rauch brennt in den Wunden nach; Angst, könnte man denken, wenn man sie so sieht. Auch Judith könnte es denken. *Was ist,* sie stellt sich diese Frage vor, obszön. Und dann die Leere ihrer Gedanken, mit der sie antworten müßte: nichts. Das wäre die Wahrheit. Alles andere sind nur Gespinste, Schatten im Kopf, Ahnungen, die weit unterhalb der Wortgrenze liegen und nicht emporstoßen wollen. Nur eine Verwirrte könnte von diesen hysterisch verdrehten Splittern behaupten, sie seien die Wirklichkeit.

Sie hat diese Freiheit nicht.

Also nur Schatten.

Zum Beispiel am Nachmittag, als sie aufhörten zu arbeiten.

Jan war, nachdem sie ihren Vorschlag gemacht hatte, sehr still geworden, und auch sie hatte nach ein paar schnell heruntergeredeten Sätzen geschwiegen, war etwas? Nein. Nur dieses klare, fast scharfe Wissen, daß sie jetzt mit Jan allein war. Ein Gefühl, das im Inneren zu schneiden begann, nicht näher zu benennen, untauglich, um davon zu berichten. Sie schüttelte schon eine neue Zigarette heraus und fing erneut an zu sprechen. Schön, daß wir noch Zeit haben. Und anderes mehr. Die Angst, die ihr dabei auf der Zunge saß, war ein Dreck, keine Rede davon: Angst ist die schlechteste aller Geschichten. Ihre Stimme war fremd, beinahe schrill, aber wen ging das an. Sie gab sich ja Mühe. Lehnte ganz leicht im Stuhl, lachte zuviel. Ganz unvermittelt schlug Jan die Seiten im Ordner zusammen. Hast du Lust, ein bißchen zu laufen? Zum Hafen hinunter vielleicht?

Aber ja, gern.

Sie verschluckte sich fast an der Luft, die in ihre Lungen flog. Sie staunte über die Plötzlichkeit dieser Lust. Aber wer wollte nicht an einem Sonntag hinunter zum Hafen; nichts Absonderliches gab es daran, nichts, was Judith erzählt werden müßte. Es schneite nicht einmal mehr. Ein bleierner Himmel war über der Stadt, als sie gingen; niemand würde ihn für erwähnenswert halten, warum also sie. Jan sah kindlich aus mit dem tomatenroten Schal, den sie ihr aus dem Schrank gesucht hatte, aber das Kichern vorm Spiegel war auf der Straße längst wieder vorbei. Die Kälte schnitt in die Zähne, so daß sie beim Laufen kaum sprachen. Erzählen könnte man also nur, daß sie nicht schnell gingen im gefallenen Schnee. An den Anlegern der Landungsbrücken schaukelten Fährschiffe an ihren Leinen, niemand war noch an Bord. Vor ihnen zogen zwei Ehepaare Kinder in dicken, wattierten Jacken den Ponton entlang und hielten Fotoapparate in das fieselige Licht über den Werften; sie überholten sie selbst mit langsamem Schritt. Der Mann in der Imbißbude schlug fröstelnd die Hände zusammen und warf fordernde Blicke über die fettglänzenden Würste hinweg, aber sie blieben nicht stehen. Der Fluß war ganz leer. Kein beladenes Containerschiff wurde vor ihren Augen am Anleger vorbeigeschleppt und gab etwas her, ein Rätseln über die Flaggenfarben am Schornstein, ein Stell-dir-vor, was-der-wohl-geladen-hat: Am Wochenende, hatte sie einmal gehört, waren die Liegegebühren so hoch, daß die meisten Schiffe den Hafen bereits freitags verließen. Aber auch das behielt sie für sich, erklärte Jan nichts. Ein rostbrauner Schiffsrumpf ragte aus dem Trockendock von Blohm und Voß in den Himmel, Jan sah nicht einmal hin. Die Abfertigungshalle für den Fährverkehr nach England war geschlossen, die Gangway mit einer Plane überzogen, ob Jan denn von hier aus schon einmal nach England gefahren sei? Nein, nicht einmal das. Dann die Hafenstraße entlang, an den besetzten Häusern vorbei. Jan staunte über die Kunst der Wandmalereien, *zählt nicht uns, sondern eure Tage,* aber alles war ruhig, nur ein Polizeiauto wartete mit laufendem Motor vor einem Lokal. Weiter zum Fischmarkt, ein Stück schneenasses Kopfsteinpflaster, auf dem die Lastzüge in langen Reihen parkten. Die Marktleute waren lange schon weg, nur ein paar Möwen stießen herab und pickten im Müll. Dahinter die Fischlagerhallen, auch sie rochen wie immer, nach Fisch. Das Elbwasser eine kalte, schwappende Fläche, der Wind stand vom anderen Ufer herüber und setzte tausend Linien hinein, aber der Wind richtet hier täglich etwas aus, auch das nichts Erwähnenswertes in dieser Gegend. Sie gingen den Fähranleger am Speicher hinunter und setzten sich auf einen der Poller, kurz, es war kalt. Jan zog den Schal fester, versuchte, mit steifen Fingern das Feuerzeug an die Zigarette zu halten, Elisabeth versuchte es auch, dabei berührten sich ihre Hände, und? Ein Zufall, über den sie erschraken. Was waren sie denn, zwei Frauen, die rauchten, mitten im Wind, und schon kehrten sie um.

Jan redete viel auf dem Rückweg über den Kiez. Kindheit in England, das Meer, aber sie hörte nicht zu und vergaß sogar das gelegentliche Nicken. Jans Sätze kamen hastig, zu wahllos, als wolle sie gar nichts erzählen, sondern spreche aus einem anderen Grund. Elisabeth dachte darüber nicht nach. Kleine, geschlossene Kreise von Angst hatten in ihrem Körper zu arbeiten begonnen; sie fühlte ein Pochen und Klopfen im

Brustkorb, so stark, daß sie sich schon mit stotternden Beinen aufs Pflaster schlagen sah, während Jan neben ihr sprach. Nein, sagte sie nur, als Jan fragte, ob sie die englischen Weihnachtsbräuche kenne. Die Geschenke würden in Strümpfe gesteckt und am Morgen des ersten Feiertags geöffnet, alles sei heiterer als hier, mit Papierhütchen und Luftschlangen, ohne diesen furchtbaren feierlichen Ernst. Beim Gehen sah sie in die Auslagen der Läden. Ab und an wippte Jans Schal in den Rand ihrer Augen. Sie dachte an Papierhütchen und Luftschlangen. An eine Ferne. An nichts. Zu Hause steckten sie Zeitungspapier in die Schuhe, die Kaffeefäden liefen schon in die Kanne. Jan gab ihr den Schal zurück, die Wolle war feucht. Als sie sich an den Schreibtisch setzten, wunderte sie sich, alles so vorzufinden, wie sie es verlassen hatten. Schöner Spaziergang, sagte Jan. Sie sagte nichts.

Sie zittert schon wieder, ist etwas? Nein. Nur diese Schatten im Kopf, die herumhuschen und flirren und sich nicht zusammenfinden zu diesem Sinn, den es geben muß hinter allem. Judith weiß nichts, also wird sie nichts sehen. Ohne ein weiteres Wort wird sie durch die Wohnung laufen und den Abend organisieren, dazwischen die üblichen Reden von ihren Eltern, entsetzlichfurchtbar-grauenhaft und andere Adjektivreihungen, zu denen genickt werden muß.

Das wird sie tun.

Überhaupt wird sie alles tun, was getan werden muß. Beim Italiener wird sie sitzen und reden wie alle. Einen Teller dampfender Nudeln mit Sahne und zerlaufenem Käse wird sie bestellen, eine schlingernde Masse von Teig, die sie mit der Gabel herumdrehen wird. Schweiß wird ihr dabei in kleinen Perlen aus den Poren der Haut treten, aber auch das wird niemand sehen.

Plötzlich kommt ihr dieser Satz in den Sinn, den Jan vorhin sagte, sie saßen längst wieder am Schreibtisch und hielten ihre Augen auf dem Papier. Du siehst ausgezehrt aus, als bräuchtest du etwas, das du nicht bekommst. Entsetzlicher Satz. Jan sagte ihn leise, wie nebenbei. Sie tat, als hörte sie nicht. Dennoch stieß er ihr wie ein Stein in den Kopf. Fiel und schlug irgendwo tiefer auf Grund. Dort liegt er wohl noch. Sie fühlt etwas Schweres. Sie steht auf, läuft wieder zum Fenster, drückt die Stirn an die Scheibe, als könne sie damit die Wunde heilen, die er gerissen hat. Ihr Atem bläst milchige Flecken auf das Glas. Jämmerlich kalt ist ihr jetzt. Sie will etwas Wärmendes denken, aber wieder fallen ihr nur die Bratäpfel ein. Der gekachelte Ofen. All diese verlorenen Lügen von Liebe und Ordnung, davon hat sie noch mehr. Nicht nur die Phantome der Kindheit, mit denen jede ihren Schlaf teilt; die üblichen feuerrot geschrieenen Nächte im Gitterbett, sabbernde Angst, Schleifchen im Haar. All das geht ja ein Leben lang weiter. Sie will gar nicht wissen, wohin. Sie schluckt dreimal tief; fast übersieht sie dabei das Auto, das unten vorm Haus auf den Parkstreifen rollt. Judith beugt sich schon durch die Türöffnung und hebt einen Pappkarton hoch. Sie setzt sich. Denkt: jetzt, und was das bedeuten mag. Ein Kuß. Ein Teller mit Nudeln. Mehr.

Sie gingen zu Fuß. Über den Gehweg war eine stumpfe Schneedecke getreten, auf die körniger Sand gestreut worden war. Kein neuer Schnee fiel. Judith hatte den Arm um Elisabeths Schultern gelegt und machte ab und an eine Bemerkung nach vorn, zu Imme und Jan. Imme war gesprächiger als am Abend zuvor, aber schließlich war sie auch gekommen, um mit Jan zu sprechen. Die Unterhaltung verlief gleichmäßig und höflich, wie ein Gespräch zwischen Menschen, die nicht freiwillig miteinander sprachen. Elisabeth schwieg. Aufrecht ging sie neben Judith her, in gerade gesetzten Schritten. Kleine, dampfende Schwaden stießen beim Atmen aus ihrem Mund. Die Kälte war gut. Die Schatten im Kopf waren verhuscht, ein kleines Funzelfeuer brannte noch aus. Später würde sie lachen über sich selbst. Während sie noch geglaubt hatte, es ginge um etwas, vielleicht um ein Leben, hatte Judith längst Tee aufgebrüht, Imme bestellt und Jan aus ihrem Zimmerchen geklopft, um ihr zu versichern, wie schön sie ihr Bleiben fand. Die Wirklichkeit war sparsam gewesen wie immer; die Ökonomie der Ereignislosigkeit setzte sich fort. Jan hatte ihre auffallende Fahrigkeit ausdrücklich damit erklärt, daß sie eingenickt sei und danach immer eine Zeitlang sehr mürrisch. Judith hatte gelacht und die zweite Kanne Tee etwas stärker gebrüht. Auch Elisabeth hatte gelächelt. Das Gefühl, daß Jan gelogen hatte, war gekommen und gegangen, ein weiterer hanebüchener Schatten. Von vorn hörte sie Immes Stimme. Ob sie denn heute mit der Arbeit vorangekommen seien? Nein, eigentlich nicht, erwiderte Jan. Am Nachmittag haben wir einen Spaziergang zum Hafen gemacht, sehr schön. Kurz drehte sie sich zu Elisabeth um. Ihr Gesicht leuchtete hell über den Mantelkragen. Ja, sehr schön, nickte Elisabeth zurück.

Erstaunlich, daß ihr euch doch noch aufgerafft habt, meinte Judith. Heute mittag hatte ich nicht den Eindruck, daß ihr einen Schritt vor die Tür setzen würdet.

Elisabeth holte Luft, aber Judith war bereits weiter. Vielleicht hätten sie doch besser einen Tisch bestellen sollen, man wüßte ja nie. Na ja, beschwichtigte Imme von vorn. Sie atmete aus. Judith wollte nichts wissen. Sie erinnerte nicht, daß Judith jemals etwas wirklich hatte wissen wollen. Sie war mit dem Anschein der Wirklichkeit zufrieden, mit dem, was sich zeigte, und was zeigte sich schon. Sie gingen über den Großneumarkt. Um diese Zeit waren die Kneipen noch leer. Durch die Fenster konnte man auf lange Tischreihen sehen, ohne einen Menschen. Auch das italienische Restaurant war zwar gut besucht, aber nicht überfüllt. Sie fanden einen Tisch am Fenster und setzten sich zu zweien gegenüber, Imme neben Jan. Die Kellnerin brachte große, in Leder gebundene Speisekarten. Elisabeth legte ihre Hand auf Judiths Arm und sah in die Karte, die sie vor sich ausgebreitet hatte, aber sie fühlte sich unbeteiligt, als sei sie nicht gemeint und ginge nur irrtümlich davon aus, dazuzugehören. Sie lehnte sich zurück und zündete eine Zigarette an. Überall saßen sich Pärchen mit vorgebeugten Köpfen gegenüber, Frauen in dezent modischen Kleidern, Männer mit teuren, lässig um die Schultern gelegten Pullovern. Eine Frau blickte zu ihnen herüber und lachte ein falsches, synkopisch hüpfendes Lachen. Jan sah sie an. Was nimmst du? Sie machte eine schwache Geste. Weiß nicht so recht. Jan erwiderte nichts, nickte aber, als habe sie verstanden. Kurz überlegte Elisabeth, was sie verstanden haben mochte, aber auch das war nur ein weiterer Schatten, vorbei. Ich nehme nur einen Salat, sagte Judith. Ihr könnt euch gar nicht vorstellen, welche Kuchenberge meine Mutter wieder aufgefahren hat. Sogar belegte Brote hat sie noch gemacht. Unfaßbar, diese Fresserei. Es ist immer dasselbe, wenn ich komme. Sie lachte. Elisabeth dachte an Judiths Mutter, die um ihr Leben kochte, darum, daß ihre Tochter sie nicht verließ. Sie stellte sich das Ausmaß der emotionalen Verarmung vor, in der Zuneigung sich nur noch in Sahnetorten und Bratenfleisch ausdrücken konnte und Loyalität nur in Speckringen am Bauch. Überall und täglich dienten prall gedeckte Tische als Schauplatz für Stellvertreterkriege, die dort mit unvorstellbarer Brutalität ausgetragen wurden. Auch hier im Lokal schienen sich die Leute mit kaum verhüllten kriegerischen Absichten gegenüberzusitzen. An den Tischen wurde angestrengt höflich gesprochen, während Messer und Gabeln wie Waffen über die Teller blitzten. Sie drückte die Zigarette aus und versuchte, sich auf die Karte zu konzentrieren. Wieder hörte sie das hüpfende falsche Lachen. Sie beobachtete, wie die Frau ein Stück Fleisch auf die Gabel spießte und mit einer stoßenden, abrupten Bewegung ihrem Mann über den Tisch reichte. Eine schmerzhafte Übelkeit stieg in ihr auf. Möglich, daß auch sie in einen dieser heimlichen Kriege verstrickt war und deshalb nur angestrengt essen konnte, Bissen für Bissen beschäftigt mit Mangel und Schuld. Sie wünschte sich, für eine unbestimmt andauernde Zeit hungern zu können, so lange, bis sie wieder fähig wäre, eine schlichte Freude am Essen zu empfinden, eine Lust, die auf nichts anderes gerichtet war als auf das Essen selbst. *Du siehst ausgezehrt aus.* Vielleicht hatte Jan genau das gemeint. Aber nein, wahrscheinlich nicht. Der Satz hatte, als er in ihr aufgeschlagen war, sehr dumpf gekollert, als sei er in große Tiefe gestürzt. Einen Hunger unter dem körperlichen Hunger mußte sie wohl gemeint haben. Eine Lust unter der Lust.

Die Schatten kamen ja wieder, Schluß. Sie fuhr sich mit der

Hand über die Stirn und kicherte mit, als Judith neben ihr auf-lachte. Ja, das kann ich mir denken, sagte sie noch in das Lachen hinein. Ehe sie erfaßt hatte, was Judith sich denken konnte, kam die Kellnerin an ihren Tisch. Imme und Jan sag-ten ihre Bestellungen auf. Judith fragte nach einem Gericht auf der Tageskarte. Ausführlich erklärte die Kellnerin ihr die Zubereitung. Sehr zu empfehlen, eine Spezialität des Hauses. Judith nickte. Ich nehme dann einen Salat. Und du? Für mich nur ein Mineralwasser.

Die Kellnerin machte eine Notiz und ging. Eine unangenehme Stille entstand. Elisabeth horchte auf die Musik, die leise im Hintergrund spielte. Der gleichmäßige Singsang kam ihr un-erträglich vor, eine Verspottung der wirklichen Spannung, in der sie hier saßen. Wortlos begann Judith, sich eine Zigarette zu drehen. Jan räusperte sich. Vielleicht magst du später etwas essen. Wenn du Lust hast, kannst du bei mir probieren. Bei mir natürlich auch, stimmte Imme erleichtert zu. Wahrscheinlich ißt du am Ende mehr als wir. Sie lachten nervös. Die Kellnerin brachte schon Getränke, Besteck und Brot. Imme erkundigte sich nach Jans Arbeit in der Klinik. Jan begann von ihrem Therapeutinnenalltag zu erzählen, wie gewöhnlich er im Grunde war und wie mystifiziert von so vielen Leuten. Ihr selbst hing der Beruf bis in das Privatleben nach. Viele gingen wie selbstverständlich davon aus, daß sie alles verstand, alles erfaßte, zu allem bereit war. Letztlich sei das Wesentliche dieser Arbeit, Grenzen zu setzen. Elisabeth hörte zu, augenblicklich davon überzeugt, daß Jan diese Fähigkeit besaß. Sie versuchte sich Jan beim Arbeiten vorzustellen und dachte an eine un-bequeme Genauigkeit, mit der Jan andere Menschen zu Be-wegungen antrieb, ohne etwas von ihnen zu verlangen. Judith schob unter dem Tisch ihre Hand auf ihr Bein. Ich mache mir Sorgen, Süße, sagte sie leise. Daß du nichts essen willst, finde ich wirklich nicht gut. Du hast noch gar nichts Richtiges im Magen. Wirst du etwa krank? Ja, vielleicht, nickte Elisabeth. Tatsächlich fühlte sie sich elend, wie von hohem Fieber ausge-brannt und erschöpft. Dennoch stand ihr Judiths Mitgefühl nicht zu. Sie war ja krank an etwas anderem, wenn sie auch selbst nicht wußte, woran. An diesen Schatten, die wieder zu huschen begannen. An Bratäpfeln und anderen Lügen. *Du siehst ausgezehrt aus.* Vielleicht hatte Jan dieses andere, an dem sie wirklich krank war, mit ihrem genauen Blick gesehen. Vielleicht hatte sie hinter der sichtbaren, körperlichen Dürre eine andere, viel gravierendere Dürre entdeckt.

Sie griff nach einer neuen Zigarette, schob sie aber wieder in die Packung zurück, als sie sah, daß die Kellnerin mit Tellern zu ihnen herüberkam. Sieht toll aus, sagte Judith seltsam aufgeregt. Möchtest du nicht doch etwas bestellen? Nein? Na, dann eben nicht. Sie begannen zu essen. Elisabeth nahm eine Gabel vom Besteckteller und zog Furchen in den Stoff der Tischdecke, als könne sie damit die Härte ihrer Verweigerung mildern, aber niemand achtete darauf. Judith probierte wechselweise von allen Tellern. Wie denn die Bedingungen in der Klinik so seien, unter denen sie arbeiten müsse, erkundigte sie sich kauend bei Jan. Sie selbst habe wiederholt die Erfahrung gemacht, daß die eigentliche Arbeit zwar Spaß mache, aber der Rahmen so eng gesteckt sei, daß man selbst die besten Ansätze und Ideen sofort wieder einpacken könne. Zum Beispiel in der Schule. Da müsse sich eben erstmal gründlich politisch etwas tun, ehe man dort sinnvoll arbeiten könne. Jan blinzelte hinter den Brillengläsern, erzählte aber in knappen Sätzen von den hierarchischen Strukturen im Klinikbetrieb, von all den Schwierigkeiten, die aus dem System heraus entstanden. Sie redete wie eine, die zu kämpfen gewohnt war, zwar gezeichnet von Niederlagen, aber dennoch energisch, nicht verzagt oder entmutigt. Etwas ruhig Bewegtes ging von ihr aus, eine kämpferische Penetranz, die nicht nervös um sich schlagen mußte, um sich zu beweisen. Der Tonfall, in dem sie sprach, war Elisabeth vertraut und zugleich fremd. Sie erinnerte sich, daß sie früher einmal ähnlich gesprochen haben mußte, in einer Zeit, in der Unannehmlichkeiten mehr waren als ein willkommener Anlaß, sich wieder zu setzen. Statt Mißerfolge zu Alibis zu verbiegen, hatte sie sich in ihnen nur weiter aufgerichtet. Judiths Klagen über den Zustand der Welt erschienen ihr plötzlich wehleidig und falsch, als freue sie sich insgeheim darüber, ihren eigenen Mangel an Beweglichkeit damit verklären zu können. Jans Stimme war lauter geworden. Aber du weißt sicher viel besser als ich, wie zäh diese Kämpfe sind, sagte sie. Die politische Arbeit, die du gemacht hast, ist bestimmt ähnlich gewesen.

Nur langsam begriff sie, daß Jan sie gemeint hatte. Ja, erwiderte sie. Ist aber sehr lange her, schon gar nicht mehr wahr. Judith legte die Gabel auf dem Tellerrand ab. Trotzdem bleibt man doch davon geprägt. Ich zum Beispiel würde mich noch immer als politisch aktiv bezeichnen, auch wenn ich nichts mehr tue. Elisabeth unterdrückte den Wunsch, sie mit einem ruppigen Stoß unter dem Tisch zum Schweigen zu bringen. Es war gut, daß Judith in diese Scham hineinredete, die sie empfand. *Schon gar nicht mehr wahr.* Als glaubte sie tatsächlich, daß gelebtes Leben und bitter erkämpfte Einsicht wie morsche Rinde abfielen und verwesten, sowie sie an keiner unmittelbaren Gegenwart mehr wuchsen. Dabei drangen sie als hochkonzentriertes Substrat nur tiefer ins Mark, um dort als anhaltende Wahrheit weiterzuarbeiten. Sie spürte es, auch jetzt. Dennoch sprach sie von sich, als sei sie weinerlich und alt und säße in ihrem Leben wie in einer abgedunkelten Kammer, die nichts enthielt außer ihren eigenen kleinlichen Belangen. Ein Bild, das zugleich wahr war und falsch. Nur undeutlich hörte sie Judiths Stimme. Ob Jan damals in der Friedensbewegung aktiv gewesen sei? Nein? Na, da hätte sie was versäumt. Zum Beispiel die großen Demonstrationen, hunderttausend Leute auf dem Rathausmarkt, das sei schon toll gewesen. Heute sei ja kein Mensch mehr hinterm Ofen vorzulocken, alle gingen davon aus, daß sich mit der Demontage des Sozialismus alles von allein erledigt hätte. Und die Linken saßen zu Hause und zerfleischten sich mit ihrer sogenannten stalinistischen Vergangenheit. Dabei mußte doch gerade jetzt etwas getan werden. Jan hüstelte. Wieder überlegte Elisabeth, Judith zu unterbrechen, aber die Absurdität, mit der Judith ihre Sätze wie Spruchbänder vor sich herflattern ließ, während sie gemütlich im Stuhl saß, kam ihr plötzlich erheiternd vor, unnötig, ihr ein Ende zu setzen. *Es muß etwas getan werden.* Sie empfand nichts, nur den Wunsch, zu lachen. Auch Jan hatte mit unverhohlener Deutlichkeit aufgehört zuzuhören. Ihre Augen sprangen im Raum herum. Erst als sie bei Elisabeth stehenblieben, sah sie etwas darin.

Irgend etwas, das zuvor nicht dagewesen war.

Sie erfaßte nicht, was. Sie sah kein zweites Mal hin. Mit irrwitzigem Tempo schlossen die Angstkreise sich wieder in ihr. Ein rasendes Hecheln, so daß sie schon glaubte, man könne es hören. Auch die Schatten kamen zurück. Leeres Gewölk von irgendwas. Wie überhaupt alles nur irgendwas war. Ungenau. Nicht zu verstehen. Nur Jan schien etwas zu wissen. Klarheit hatte in diesem Blick gelegen.

Eine Erwartung.

Imme hatte den Teller zur Seite geschoben und zupfte Flusen aus der Wolle ihres Pullovers. Jan blies Rauchfäden über den Tisch. Judith sprach noch immer, aber auch ihre Stimme klang ermattet. Die Konsequenzen werden wir alle noch spüren, meinte sie nach einer Pause, doch ihre Mahnung hörte sich lächerlich lahm an, als wisse sie selbst ganz genau, daß sie nicht zu denen gehörte, die etwas spüren würden. Sie schwiegen. Die Kellnerin war dabei, den Tisch abzuräumen. Noch Kaffee? fragte Judith, doch niemand wollte. Allen war offenbar daran gelegen, den Abend so rasch wie möglich zu beenden. Sie bezahlten und gingen. Auf der Straße verabschiedete Imme sich sofort. Tschüß, ich muß mich beeilen, mein Bus fährt. Mach's gut und bis bald. Sie berührte Jan leicht an der Schulter. Jan lächelte ihr zu. Alles Gute für dich, sagte sie förmlich. Zu dritt gingen sie nebeneinander weiter, Jan in der Mitte. Schade, daß du morgen schon weg bist, wenn ich nach Hause komme, meinte Judith. Wahrscheinlich sehen wir uns gar nicht mehr. Ich muß ja leider schon um viertel vor sieben aus dem Haus. Nein, dann wohl nicht, meinte Jan. Wir frühstücken sicher später. Elisabeth schwieg. Sie versuchte sich vorzustellen, wie die verbleibende Zeit mit Jan jetzt noch verbracht werden konnte. Nichts fiel ihr ein. Sie sah einem Hund nach, der mit gezierten Bewegungen durch den Schnee stakste. Hinter den Häusern ragte der Turm der Michaeliskirche hervor; die Scheinwerfer strahlten trübe durch die Dunkelheit. Es war noch nicht spät, die Turmuhr zeigte kurz nach zehn.

Es wurde nur später. Nicht besser. Elisabeth saß auf dem Sofa, die Beine auf den kleinen Holztisch gestreckt, dahingeflegelt, aber wozu sich noch benehmen. Etwas war vorbei, ohne ein Ende zu haben. Etwas war nicht gefunden und dennoch verloren. Plötzlich hatte sie Lust, im Dunkeln zu sein. Sie stand auf und löschte das Licht. Sofort schien ihr das Warten weniger sinnleer, beinahe so, als warte sie gar nicht mehr. Jan hatte, nachdem sie in die Wohnung gekommen waren, ein weiteres Mal versucht, ihre Tochter anzurufen, dieses Mal mit Erfolg. Sie hatte lange telefoniert, nicht laut. Nach dem Telefonat war sie in den Flur gegangen, wo Judith bereits mit geputzten Zähnen auf sie gewartet hatte, um Abschied zu nehmen. Elisabeth hörte ihre Stimmen, ein unverständlich andauerndes Hin und Her. Tuschelnd. Raunend. Sie bemühte sich nicht, ihm zu folgen. Sie dachte an eine Erlösung, die es nicht gab. Eine plötzliche Ohnmacht, die unkontrollierbar heftig ausbrach und binnen Sekunden bis ins kleinste Fingerglied voranschritt. So daß sie gar nicht mehr da wäre, wenn Jan ins Zimmer zurückkäme. Tauber Haufen Körper. Leeres Knochengestell. Aber auch dann würde Jan ihr nur unverzüglich von diesem Kaffee einschenken, der schon gekocht in der Kanne stand. Ein unablässiges Weiter-weiter-weiter. Jan hatte nicht vor, schlafen zu gehen. Sie selbst hatte um diesen Kaffee gebeten. Natürlich nur, wenn Elisabeth Lust hätte, sich noch dazuzusetzen. Oder wolle sie lieber gleich ins Bett? Aber nein, wo dachte Jan hin. Obwohl sie nichts dringlicher wünschte als das, war sie sofort darangegangen, maßlose Löffel von Kaffeepulver ins Filterpapier zu häufen. Tote erwecken konnte man damit, hatte Judith gemeint. Für sie war das nichts mehr. Ihr Wecker ging ja schon um viertel vor sechs, sie mußte zusehen, daß sie ins Bett kam, so bedauerlich sie das auch fand. Immerhin war es Jans letzter Abend und ungewiß, wann sie sich wiedersahen.

Auch jetzt hörte Elisabeth sie wieder Jans Abreise bedauern.

Sie sprach auffallend dezidiert, als sei sie nicht sicher, verstanden zu werden. Auf jeden Fall sollten sie doch miteinander in Kontakt bleiben. Ein Wochenende sei einfach viel zu kurz, um eine so interessante Frau wie sie wirklich kennenzulernen. Elisabeth duckte sich in die Couch. *Eine so interessante Frau.* Eher würde sie sich die Zunge abbeißen, als Jan auf eine solch schamlose Weise Zuneigung zu offerieren. Jan war keine von denen, die es mochten, gemocht zu werden. Sie durchschaute die Last, die darin lag, denn jemanden zu mögen bedeutete immer, Profit zu erwarten. Auch Judiths Satz hatte geklungen, als verspräche sie sich Nutzen von Jan und erwarte eine fortgesetzte Wiederholung dessen, was sie an ihr als nützlich identifiziert hatte. Was immer das war. Sie versuchte sich vorzustellen, was Judith an Jan für brauchbar halten mochte, aber nichts fiel ihr ein. Jan wußte es offenbar oder hatte zumindest darauf verzichtet nachzufragen, denn auf dem Flur tuschelte nichts mehr. Statt dessen konnte sie hören, wie Judith und Jan sich umarmten. Unfaßbar laut lärmte ihre Berührung ins Zimmer herein; ein entsetzliches Getöse der Körper. Zum ersten Mal nahm sie wahr, daß bei einer Umarmung die Sprache nicht versiegte, sondern statt durch den Mund nur durch den Körper ging, keinesfalls leiser. Ein Ende mußte das haben, sofort. Sie überlegte, die Tür zuzuschlagen. Sich zwei Finger in jedes Ohr zu stecken. Nur nicht hier sitzen und hören, wie es da draußen brüllte, aber dann war es vorbei. Komm gut nach Hause, sagte Judith. Schritte trippelten auf dem Flur. Sie drückte die Stehlampe an und suchte nach einem Gesicht, das jetzt aufzuziehen war. Im selben Moment kam Jan schon herein. Hinter ihr winkte Judith noch einmal ins Zimmer. Gute Nacht, Süße. Und mach nicht zu lange, sonst bist du morgen völlig erledigt.

Nein, nein. Elisabeth wartete, bis Jan die Tür geschlossen hatte. Kaffee? fragte sie knapp. Gern. Warum nicht. Jan nahm im Korbstuhl Platz und hielt ihren Becher hin. Beim Einschenken spürte Elisabeth ihre fahrige Hand. *Warum nicht. Warum.* Immerhin hatte Jan diesen Kaffee bestellt, als ob es in dieser Nacht um etwas ginge. Ihr selbst ging es um nichts. Nur

darum, den Abend so unkompliziert wie möglich zu einem
Ende zu bringen, und das hieß, nicht zu schweigen. Wie geht
es deiner Tochter? fragte sie möglichst leicht. Fast hätte sie
schallend gelacht, als sie die Falschheit dieser Frage erfaßte,
eine pure Höflichkeitsfloskel. *Danke gut, alles wohlauf,* das
fehlte jetzt noch, dazu einige schnell aus der Brieftasche ge-
zogene Familienschnappschüsse mit säuberlich abgeschnit-
tenem Ehemann. Jan nickte jedoch nur. Ganz gut, denke ich.
Sie genießt es, die Wohnung mal für sich zu haben. Gestern hat
sie ein paar Freunde zum Feiern dagehabt, es muß ziemlich
hoch hergegangen sein. Zumindest ist jetzt der Teppich um
einen Rotweinfleck reicher. Keine Katastrophe natürlich, aber
Barbara vergeht fast vor Gram. Sie ist sehr penibel in solchen
Dingen.
Aha, machte Elisabeth. Seltsam, eine Tochter zu haben, die
von befleckten Teppichen sprach wie von einem mächtigen
existentiellen Leid. Sie überlegte, ob Jan darüber stolz oder
besorgt war. Lächerlich streng sah sie ihr ins Gesicht. Ist Haus-
haltsführung etwa Barbaras heimliche Leidenschaft? Oder hat
sie auch noch andere Ambitionen?
Jan lachte hell auf. Barbara haßt es, zu putzen. Daß sie es
trotzdem tut, hat nichts mit Leidenschaft zu tun. Letztlich
hatte sie gar keine andere Wahl. Durch die Scheidung war sie
sehr früh dazu gezwungen, selbständig zu werden. Wir mußten unseren Haushalt von Anfang an gemeinsam organisieren,
allein hätte ich das neben meinem Beruf nicht geschafft.
Elisabeth nahm einen großen Schluck Kaffee. Sie dachte an
das Leben, das Barbara geführt haben mußte, voller emotio-
naler Erschütterung und frühem Verlust. Es stand ihr nicht zu,
darüber zu richten. Sie selbst war mit neunzehn nicht einmal
in der Lage gewesen, eine Waschmaschine zu bedienen, und
hatte gerade aus dieser Behütung heraus mit großen revolutio-
nären Gesten durch die Luft fuchteln können. Und auch ihr war
es letztlich nicht gelungen, eine andere zu werden. Ihre pathetische Zuständigkeit für die Belange der Menschheit war
Jahr um Jahr dünner geworden und schließlich geschrumpft
auf dieselbe Begrenztheit der Teppichböden, Lebensmittelpreise

und Geschirrberge, die sie Jans Tochter eben noch vorgeworfen hatte.

Ja, natürlich, sagte sie. Daran habe ich gar nicht gedacht. Ich komme eher aus stabilen Verhältnissen, zumindest was den äußeren Lebensrahmen angeht.

Jan nickte abwesend. Andererseits hast du schon recht mit deiner Frage, fuhr sie fort. Bei all der Lebenskompetenz, die Barbara hat, kommt sie mir oft noch vor wie ein ganz kleines Kind. Sie hat keine sehr ausgeprägten Interessen, weißt du. Sie ist nicht die aufrechte Kämpferin geworden, die ich mir vielleicht gewünscht habe. Aber sie ist ein eigener Mensch, ich kann sie nicht verändern. Daß sie meine Tochter ist, bedeutet letztlich nicht viel. Wie jedem anderen Menschen kann ich ihr nur anbieten, was ich habe. Sie kann es nehmen oder lassen. Meist läßt sie es.

Sie lachte ein kehliges, knappes Lachen. Elisabeth nickte undeutlich in den Raum. Etwas beängstigend Präzises lag in diesem Satz. *Es nehmen oder lassen.* Eine furchtbar wahre und genau gedachte Reduktion, eine Verknappung all dessen, was andere Menschen ein Leben lang als ein gigantisches, verworrenes Sprach- und Gefühlsknäuel mit sich herumtrugen, während der eigentliche Kern aus zwei oder drei spärlichen Wörtern bestand. Sie beneidete Jans Tochter nicht darum, daß Jan ihr mit einer solchen Klarheit begegnete. Aber wahrscheinlich war auch sie es gewohnt, ihre Beziehungen ohne unnötig verbrämendes Geschwätz zu leben. Wieder versuchte sie, sich ein solches Leben vorzustellen. Sie dachte an ein erbarmungslos scharfes Licht, das die Dinge aus ihren Verkleidungen riß und sie in ihrer eigentlichen Nacktheit zeigte. An eine lange Zeit, die verbracht werden mußte in diesem Licht. An eine vollkommene Freiheit von Mitleid und Verständnis.

Übrigens, ich soll dich von Barbara grüßen. Unbekannterweise, aber vielleicht ändert sich das ja bald. Falls du Lust hast, mich in Köln zu besuchen.

Gern, ja, aber vorerst wohl nicht. Die Arbeit am Buch nimmt mich doch ziemlich in Anspruch, wie du weißt. Vorm Frühjahr wird wahrscheinlich nichts draus.

Jan schüttelte eine Zigarette aus der Packung und ließ das Feuerzeug aufflammen. Schade. Ja, tut mir wirklich leid, setzte Elisabeth leer hinterher. Vielleicht klappt es in den Ostertagen. Eine Lüge, aber die Wahrheit war nicht zu sagen. Sie würde Jan nicht besuchen. Diese Tochter kennenlernen. In diesem Leben sein, das sie dort führten. Jan spitzte die Lippen und blies Rauch in die Luft. Ich hatte mir überlegt, am späten Vormittag zu fahren. So gegen zwölf. Aber ich kann auch einen früheren Zug nehmen. Das gesamte Manuskript schaffen wir ohnehin nicht mehr, und vielleicht ist es dir lieber, allein weiterzuarbeiten. Ich bin mir nicht sicher, was du willst. Elisabeth hob die Schultern. Wir werden sehen. Auf jeden Fall sollten wir in Verbindung bleiben. Ich schicke dir eine Kopie des Manuskripts. Jan nickte. Kein Problem, redete sie weiter. Gleich morgen werde ich es einrichten können. Wieder nickte Jan. Ja, schön. Ihr Gesicht war seltsam steif, als hätte darin etwas aufgehört. Erleichtert lehnte Elisabeth sich zurück. Erst als Jan mit einer müden Geste die Brille abnahm, erschrak sie über die Leere in ihren Augen. Sofort kam ihre Unruhe zurück. Etwas sagen mußte sie, irgend etwas tun, das dieser Leere die Endgültigkeit nehmen konnte. Ihr aufmunternd in die Rippen boxen vielleicht. Auf den Arm klopfen, alles halb so wild, so wie Männer es taten, um verrutschte Stimmungen wieder zu heben. Sie stellte sich das vor, absurd. Jan zu berühren war undenkbar, heikel selbst dann, wenn es nur eckige, schlagende Berührungen waren. Auch sie waren Verletzungen von Grenzen, die besser unverletzt blieben. Nach wie vor hatte Jan die Unberührbarkeit einer Fremden. Sie dachte an die Abschiedsrituale, die noch zu absolvieren waren, aber auch dabei würde sie nur mit dem Zeigefinger in Jans Mantelstoff tippen, tschüß dann und Schluß. Ein anderer Abschied als der, den Jan und Judith vorhin auf dem Flur abgehalten hatten. Dieses entsetzliche Getöse der Körper, mit dem sie sich berührt hatten. Es hatte sie nicht schockiert, daß sie sich zum Abschied umarmt hatten. Es gab nichts Banaleres als das. Schockiert hatte sie, wie unkompliziert es war. Wie leicht Judith all das bekam, was sie wollte.

Jans Körper, fremdes Ding. Bislang hatte sie es sogar vermieden, ihn mit den Augen zu begreifen. Wie dieser Körper wohl war. Jan war nicht dick, aber doch so, daß ihre Kleidung Formen annahm. Sie legte den Kopf zurück und wagte einen abgerissenen Blick. Attraktiv, fiel ihr ein. Wenn dieses Wort überhaupt einen Inhalt unter seiner phrasenhaften Hülle verbarg, so traf es auf Jan zu. Sie hatte Eigenheiten in ihrem Gesicht, in ihren Gesten und Haltungen. Sogar jetzt, wo sie von dieser Steifheit gezeichnet war, wirkte sie auf eine sehr bestimmte Art wach. Jan setzte die Brille wieder auf. Du bist müde, nicht wahr? Ja, sagte sie. Ein bißchen. Blut schoß ihr ins Gesicht, sie konnte es fühlen. Menschen anstarren, eine unverzeihliche Unhöflichkeit, das war ihr als Kind schon eingebleut worden. Faß das nicht an. Starr nicht so unverschämt. Mußt du denn alles in den Mund stecken. Fremdes mußte fremd bleiben, es sei denn, es wurde ausdrücklich zu Vertraulichkeiten aufgefordert. Vielleicht hatte sie deshalb als Kind die Welt nicht begriffen. Begriff deshalb auch jetzt wieder nichts.

Jan richtete sich auf. Dann sollten wir wohl besser schlafen gehen. Wir müssen ja nicht ausharren, nur weil ich morgen fahre.

Sie sah auf Jans Finger, sie klopften beim Sprechen an den Rand des Kaffeebechers. Augenblicklich wurde sie klar. Nein, stieß sie hervor, natürlich müssen wir nicht. Aber eigentlich ist es doch noch recht früh, findest du nicht? Ich gehe selten vor zwölf ins Bett. Sie lachte, zu laut. Doch selbst diese Lüge war ihr ohne Mühe über die Lippen gekommen, ein Nichts gegen die Furcht, die sie empfand. Der Schlaf war ein Totenbruder, das Bett ein Totenlager, die Ruhe eine letzte, in die sie sich begab, um sich nicht wieder zu erheben. Ich bin wirklich erstaunlich wach, wiederholte sie mechanisch, und du? Willst du lieber schlafen?

Jans Finger klopften nicht mehr. Nein. Elisabeth nickte. Na dann. Mit panischer Belanglosigkeit goß sie Kaffee nach. Wischte mit dem Handteller einen Tropfen vom Tisch. Stand auf. Möchtest du Musik hören? Jazz, Pop, Klassik? Beim Sprechen fingerte sie an den Plattenrücken herum. Am liebsten nichts von allem, sagte Jan. Ich finde es angenehm, nicht immer eine Geräuschkulisse um mich zu haben. Barbara hört ständig Musik, sogar auf dem Klo.

Das kannte sie auch und fand es ebenso unerträglich. Sie setzte sich wieder. Noch unerträglicher aber die Stille, die jetzt war. Unsere Gespräche beschäftigen mich ziemlich, weißt du, hörte sie sich nach einer Weile in diese Stille hinein sagen. Einiges würde ich gern genauer wissen. Zum Beispiel dies Ausgezehrtsein, von dem du gesprochen hast. Erinnerst du dich? Darf ich dich fragen, was du damit gemeint hast?

Weit vorbei am leichtzüngigen Tonfall, den sie hatte treffen wollen, fielen die Wörter in den Raum. Jan lehnte den Kopf ein wenig zurück. Sicher darfst du fragen. Allerdings ist das nicht ganz einfach zu erklären. Sie schwieg. In ihren Augen war wieder etwas zusammengelaufen. Fragen. Nichtsichersein. Ein Stück Furcht. Elisabeth nickte ihr zu. Ja? Angestrengt hob Jan den Kopf, als bräuchte sie für jedes weitere Wort äußerste Konzentration. Natürlich könnte ich sagen, daß du keinen sehr zufriedenen Eindruck auf mich machst, aber das wäre viel zu verkürzt. Ich meine nicht, daß eine Verpflichtung zum Zufriedensein besteht. Allerdings habe ich das Gefühl, daß du vieles entbehrst, was du eigentlich brauchst. Daß du dir diese Wünsche aber nicht erlaubst. Dünnsein hat ja oft etwas von Selbstkasteiung; man sorgt dafür, unbefriedigt zu bleiben.

Elisabeth zog die Beine zum Körper. Lose hing ihre Bundfaltenhose um die Knochen, ein Stück formloser Stoff. Meinst du? Na ja. Ich denke eher, daß ich meine Energien einfach beim Arbeiten aufbrauche. Ein Stück Kuchen ist mit einer einzigen guten Formulierung schon restlos zersetzt und verschwunden. Sie lachte, als sei ihr ein guter Witz gelungen. Jan lachte nicht. Ich weiß, du arbeitest sehr viel. Sicher ist das auch notwendig, um ein Buch zu schreiben. Dennoch hatte ich an diesem Wochenende manchmal den Eindruck, daß du dich beim Arbeiten bis an den Rand deiner Kräfte abmühst, ohne dabei zu finden, was du dir erhoffst. Daß du gewissermaßen im Nebel fichtst, weil du mit deiner Arbeit etwas ganz anderes willst als das, was sie dir geben kann. Im besten Fall ist das die

Befriedigung über ein gelungenes Ergebnis, aber jede andere Absicht läuft zwangsläufig ins Leere. Am falschen Ort zu suchen bedeutet eben immer, nichts zu finden.

Elisabeth machte eine müde Bewegung, schon gut. Das also war der Sinn hinter dem Sinn. Die Kontur im Gewölk der Schatten. Jans Absicht nur die, sie mit professioneller Gründlichkeit zu demontieren. Ihr Interesse ein rein klinisches, das wahllos nach krankhaft scheinenden Personen griff, um sich an ihnen zu entzünden. Zufällig nun auch an ihr. Deshalb war sie geblieben. Aus Eifer, Mitleid, Verpflichtung. Was auch immer, egal. Auf jeden Fall mußte sie eine klamme Freude daran finden, auch außerhalb ihrer Arbeit die mangelhaften Lebenssysteme anderer Menschen zum Stürzen zu bringen. Sie so weit zu treiben, daß sie mit greinender Stimme Hilf-mir winselten. Auch sie sollte das jetzt offenbar tun. Ja, du hast recht. Ich bin nichts als eine defekte, sinnlos ins Leere wütende Arbeitsmaschine, weil mir das Leben fortwährend Enttäuschungen antut.

Du irrst dich, erwiderte sie scharf. Ich suche nichts, also suche ich auch nicht am falschen Ort. Sicher liegt in meiner Arbeit ein Stück Unberührbarkeit. Eine Waffe gegen die Unwirtlichkeit der Welt. Eine Kompensation für all die traumatischen Trümmer, die ich seit meiner Kindheit mit mir herumtrage. Das ist es doch, was du meinst. Sie lachte Jan ins Gesicht. Trotzdem sehe ich nicht, was daran absonderlich sein sollte. Jede wirklich intensive und ernsthafte Arbeit bringt das mit sich. Und das Schreiben unterscheidet sich von anderen Arbeiten vielleicht nur darin, daß es eine größere Ausschließlichkeit verlangt. Niemand wird je ein Buch zu Ende schreiben, wenn er im Grunde lieber Segeln geht, durch den Wald läuft, Kinder großzieht oder Menschen liebt. Die Fähigkeit, von etwas besessen zu sein, ist durchaus eine Voraussetzung. Ebenso besessen muß man allerdings auch Tausende von Nägeln einschlagen, um ein Haus zu bauen. Wie bei jeder Handwerksarbeit braucht man in erster Linie Ausdauer und Disziplin, das ist alles. Eine innere Entschlossenheit, den täglichen Stumpfsinn zu ertragen und ein sehr kleiner Mensch zu werden.

Sie fiel in die Couch zurück. Fiebrig hatte sie die Sätze herausgepreßt, als spräche sie krank gegen eine Krankheit an, von der sie bereits lange gezeichnet war. Keine Regung war in Jans Gesicht. *Disziplin*, auch das hatte sie unbewegt hingenommen. Deutsches Wort. Ihr war es vertraut. Ein Wort, in dem sie seit langem zu leben verstand. Dennoch hatte es muffig geklungen, voller rigider Strenge und Leblosigkeit. *Selbstkasteiung*, hatte Jan gesagt. Sie dachte an eine hagere Gestalt im Turnhemd, die sich in einem lichtlosen Raum zu asketischen Übungen antrieb, um von der Menschheit gefeiert zu werden. Möglich, daß sie so war. Ihr Kopf eine hochgiftige Halde, auf der längst abgeworfen geglaubte Ideologien von Pflicht und Fleiß ungestört vor sich hinmoderten. *Wer nur den lieben langen Tag ohne Plag ohne Arbeit vertändelt, wer das kann, der gehört nicht zu uns* hatte sie in der Schule zu singen gehabt und gehofft, ihre Fremdheit verlieren und dazugehören zu können, wenn sie nur laut genug sang. Die Fremdheit war ihr geblieben. Das Schreiben war Mühsal, niemals ein Spiel, in dem die Wörter leicht aufs Papier sprangen und keinerlei Zweck verfolgten außer der puren Lust an sich selbst, dem Federball ähnlich, den sie als Kind durch die Luft geschlagen hatte: einfach so. Hin. Und her. Statt dessen zog sie einen monströsen Ballast von Absichten durch ihre Sätze. Eine fanatische Doktrin der Beschwerlichkeit war es, die sie sich auferlegt hatte, um behaupten zu können, auch sie gehöre dazu. Kein Handwerk. Jede wirkliche Handwerkerin wirtschaftete mit ihren Kräften. Wählte den leichtesten aller möglichen Wege.

Das ist natürlich nur meine Haltung, setzte sie hinzu. Es gibt andere. Auch ich hatte mal mehr im Sinn, als fleißig zu sein. Was für ein Stimmchen, sie piepste ja regelrecht. Jan räusperte sich, als schlucke sie noch an diesem dumpfen Deutschtum, das eben aus ihrem Mund gedröhnt hatte. Das hört sich sehr resignativ an, sagte sie schließlich. Ist Resignation nicht eher etwas Statisches? Ein satter, bequemer Zustand, in dem es sich gut leben läßt? Beim Sprechen zog sie die Wörter weit auseinander, als hätte sie Mühe, sie mit Elisabeth in Verbindung zu bringen. Du siehst jedenfalls nicht so aus, als würdest du sehr bequem leben, fügte sie dann auch hinzu. Auf mich wirkst du eher unzufrieden, nicht resigniert. Das klingt vielleicht nach akademischer Wortklauberei, aber ich finde diese Unterscheidung sehr wichtig. Anders als bei wirklicher Resignation waren die Phasen von Unzufriedenheit in meinem Leben eigentlich äußerst bewegt. Äußerlich scheint zwar alles stillzustehen, aber im Untergrund arbeitet bereits der Motor, der zu Veränderungen führt.

Sie beließ es bei einem Nicken. Jan redete ja seltsam schwer auf sie ein. Wahrscheinlich war sie gerade dabei, ihr Demontageköfferchen ein Stück weiter zu öffnen und das Werkzeug für renitentere Fälle herauszusuchen. Mit einem kühlen, erhabenen Blick sah sie auf. Im selben Moment begriff sie die Lächerlichkeit ihres Verdachts. Jan saß hilflos in ihrem Stuhl, eher so, als suche sie selbst. Als wolle sie auf einen Grund, den sie nicht sah. Antworten mußte sie ihr also jetzt. Ihr diesen Grund zeigen. Ihr sagen, daß unter ihrer Dürre die Speckringe der Resignation bereits spürbar waren und in ihrem Elend kein Motor zu surren begonnen hatte, der sie auf und davon trüge in ein anderes Leben. Ihr sagen, wie tief diese Dumpfheit wurzelte und daß sie in Wahrheit sehr bequem war, nicht unbequem. Und daß sie ihr Elend deshalb liebte und brauchte und keinerlei Anstrengungen unternahm, es zu verlassen. Daß Jan also irrte, wenn sie glaubte, sie sei im Aufbruch zu neuen Ufern begriffen und würde in Kürze ihre ganze bisherige Existenz wie eine Schlangenhaut abwerfen, um all ihre Bedürftigkeit zu spüren, die sie sich so lange versagt hatte. Sie hatte sich nichts versagt. Sie war so, keinen Deut anders. Eine Spießerin im Bürgerschreckgewand. Den Kopf voll nichts. Voll Ordnung und Liebe und anderen Lügen.

Sie stellte sich jeden einzelnen dieser Sätze vor, die sie bräuchte, um Jan all das zu sagen. Leicht waren sie, hundertmal im Kopf repetiert. Sie mußte nur die Lippen einen Spalt aufmachen. Sie herausfallen lassen.

Weißt du, ich bin –

Sie brach ab. Etwas war schief. Nicht falsch, nicht richtig.

Dazwischen. In diesem Dazwischen war alles Sagbare, das sie eben noch repetiert hatte, läppisch und leer, totes Wortzeug, das schon im Mund zerfallen war, ehe sie es ausgesprochen hatte. Jan sah sie an, fragend. Nimm deine Arbeit als Beispiel, sagte sie. Du verfügst doch beim Schreiben über Unmengen produktiver Energie. Eine Energie, die sich aus offenen Fragen schöpft, aus Utopien, aus einer gewissen Anrührbarkeit, mit der du das, was um dich herum geschieht, sensibler wahrnimmst als viele andere. Du willst etwas, denke ich. Wärest du wirklich resigniert, dann wäre auch dein Buch platt und leblos. Vielleicht wünschst du dir das im Geheimen. Aber ich muß dich enttäuschen. So ist es nicht. Andernfalls hätte mir die Arbeit mit dir nicht so viel Spaß gemacht. Und ich wäre auch ganz bestimmt nicht neugierig geworden auf dich. Geschweige denn länger geblieben.

Die Schatten, da waren sie wieder. Der Sinn hinter dem Sinn. Elend fühlte sie sich plötzlich, zum Heulen aufgerissen und klein. Sie schluckte. Sie suchte nach einer Antwort, die es nicht gab. Diese uralten Fragen, sie hatte sie doch längst als unbrauchbar aus ihrer Gegenwart entlassen. Die Gegenwart wurde abgelebt, Tag für Tag, sie war, wie sie war. Und doch nicht. Alles war gleichzeitig so und nicht so, wie es schien. Nicht falsch. Nicht richtig. Dazwischen. Wie auch der Nachmittag nur Schattengekräusel gewesen war und zugleich auf eine sehr grelle Art klar. Die Rasereien, mit denen sie die gestrige Nacht in der Küche verbracht hatte: weggewischt und geblieben. Auch zuvor hatte sie sich die Gegebenheiten immer wieder anders geträumt, so tief in den Schlaf getaucht, daß sie beim Erwachen nichts mehr davon wußte. Fragen waren geblieben, offen wie Wunden. Eine Zeitlang hatten sie nicht mehr geschmerzt. Staub hatte sich darauf gelegt, er lag warm. Jetzt aber und zufällig mit Jan waren sie wiedergekommen. Vielleicht war es so, wie Jan meinte. Vielleicht bereitete sie sich mit diesen Schmerzen auf eine ungeheure, in ihrem Ausmaß noch unabschätzbare Bewegung vor. Hockte also geduckt in der Flaute, abwartend, bis schließlich der Sturm losbrach.

Kein Wort würde sie darüber verlieren, wenn es so war. Dieser Sturm, sollte er kommen, war ihr Eigentum, nicht zu veräußern. Auch Jan konnte sie nicht mehr bieten als ein greisinnenhaft ermüdetes Gesicht. Sie versuchte, ein Lächeln in dieses Gesicht zu setzen, es mißlang. Jans Finger klopften schon wieder. Ich gehe ja nur von meinen Eindrücken aus. Ich kenne dich kaum. Ich habe keine Ahnung, ob du mit dem, was ich sage, etwas anfangen kannst oder es lieber gleich wieder vergißt. *Es nehmen oder lassen.* Schweißperlen setzten sich auf ihre Stirn. Sie stellte sich vor, ins Leere zu greifen, an etwas vorbei. Mit dem Handrücken fuhr sie sich über die Augenbrauen. Außerdem schreibst du ein gutes Buch, fügte Jan penibel artikuliert hinzu. Dafür braucht es meines Erachtens ein bißchen mehr als nur Disziplin. Und du lebst in einer Beziehung. Auch das setzt doch die Bereitschaft voraus, sich immer wieder auseinanderzusetzen. Mit dir selbst und mit Judith.

Judith. Was sollte jetzt auch noch Judith in diesem ins Alles-und-Nichts entgleisenden Gespräch. Sie unterdrückte ein lautes, reißendes Lachen, das ihr kam, als sie begriff, daß Jan offenbar meinte, Judith und sie setzten sich auseinander. Sie überlegte, das Polaroidfoto aus der Schublade zu ziehen und es Jan vor die Augen zu halten. Sieh hin. Alles bestens geregelt und gelöst. Keine Auseinandersetzungen nötig. Wenn sie Jan ihr Unglück beweisen wollte, so war dieses Foto der denkbar günstigste Beweis. Sie selbst hatte schließlich in diesem Glück, das das Foto so vulgär ausstieß, zum ersten Mal das Ausmaß ihres Unglücks gesehen. Die Enge der Haut, die sich um Judith und sie spannte. Gestern hatte sie sich sogar gewünscht, Judith möge sie verlassen, auf daß diese Haut reiße und nicht mehr zu flicken sei. Zwischen mir und Judith gibt es nicht allzu viele Auseinandersetzungen, sagte sie stockend. Aber ich trauere ihnen nicht nach. Wir nörgeln nicht aneinander herum. Ich denke, eine Liebe reduziert sich letztlich immer darauf, ob man die andere im Alltag aushalten kann. Ihre schmutzigen Socken im Bad. Die eingetrocknete Zahnpastatube.

Wieder versuchte sie ein Lächeln, aber ihr Mund zog nur einen neuen schiefen, verkauten Strich. Das Gefühl hatte ich auch, hörte sie Jan sagen. Daß ihr euch, nun ja, sehr eheähnlich eingerichtet habt. Allerdings glaube ich nicht, daß eine Beziehung zwangsläufig so sein muß.

Sie erwiderte nichts. Ab jetzt war jeder Satz ein Fehler mit schweren Folgen. Kaum war er ausgesprochen, würde er andere nach sich ziehen und auswachsen zu einem Gemetzel. Gerade in lesbischen Beziehungen kann es meiner Meinung nach mehr geben als das, fuhr Jan fort. Mehr als sich nur zu arrangieren. Gerade Frauen können sich doch tatsächlich aufeinander beziehen. Sich in all ihrer Widersprüchlichkeit wahrnehmen und entfalten und beides leben, Alltag und Leidenschaft.

Elisabeth kniff die Augen zusammen; vielleicht gelang ihr so ein entschlossener Blick. Daran glaube ich nicht, sagte sie unvermittelt schrill. Früher, da habe ich ähnlich hochtrabende Ziele im Sinn gehabt. Jetzt bin ich etwas realistischer. Guck dich doch um. Überall haben sie sich zu zweit im Kokon ewiger Zärtlichkeit und Treue eingesponnen. Überall dieselbe glückliche Müdigkeit. Überall dieselben staubigen Ehen. Meinst du etwa, eine lesbische Lebensform allein ist ein kämpferischer Akt? Etwas anderes als die bürgerliche Ehe? Höchstens ein paar Spießer sind vielleicht noch damit in Schrecken zu versetzen, daß wir lesbisch sind. Die entfesselte Lust, mit der diese miefigen Verhältnisse vielleicht wirklich gesprengt werden könnten, haben wir uns doch schon lange selbst untersagt. Überhaupt bezweifle ich, daß es sie gibt. Und wenn es sie geben sollte, dann sind wir selbst die Spießer, die panisch davonlaufen.

Jan lächelte. Ich habe nicht gesagt, daß wir nur die Hände aufhalten müssen, damit die Utopien von selbst hineinfallen. Die Arbeit müssen wir schon tun. Und es ist eben eine verdammt schwere Arbeit, sich selbst und eine andere Frau immer wieder neu zu begreifen und auf die Sicherheit von Klischees und festgelegten Rollen zu verzichten. Einfacher ist es, Funktionen zu verteilen, Zuständigkeiten zu bestimmen, Bilder vorzuzeichnen. Du bist so, ich bin so. Du machst dies, ich mache jenes. Fertig ist die Liebe. Nur daß sie dann keine Liebe mehr ist, sondern im günstigsten Fall eine nutzbringende Übereinkunft. Ich gebe dir recht, überall leben Frauen in diesen Schwesternehen zusammen. Aber sie selbst sind es, die sich dafür entscheiden.

Schwesternehe. Schönes Wort. Furchtbares Wort. Elisabeth nahm die Brille ab, damit Jans Gesicht kleiner wurde, ein unscharf schwimmender Kreis. Tatsächlich, sie hatte eine Schwester bekommen, keine Frau. Aber Judith und sie hatten niemals etwas anderes gewollt. Nur eine Schwesternehe, in der sie Parkbänke besetzen und Enten füttern konnten, ohne daß jemand kam und ihren schlichten Gemütern höhere Dinge abverlangte. Leidenschaft und Streit und andere Heftigkeiten. Ein gelegentlicher Spaziergang war ihnen genug. *Ich will mit der gehen, die ich liebe* hatte sie früher einmal in einem Rahmen an die Zimmerwand gehängt, weil es ihr wünschenswert erschienen war, diesen Worten täglich zu begegnen. Es hieß ja nicht rasen oder preschen. Allerdings ebensowenig stillstehen oder gar sitzen. Gehen war eine Bewegung, ein Kommen von hier nach dort. Aber es hatte wohl niemals einen Ort gegeben, wohin sie mit Judith hatte aufbrechen wollen. Dieses Zögern von Anfang an. Dieses Ja-nein-vielleicht, mit dem sie ihre Beziehung eingeleitet hatten. Sie waren verhalten verliebt gewesen, falls es dieses Paradox überhaupt gab. Ihre Liebe ein gleichmäßiges, ruhiges Gefühl, weitab von einer Existenzerschütterung. Vielleicht waren sie sich damals einfach gelegen gekommen, ein für den Augenblick willkommener Zufall, aus dem nur deshalb eine Lebenslänglichkeit geworden war, weil sie bei einem Nickerchen auf ihrer Parkbank die Gelegenheit verpaßt hatten, sich wieder höflich zu verabschieden. Sie fühlte nach ihren Zigaretten, irgendwo mußten sie sein. Der weiche Kreis ihr gegenüber kam näher, hielt ihr etwas hin. Sie setzte die Brille auf und nickte Jan zu, während sie eine Zigarette aus ihrer Packung nahm. Danke. Jetzt sah sie, daß Jan auf etwas wartete. Vielleicht auf eine Erklärung, die es nicht gab. Sie konnte nicht sagen, warum sie ihrer Schwester weiterhin schwesterlich treu zur Seite zu sitzen gedachte. Sie selbst wußte es nicht.

138

In einer geraden Linie blies sie den Rauch in den Raum.

Und du? Wie läuft deine Ehe?

Ich führe keine Ehe, erwiderte Jan. Ich lebe allein. Das heißt, mit Barbara zusammen, wie du weißt. Eine leidenschaftslose Zweckgemeinschaft gewissermaßen.

Still saß sie da, nur das Feuerzeug flammte mit einem leisen, schabenden Geräusch auf. Das enthebt dich zumindest der Last, Langeweile zu ertragen, sagte Elisabeth. Jan nickte. Stimmt. Dennoch bin ich nicht glücklich damit. Auch nicht unglücklich, das kann ich nicht sagen. Ich bin keine Schlingpflanze, die jemanden braucht, um die sie herumranken kann. Aber ich bin nicht mehr dreißig. Ich meine nicht einmal, daß der Marktwert bei Lesben ab einem bestimmten Alter rapide sinkt. Was mich beklommen macht ist, daß ich mit all diesen Frauen, die sich offen in der Szene bewegen, immer weniger gemein habe. Du weißt schon, welche ich meine. Es wird zunehmend schwieriger, eine Frau kennenzulernen, die mich wirklich interessiert. Geschweige denn, mich in sie zu verlieben. Und womöglich noch wiedergeliebt zu werden.

Elisabeth schloß die Finger zu einer Faust und betrachtete die sich blutleer über die Knöcheln spannende Haut. Seltsam spitze Wölbungen, wie Geschwüre traten sie hervor. Die wundgebissenen Nagelbetten brannten vom Nachmittag nach, aber der Schmerz war gut, ein klares Gefühl. Auch das Schweigen kam ihr jetzt licht vor, frei von allen Undeutlichkeiten. Alles, was zu sagen war, war gesagt. Sie legte den Kopf zurück. Schnee trieb wieder vom Himmel, erst jetzt nahm sie es wahr. Die Fenster der gegenüberliegenden Wohnungen waren schon dunkel. Sie dachte an Anna. Diese Verliebtheit, die keine gewesen war, ein paar Monate erst lag es zurück, und dennoch hatte sie es sich so gründlich aus dem Kopf getrieben, daß sie sich kaum mehr zu erinnern vermochte. Sie war nicht verliebt gewesen. Nicht einmal ein spielerischer Gedanke war ihr gekommen mit einer Liebe neben der Liebe, um die Liebe zu halten. Vielmehr war es ein Staunen über ihre eigene innere Beweglichkeit gewesen. Auf einmal war sie ganz wach geworden, biegsam und weich. So war es also, das Fühlen und

Hören und Sehen, hatte sie gedacht. Sie hatte Judith nichts erzählt. Berserkerinnenhaft hatte sie sich über die Arbeit gebeugt und seitdem nicht wieder aufgeblickt.

Sie stand auf und lehnte sich an die Fensterbank. Plötzlich hatte sie Lust, zu gehen. Durch diesen Schnee zu laufen, der nichts weiter tat, als die Schuhe zu durchnässen. Harmlosigkeiten, wie es sie in ihrer Kindheit gegeben haben mußte. Federballspiele, Bratäpfel, gekachelte Öfen. All die verlorenen Lügen von Ordnung und Liebe. Auch diese letzte würde sie verlieren, wenn sie nicht vorsichtig war. Die Große Ruhe zwischen Judith und ihr war nicht so groß und unfehlbar, wie sie immer geglaubt hatte. Feine Risse waren durch das Mauerwerk gebrochen, Zeichen einer im Inneren wirkenden Zersetzung, denen sie die Disziplin entgegengesetzt hatte, die Arbeit, den sturen Willen. All die bekannten und so leicht zu vollziehenden Herrschaftsgesten über die Angst.

Sie sah sich nicht um, als Jan aufstand. Vage hörte sie ihre Stimme, sie verabschiedete sich. Bis morgen, und schlaf gut, erwiderte sie, aber sie war schon allein.

Das Zimmer, schneehell. Seltsam klar sah sie jetzt. Steif lag sie unter die Decke gestreckt und atmete in das flockige Licht, das durchs Fenster fiel. Neben ihr Judith, längst zerschlief sie die Nacht. Allesfressender Schlaf, sie sehnte sich danach. Einfach fallen zu können, irgendwohin. Hochsteigen wie immer, als sei nichts geschehen und nur ein weiterer beliebiger Tag zu machen. Kindischer Wunsch, wie damals, als sie die Augen geschlossen und geglaubt hatte, niemand könne sie sehen. Kein Schlaf würde kommen, das wußte sie genau. In ihrem Körper hatte der Kaffee längst seine hetzende Arbeit aufgenommen. Becher für Becher rächte sich ihre Fahrlässigkeit, mit der sie, statt das Naheliegende zu begreifen, nur in die Ferne gestarrt hatte. Nichts, wirklich nichts hatte sie somit vorausgesehen von dem, was nun so zwangsläufig gekommen war. Wer Kaffee trank, lag wach. Wer mit Steinen warf, hauste in Trümmern. Wer in einer Leere war, mußte weiter oder zurück.

Wo hatte sie nur ihre Gedanken gehabt, ihren Verstand. All diese Fahrlässigkeiten, die ihr passiert waren seit Jans Ankunft. Obwohl sie doch sonst so genau und bedacht war, geradezu zwanghaft penibel. Fremd kam sie sich vor. Die Tage mit Jan eine fortgesetzte Entgleisung. Sie dachte daran, als sei eine andere an ihrer Stelle gewesen. Noch nie war sie so leichtfüßig abgesprungen aus dem System ihrer selbst. Noch nie in eine solche Leere gegangen, weg. Eine Entfernung war da zwischen ihr und ihr, zwischen gestern und jetzt. Sehr klar konnte sie aus dieser Entfernung sehen, was zuvor unsichtbar gewesen war, in der Nähe nur zu erahnen. Schwesternehen und Bratäpfel, lauter ausgeleertes Leben. Und dann dieses irrsinnige Verlangen, weiterzugehen. Kommen zu lassen, was da kam. Nicht mehr zurück. Vorhin, als sie am Fenster gestanden hatte, ganz stark. Eine unendliche Anzahl von Möglichkeiten, die sich plötzlich aufgetan hatten, sie mußte nur gehen, los, weiter. Gezittert hatte sie in dem Wunsch, Jan in ihr Zimmerchen nachzulaufen. Bleib. Warte. In einem sekundenkurz krampfenden Schub von Angst hatte sich dann aber alles verengt. Unter tausend Möglichkeiten wieder nur eine: zurück.
Sie lief schon, lief wie verrückt. Sie war eben so. Sie konnte das nicht. Die alte schimpfliche Ordnung, sie riß sie nicht ein. Sie war keine von denen, die ins Unbestimmte hineinzuleben vermochten, aus tausendundkeiner Gelegenheit. Keine von denen, die Zelte in einer Leere aufschlugen und weiterzogen, wie es ihnen paßte. Sie brauchte das Ganzgewisse. Vier Wände. Ordnung und Lügen.
Schneehell, das Zimmer. Dieses Licht, es wurde nicht dunkler. Ganz deutlich konnte sie alles sehen. Daß sie so war. Daß sie nicht konnte. Absurd, sich selbst so vollständig zu vergessen. An schlangenleichte Häutungen hatte sie schon gedacht, an ein Auf-und-Davon. Daran, etwas zu nehmen. Als sei sie über Nacht eine andere geworden. Von Sinnen war sie gewesen, außer sich, ver-rückt. Ganz schlimm vorhin, als Jan sich so früh verabschieden wollte. Diese rasende Angst, leer auszugehen. Alles hatte sie plötzlich haben wollen, nichts lassen. Fast hätte sie mit den Fäusten getrommelt und alles in Fetzen

gebrüllt. Auch als Judith und Jan sich auf dem Flur verabschiedet hatten, hätte sie am liebsten losgeplärrt. Unerträglich, daß Judith so schamlos genommen hatte, was sie sich verbot. Ein Höllenneid hatte in ihr getobt, ein bestialisches Ich-ich-ich. Sie selbst hatte gewollt, was Judith bekommen hatte. Jan berühren. Von ihr berührt werden.

Dieses Schneelicht, und wie leise alles war. Draußen rollte ein Auto in den Hof, ein wattiges Brummen. Jedes Geräusch dumpf, verschluckt von diesem Schnee, der gefallen war und geblieben. Morgen würde sie spazierengehen. Lange, allein. Wenn Jan gefahren war.

Sich diese Liebe ablaufen.

Sie atmete. Einen Moment nichts, nur dieses schwellende, fremde Gefühl. Das war es also. Sie war verliebt. Was für ein Wort. Blumig und hohl kam es ihr vor, nicht passend für dieses anarchische Rasen, das sie empfand. Aber immerhin war es ein Wort, also Ordnung. Eine Spur von Erlösung lag darin, ein Wissen-warum. Die Undeutlichkeit, das Nichtwissen waren schlimmer gewesen. Daher also das Schattengewölk. Ihre Fahrlässigkeit. Die Mühsal, die sie jetzt hatte, wieder zu sich zu kommen. Jede Liebe rechnet ab mit der alten schimpflichen Ordnung. Tut Sprengstoff in Nischen und Risse. Macht ein Ende damit.

Sie setzte sich hoch. Nicht weiter. Zurück. Wegschweigen mußte sie dieses Gefühl. Es aushungern, leisetreten, wenn es so war. Alles, nur nicht dieses Gemetzel, das es anrichten würde, wenn es nur einen Millimeter wuchs. Eine gigantische Kette von Verlusten, die dann käme. Judith verlieren. Auch wenn sie nur reglos nebeneinander saßen: Immerhin war sie da. Dieses Leben verlieren, egal, wie es war: Sie hatte kein anderes. Die Arbeit, auch die. Niemand saß Zeiten des Umbruchs am Schreibtisch ab; sie wurden gelebt, nicht beschrieben. Und Jan. Natürlich auch Jan. Sie war keine, die blieb.

Falls sie überhaupt kam.

Hüten würde sie sich, sie danach zu fragen.

Ihre Zunge, die würde sie hüten.

Sie rutschte ins Kissen zurück. Jetzt kam es schon wieder, dieses

schwellende Gefühl. Ein Steigen und Fallen, sehr leicht. Als hätte sich etwas im Inneren gelöst. Wie damals bei Anna. Sie schloß die Augen. Dachte daran. An die Härte, mit der sie gegen ihre Weichheit vorgegangen war, gegen das plötzliche Fühlen und Hören und Sehen. Nichts hatte sie sich erlaubt, alles verboten. Dieser Mangel an Mut, etwas anderes zu tun als das Immergetane. Diese armselige Angst, einen Schritt weiterzugehen, aus dem Gewohnten heraus, selbst wenn es noch so ausgelebt war, nicht mehr als ein Dreck. Irgendwann hatte man ihr wohl gesagt, daß das Leben immer zum Besten eingerichtet war. Daß alles nur schlimmer werden konnte und man festhalten mußte, was immer man einmal besaß. Irgendwann hatte sie wohl angefangen, daran zu glauben. Hatte seitdem alles, was es für sie gab, mit panischer Kraft an sich gepreßt. Spielzeugautos, Malstifte, Puppen, so fest umklammert, bis das Blut aus den Fingern wich und die Nägel weiß wurden. Später dann Menschen, mit ihnen ein jeweiliges Leben. Was Gretchen einmal begriff, vergaß Grete eben nicht mehr. Noch immer war das Vertraute das beste. Egal, was es war.
Wie hell alles schien, komisch. Fremdes Licht, die Nacht leuchtete irgendwie. Weinen wollte sie plötzlich, aber sie spürte nur Dürre in ihren Augen, einen ziehenden Schmerz. Morgen war Zeit, sich darin zu üben. Unermeßliche Mengen von Zeit, die sie hatte, wenn Jan wieder gefahren war. Eine Schweigezeit würde es sein. Leerzeit. Nichtszeit. Tage und Nächte wie Staub. Sehr langsam würde sie damit beginnen müssen, die alte schimpfliche Ordnung wieder bewohnbar zu machen. Unwirtlich war sie geworden, aber es würde wohl gehen. Dieses furchtbare Licht, das jetzt auf alles fiel, würde dünner werden, ihre Augen sich gewöhnen an das, was sie jetzt sah. Im leisen Gesurr der Tage würde sich auch diese Liebe, wenn es denn eine war, wieder verlieren. Mit ihr jedes andere Gefühl. Eine fortschreitende Ausdünnung aller jemals gesehenen Möglichkeiten. Immer kleiner und hagerer würde sie werden in dieser Zeit. Schließlich verschwinden.
Aber sie war eben so. Andere mochten mit vollen Händen verlieren und dabei noch Freude empfinden über die sich

auftuende Leere. Alles möglich und denkbar. Sie sah nur ein Nichts, schlimmer als alles. Niemals hatte sie die Befreiung begriffen, die in jedem Verlust lag. So daß sie inmitten all dieses angehäuften Plunders immer schwerer und steifer geworden war. Stillstehen und bewahren, das gab es für sie. Sich fürchten bei jedem eigenen Wort. Nur die Gedanken waren frei, solange sie still blieben und schicklich. Selbst die Revolutionslieder, die sie zu singen gelernt hatte, riefen zum Schweigen auf. Die giftige Halde im Kopf, sie köchelte weiter. Ein unerschöpflicher Vorrat repressiver Haltungen, den man dort abgeladen hatte, auf daß sie klein und geduckt bliebe. Einfürallemal Gretchen. Gutes deutsches Kind. War sie tatsächlich so? War das das Zentrum ihrer Starre: sich nicht auflehnen können, niemals? Nicht gehen, sondern bleiben, nichts bewegen, sondern festhalten? War sie deshalb nur eine faule, schleichende Revolutionärin geworden und keine, die aufrecht ging: weil sie im Kern ihres Denkens erzkonservativ war? War ihr Schweigen nicht auch jetzt wieder bewahrend, also konservativ? Und somit gefällig für die, denen sie nicht gefällig sein wollte?

Nichts war harmloser als dieses Leben, um dessen Bestand sie so bitter gegen sich anging. Schwesternehen und Parkbänke und Turnhemden waren nur eine andere Form, stillzuhalten und gefällig zu sein. Ein letztes und endgültiges Mal würde sie stillhalten, wenn sie jetzt stillhielt.

Dieses eine Mal war einmal für immer.

Dieses Schneelicht, sie wurde nicht müde. Abertausende Möglichkeiten, die es jetzt wieder gab. Aufstehen könnte sie, Jan aus ihrem Zimmerchen holen, noch war sie da. Noch konnte sie ihr sagen, was war. Auch wenn es nur Möglichkeiten waren. Vielleicht bin ich in dich verliebt. Vielleicht liebe ich Judith nicht mehr, länger schon, als ich es wissen wollte. Vielleicht liebe ich euch beide, Judith und dich, oder keine, nicht einmal mich selbst. Vielleicht ist Liebe wieder nur das falscheste aller denkbaren Wörter, nicht mehr als eine Beschichtung der eigenen Defizite, für deren Beseitigung man allein Sorge zu tragen hat. Vielleicht mißbrauche ich dich, genau dafür.

Sie stellte sich diese Rede vor, unsagbar. Aber es gab keine andere. Alles war möglich, nichts unmöglich. Möglich, zu sprechen, möglich, zu schweigen. Gehen, bleiben. Jetzt, nie. Eine unendliche Anzahl von Wahrheiten, alle waren wahr. Und jede Wahrheit, die die ganze Wirklichkeit für sich in Anspruch nahm, nur eine weitere Falschheit.

Sie streckte sich aus. Müde war sie, erschöpft. Nur die Gretchenstimme leierte noch leise in ihrem Kopf, aber auch sie lief langsam aus. Komisch kam sie ihr vor, so unheildräuend und zugleich lächerlich dünn. Noch komischer, daß sie sich von diesem Kindergepiepse hatte antreiben lassen, von diesem Ich-bin-so-und-nicht-anders. Alles konnte sie sein und nicht sein. Alles nehmen und lassen.

Der Morgen war bitter und klar und kalt. Lange vor Judiths Wecker war Elisabeth aufgewacht. Der Schlaf seltsam porös, nur gekommen, um sofort wieder zu gehen. Gerade saß sie im Bett. Judith war auf, sie hörte ihre ungeniert lauten Verrichtungen in der Küche, ein unablässiges Klappern und Klirren, dann ihre Stimme. Willst du einen Kaffee mittrinken? Sie schrak zusammen. Laut, viel zu laut auch das; Jan wachte ja auf. Jan. Einen kurzen Moment nichts anderes, nur sie. Was für ein Irrsinn, sie mußte sich nicht erinnern, alles war da. Willst du?

Ja.

Sie sah zum Wecker, kurz vor sechs. Wenn sie sich jetzt beeilte, hätte sie Zeit, das einzige, was sie noch brauchte. Rasch schob sie die Decke zur Seite und stand auf. Nicht einmal müde war sie. Eher leicht und erfrischt, wie nach einer Zeit langer, heilender Ruhe. Kein neuer Schnee war über Nacht gefallen, aber der alte lag unverändert dicht, überall. Ein kühler Wind kam durch die offene Klappe. Wahllos suchte sie ein paar Sachen aus dem Schrank und ging ins Bad. Judith hatte bereits geduscht. Der Spiegel über dem Becken war vom Wasserdunst beschlagen, blind, aber wenn sie genau genug hinsah, lag dahinter ihr eigenes, weich verlaufenes Bild. Sie setzte sich in die Wanne und drehte den Hahn auf. In einem dichten Strahl lief das Wasser aus dem Duschkopf. Einen Moment schloß sie die Augen; gut, ohne Gedanken zu sein, nur glatte und warme Haut. Auch der Seifenschaum fühlte sich weich und geschmeidig an, als sie ihn verrieb, zärtlich, als kehre sie nach langer Abwesenheit zu sich zurück. Nicht einmal ihre hart aus dem Rumpf hervortretenden Rippen kamen ihr noch beunruhigend vor. In gewisser Hinsicht war ihre Dürre gut, vielleicht sogar nützlich. Immerhin war sie mit ihr beweglicher als andere, frei von jedem unnötigen Ballast. Sie hatte zwar nur das Notwendigste, aber das war genug.

Sie würde wohl etwas tun.

Irgend etwas, egal. Alles konnte sie tun, alles lassen. Nur trödeln durfte sie nicht. Nicht diese Zeit verlieren, die nun kam; es war die einzige und letzte, die es noch gab. Nur diese und keine andere. Sie spülte den Seifenschaum ab und rieb sich mit dem Handtuch über die Haut. Als sie sich anzog, sah sie, daß sie in der Eile eine helle Hose von Judith aus dem Schrank genommen hatte, dazu Judiths dunkelgestreiftes Hemd, am Freitag hatte sie es noch getragen. Ein feiner Schweißgeruch stieg auf, als sie es überzog, nicht unangenehm. Dennoch lag etwas unerträglich Muffiges in der Vertrautheit dieses Geruchs. Als hoffe sie, nur in Judiths Kleidung schlüpfen zu müssen, um alles anhalten zu können, umkehren, zurück. Als sei sie schon wieder so. Gretchenfeige. Verlogen. Gelähmt. Nicht aufhalten durfte sie sich damit. Selbst wenn es so war, warum sollte sie nicht mit einem muffigen, möglicherweise auch falschen Gefühl von Sicherheit Judiths Hemd auf der Haut tragen. Warum sollte sie, wenn sie jetzt damit begann, sich einiges zu erlauben, sich nicht auch Fehler erlauben. Das Falsche würde sich ohnehin erst später zeigen, und später war irgendwann, nicht jetzt. Jetzt war es gut so und Schluß. Jetzt brauchte sie eine bestimmte Nachsicht im Umgang mit sich, eine schonendere Haltung. Nur so ließen sich ihre Kräfte noch bündeln und richten.

Nur so etwas tun: irgend etwas: egal.

Judith war schon vom Tisch aufgestanden, als sie in die Küche kam. Wieder viel zu spät dran, sagte sie, schade, sonst könnten wir noch in Ruhe einen Kaffee trinken. Elisabeth nickte. Laß dich nicht aufhalten, ich frühstücke dann allein. Je schneller Judith ging, desto eher begann diese letzte einzige Zeit, die sie noch brauchte. Ein böser Gedanke, aber sie dachte ihn kühl, ohne Scham. Sie setzte sich hin. Judith fuhr ihr flüchtig durchs Haar. Schlecht geschlafen? Oder warum bist du so früh hoch? Nein, nein, nur so. Sie groß Kaffee ein und trank. Keine Erklärungen. Haushalten mußte sie mit allem, klug sein, sparsam mit jedem Gedanken, jedem Satz, jeder Minute. Judith lief wieder auf und ab. Grüß Jan bitte noch einmal ganz lieb von mir. Du bringst sie doch sicher zum Bahnhof? Ja, sagte sie. Irgendwann mittags wird sie wohl fahren. Gegen zwölf, nehme ich an. Vage sah sie beim Sprechen über den Tisch zum Fenster; müde sollte sie aussehn, mürrisch, nicht zu belasten mit einem weiteren Satz. Schnee lag über den Blumentöpfen auf dem Balkon; kleine sinnlose Häufchen, die in der Dunkelheit leuchteten. War es denn wenigstens nett gestern abend? Ich meine, weil ihr doch ziemlich lange zusammengesessen habt?

Sie fuhr zusammen. Na ja, wie man's nimmt. Dieses Angstgesurre, schon legte es wieder los. Sie nahm eine Zigarette aus der Schachtel, tat sie aber wieder zurück. Ruhig mußte sie bleiben. Keinen weiteren Fehler machen. Judith war ahnungslos, sie mußte es sein. Sie sprach nicht im Schlaf. Langsam verstrich sie Butter auf einer Brotscheibe. Doch, es war eigentlich ganz nett, setzte sie hinzu. Wir haben viel über meine Arbeit geredet. Ein Thema für sich, wie du weißt. Sie erschrak über ihre Stimme, ein boshaftes, kehliges Kratzen, aber Judith lachte nur. Das kann man wohl sagen. Hier, probier mal den Honig. Wird Zeit, daß du mal wieder vernünftig frühstückst. Seit Jan da ist, hungerst du regelrecht. So gesehen ist es fast beruhigend, daß sie heute wieder fährt. Obwohl ich es wirklich schade finde. Von mir aus könnte sie gern bleiben. Und sogar du scheinst ja am Ende mit ihr ausgekommen zu sein, nicht wahr?

Doch, durchaus. Konzentriert löffelte sie Honig aus dem Glas, das Judith ihr gereicht hatte. Ruhig, ganz ruhig: Immer wieder

147

mußte sie es denken, dann würde es wahr. Sie räusperte sich. Andererseits bin ich ganz froh, daß sie fährt. Es war schon ziemlich anstrengend mit ihr. Du weißt ja. Ich bin eben nicht besonders kommunikativ. Sie brach ab. Wieder war dieses Kratzen in ihrer Stimme gewesen. All dieses Lügenzeug, das ihr da aus dem Mund kam, hatte Judith denn keine Ohren? Keine Augen? Nichts? Nein, sie lächelte nur ein weiteres schlimmes Lächeln, als sie zum Tisch herüberkam. Ich weiß, du hast immer ziemlich schnell genug von anderen Menschen. Eigentlich ein Wunder, daß du mit mir so gut auskommst. Noch im Sprechen beugte sie sich zu Elisabeth herunter und küßte sie auf den Mund. So, meine Süße, jetzt muß ich aber wirklich.

Sie griff nach den Zigaretten. Rauchend wartete sie, bis Judith gegangen war. Eine Lügenzeit war nun also gekommen. Eine Zeit voller Ungleichheiten, voller kleiner geheimer Verrichtungen. Ab jetzt war sie die eine und Judith die andere. Ab jetzt war sie schuldig, legte mit niederträchtiger Berechnung Fallen aus und sah kaltlächelnd zu, wie Judith mit unschuldiger Blindheit hineinging. Diese unerträgliche Ahnungslosigkeit, mit der sie sich bewegte, als könne ihr allein deshalb nichts zustoßen, weil sie nicht damit rechnete. Sie mußte aufstehen, sie warnen, sagen: paß auf, es wird etwas geschehen, dir und mir und uns. Jetzt, ehe es zu spät war und Judith auch heute abend die Wohnungstür aufschloß, als sei nichts geschehen und alles wie immer, während sie längst bereit war für einen einzigen, treffenden Schlag: Ich bin verliebt.

Ich werde dich verlassen: das hieß es doch. Immer.

Auch wenn sie es nicht wollte.

Sie drückte die Zigarette aus. Keinen Gedanken durfte sie verlieren an einen Abend, an einen anderen Tag. Später war später, nicht jetzt. Jetzt ging es darum, diese Zeit zu gebrauchen, die es noch gab. Winzige, dünne Zeit, sie durfte sie nicht mit diesem Gretchengeleiere vertun, das da schon wieder losging, du-kannst-doch-nicht-einfach, was-soll-denn-werden: das kannte sie längst, hatte etliche Jahre damit verkümmern lassen, sollte das etwa weitergehen? Schuld war nur eine andere

Bezeichnung dafür, stillzuhalten. Einfürallemal Gretchen zu sein. Sie atmete aus. Judith war im Flur, zog sich an. Gleich würde sie in die Küche kommen, sie noch einmal küssen zum Abschied, tschüß, Süße, und heute abend kochen wir was Schönes, nur wir beide, ja? Oder ein anderer Beweis ihrer Ahnungslosigkeit, egal. Es war nicht wichtig. Jetzt nicht wichtig. Sie zündete eine neue Zigarette an. Wie eine Formel mußte sie sich das aufsagen. Die Angst einlullen. Sie war nicht verpflichtet, Judith zu behüten. Vielmehr ging es jetzt und vielleicht zum erstenmal ausschließlich darum, sich selbst zu behüten. Diese Verliebtheit war doch ihr eigener Irrsinn, nicht Judiths. Sie war diejenige, die sich auf allerhand gefaßt machen mußte. Gefaßt darauf, daß Jan, wenn sie sie fragte, nur verlegen den Kopf senken würde. Doch, wirklich, ich mag dich. Aber leider, nein, nicht so. Eher freundschaftlich. Du weißt schon. So daß sie sich gefaßt machen mußte, mit dieser Liebe allein zu sein. Gefaßt auf einen kühlen, sehr großen Schmerz. Auf eine unabsehbare Zeit ohne einen Menschen, auch ohne Judith. Denn selbst wenn sie sie mitnehmen wollte, hieß das noch lange nicht, daß sie auch käme.

Ich geh jetzt, Süße, mach's gut.

Sie nickte. Bis heute abend. Durch die offene Küchentür sah sie, wie Judith sich im Flur noch einmal kurz zum Kater herunterbeugte, dann klappte die Tür. Augenblicklich kam ihre Angst zurück. Sie stand auf. Vom Fenster des Arbeitszimmers beobachtete sie, wie Judith über die Straße zum Auto ging. Eine dünne, hastige Figur, die ahnungslos war. Mit dem Jackenärmel fegte sie ein wenig Schnee von der Autoscheibe; *warte,* noch konnte sie es rufen, *paß auf,* aber im selben Moment hatte Judith sich ans Steuer gesetzt, die Scheinwerfer leuchteten auf, langsam setzten die Reifen sich auf der Schneedecke in Bewegung.

Vorsichtig lehnte sie sich an die Fensterbank. Weiter entfernt blinkten Warnlichter von Räumfahrzeugen durch die Dunkelheit; mit anschwellendem Dröhnen kamen sie heran. Eine himmelschreiende Leere, in der sie jetzt war. Jan schlief, Judith war gefahren, sie war ganz allein, zwischen den Menschen, nirgendwo. Heulen konnte sie jetzt; niemand würde sie hören. Brüllen und betteln und toben.

Abrupt wandte sie sich ab. In Judiths Zimmer brannte Licht neben dem ungemachten Bett. Entsetzlich, daß alles noch immer so lag. Als hätte diese Nacht gar kein Ende. Mit mechanischen Handgriffen begann sie das Bettzeug zu ordnen. Als sie an Judiths Seite die Überdecke glattzog, spürte sie etwas Hartes am Fuß. Sie bückte sich schnell, keine Zeit verlieren damit. Judiths Tagebuch; aufgeschlagen lag es neben dem Bett. Unter den fließenden Sätzen konnte sie das gestrige Datum erkennen: Sonntag, 14. Dezember. Nur vorzubeugen bräuchte sie sich. Eine winzige Wendung des Kopfes, dann wüßte sie Bescheid. Sie erschrak nicht einmal über den Mangel an Neugier, den sie empfand, ein totes, interessenloses Gefühl. Ohne eine einzige Zeile gelesen zu haben, wußte sie, daß nichts von dem, was Judith notiert hatte, ihr unbekannt war. Daß sie ihr Tagebuch nur dazu benutzte, den täglichen Brei zu beschreiben, den sie sich Jahr um Jahr jeden Morgen aufs neue vorgesetzt hatten. Ob sie diesen Brei mit Appetit gegessen oder stehengelassen und später noch einmal aufgewärmt hatten. In unablässigen, kreisenden Bewegungen sah sie Judith diesen Brei wieder und wieder umrühren, abwartend, ob er Blasen schlug oder seine Farbe veränderte.

Vielleicht hoffte sie, daß er ein anderer wurde, wenn sie nur lange genug rührte. Vielleicht hoffte sie nichts. Rührte aus Gewohnheit, Schuld, Pflicht.

Es ging sie nichts an. Sie war schon zu weit. Kam nicht zurück, selbst wenn sie es wollte. Sie richtete sich auf. Ohne Zögern suchte sie eine ihrer Hosen aus dem Schrank, ein Hemd, einen Pullover. Langsam zog sie sich um, keine Eile mehr nötig. Im Arbeitszimmer drehte sie die Heizung an und machte Licht. Der Schreibtisch war leer; nur das Manuskriptbuch lag da, das Federmäppchen daneben. Sie setzte sich hin. Etwas war vorbei. Vielleicht die letzte aller Möglichkeiten, die Ungleichheit zwischen Judith und ihr zu vertuschen. Sie war allein, zum erstenmal wirklich vereinzelt, nichts als sie selbst. Bislang hatte sie in ihrem Leben alles geteilt, was teilbar war. Verantwortung,

Gewohnheiten, Wohnungen, Ansichten, Gefühle. Sie staunte über die Ruhe, die sie empfand. Auch diese Einsamkeit war sonderbar ruhig, beinahe freundlich. Eine warme, atmende Stille war in der Wohnung. Der Kater hatte seine morgendlichen Terrorrituale beendet und sich auf dem Korbstuhl zusammengerollt. Nur die Räumfahrzeuge lärmten mit gleichförmigem Brummen, jetzt wieder leiser, nachdem sie am Haus vorbei waren und weiter. Sie schlug das Manuskriptbuch auf. *Besser als alles, was bisher da war, bin ich jetzt,* sah sie auf der letzten Seite stehen, unter dem dick hindurchgezogenen Strich deutlich zu lesen. Sie zog die Kappe vom Füller und schrieb den Satz ein zweites Mal hin, unmittelbar darunter. Leichter sah er jetzt aus, die Buchstaben weich und gebogen; tastend krochen sie über das Papier. Sie betrachtete sie, weit in den Stuhl gelehnt. Jetzt war die Zeit, die sie brauchte, gekommen. Alles war da.

Alles. Dann nichts. Und dann wie immer ein bißchen. Ein bißchen Zeit. Ein bißchen Mut, dünn gehäutet. Als Jan ihre Zigarette im Aschenbecher ausdrückte, sah Elisabeth ihre Uhr, kurz vor elf. Die Zeit, sie kroch und raste in einem. Sie nickte, während sie Jans Stimme fließen hörte. Irgendein Gedankengang, irgendein gewisser Bruch, irgend etwas, das im Kapitel davor noch anders gewesen war. Jaja, brachte sie zwischen den Fingern hervor. Ich verstehe schon, was du meinst. Beim Sprechen kritzelte sie ein paar Striche aufs Papier, von denen Jan möglicherweise denken konnte, es seien Buchstaben. Dabei hatte sie vorhin fast euphorisch gesagt: Ja, wenn du Lust hast, gehen wir das nächste Kapitel noch durch, gerne. Durchgehen, ein Witz. Jan ging es durch. Sie selbst tat nichts. Sagte nur Ja und Nein zu Gelegenheiten, die ihr passend erschienen. Schielte dabei schief aus den Augenwinkeln. Tauchte ein und auf aus dem monotonen Singsang im Kopf, jetzt, nein, ja, wieder nicht, oder doch? Unmöglich. Jan sah unnahbar aus in ihrem blauschwarzen Jackett, fremd. Keine, der man einfach über den Tisch hinweg einen so plüschigen, hohlen Satz sagen konnte. *Ich habe mich in dich verliebt.*

Lächeln würde sie nur. Befremdet die Augenbrauen zusammen-
ziehen. Sich verletzt fühlen in ihren weithin sichtbaren Grenzen.
Sogar die kleine, zu einem spitzen Dreieck geformte Brosche,
die an ihrem Aufschlag steckte, kam ihr wie eine Warnung vor.
Ein Rühr-mich-nicht-an. Schon heute morgen, als Jan endlich
ins Zimmer gekommen war, hatte sie gedacht: nein. Jan war
spät aufgestanden, erst nach acht. Über eine halbe Stunde war
sie im Bad geblieben und hatte erst danach kurz durch die Tür
ins Arbeitszimmer gewunken. Ich packe eben meine Tasche,
dann bin ich so weit. Statt der üblichen Jeans trug sie eine
Hose aus dunklem, samtartigem Stoff, im blauschwarzen
Farbton passend zu dem Jackett. Dazu flache Schuhe aus fein
gegerbtem, bräunlichem Leder. Eine höfliche, aber doch deut-
liche Distanziertheit war von dieser Kleidung ausgegangen.
Als hätte sie sie absichtlich ausgesucht, um Elisabeth zu verstehen zu geben, daß sie eine andere war. Ein Irrtum. Ein
großer, grausamer Irrtum, zu glauben, in eine solche Fremde
hineinlieben zu können. Auch ihr Gesicht hatte verändert
gewirkt, nicht karg wie am Morgen zuvor, eher unruhig, nur
mit Mühe zusammengehalten. Der Kaffeebecher in ihrer
Hand hatte leicht gezittert, als sie ihn auf dem Schreibtisch
abgestellt hatte. Nein, sie wolle nichts essen, ein Kaffee reiche
ihr. Am besten, sie fingen gleich an. Immerhin war nicht mehr
viel Zeit.
Dankbar hatte Elisabeth ihr den Ordner gereicht. Jan hatte sofort die entsprechende Seite gefunden und zu reden begonnen.
Unablässig traten seitdem die Wörter aus ihrem Mund, in
geraden, surrenden Reihungen. Elisabeth stützte das Kinn auf
die Handballen und versuchte, sich zu konzentrieren, aber
auch jetzt entglitt ihr wieder der Sinn, den Jans Sätze zweifellos hatten. Für verblödet mußte sie sie mittlerweile halten. Wie
sie hier saß und starrte und dieses Affennicken nickte, während
im Kopf der Singsang seine monotonen Kreise zog. Nicht
alles, nicht nichts, nur ein bißchen: Das war ihr also geblieben
von diesem hehren Gefühl, etwas zu tun. Ein bißchen gretchen-
gehäutet. Ein bißchen verliebt. Ein bißchen warten. Und
irgendwann dann ein bißchen verzweifeln. Sogar ihr Humor

war nur noch ein bißchen. Lauthals lachen würde sie sonst über sich selbst. Wie brav sie hier saß und Wunder herbeibetete. Als glaubte sie an einen plötzlich vom Himmel fahrenden Wink, mit dem Jan auch ohne sie endlich begriff und zu antworten begann auf niemals gestellte Fragen. Nichts würde auf diese Weise geschehen, das wußte sie doch. Nur weiterreden würde Jan. Schließlich aufhören.

In ihren Zug steigen und fahren.

Schon holte sie Luft, aber im selben Moment hob Jan an zu einem umständlich verschachtelten Satz. Einerseits, andererseits, und wenn man bedachte. Ihre Stimme war lauter geworden. Immer wieder griff sie beim Sprechen in die Hustenbonbondose, die sie vorhin aus ihrer Tasche gesucht hatte. Zwischen ihren Sätzen knackte und knirschte es ohne Pause. Eine eigentümliche Hilflosigkeit ging von diesen unablässigen Beißgeräuschen aus. Klein und konfus wirkte sie dabei, in ihrer distinguierten Kleidung wie kostümiert. Aber immerhin konnte sie ihre Sprache benutzen, also ihren Verstand. Wenn ihr wenigstens das gelänge. Sich so unerschütterbar sicher der Wörter bedienen, sie einsetzen als Waffen. Jan redete ja, als wehre sie mit jedem Satz etwas ab. Jetzt fuchtelte sie sogar mit ihren Jackettarmen herum und ließ nur ab, um eine weitere Pastille aus der Dose zu nehmen, die letzte. Mit einer knappen Geste klappte sie den Deckel zu und schob die Dose zur Seite.

Das Seemannsgesicht, wieder leuchtete es unter dem Südwester hervor. Daneben die kreisenden Möwen im Tuschkastenblau. Sie zog die Dose ein Stück näher heran, auch der rote Wimpel im Schiffsmast war noch deutlich zu sehen. Jetzt, der erstbeste Satz, auch wenn es der schlechteste war. Ich kann nicht mehr, sagte sie. Beim Sprechen sah sie angestrengt auf die Tischplatte. Obwohl die Wörter kaum hörbar gewesen waren, erschrak sie über ihre Nacktheit. Kurz und scharf waren sie gekommen, wie aus äußerster Not. Jan schwieg sofort. Gut, sagte sie nach einer kurzen Pause. Laß uns Schluß machen. Sie klang nicht schockiert, eher erleichtert, als könne auch sie nun endlich ablassen von ihren Verkrampfungen. Es tut mir leid, daß ich so viel geredet habe, setzte sie leiser hinzu. Es ist ja nicht so, daß ich nichts gemerkt habe. Daß ich nicht gesehen habe, wie mies es dir geht. Aber ich war mir nicht sicher, ob ich etwas sagen sollte. Dich fragen, irgend etwas tun. Ich wußte es einfach nicht. Sie schwieg. Und wenn ich unsicher bin, rede ich viel, meinte sie nach einer Weile. Gewissermaßen ein Angstreflex. Ich stehe ohnehin etwas neben mir heute. Ich habe nicht allzuviel geschlafen.

Noch ehe sie zu Ende gesprochen hatte, stand Elisabeth auf. Das anarchische Rasen hatte wieder begonnen, in hitzigen Wellen lief es durch ihren Körper. Sie ging ein paar Schritte durchs Zimmer. Ich muß mich bei dir entschuldigen. Immerhin habe ich dich gebeten, noch etwas zum letzten Kapitel zu sagen. Und dann habe ich nicht einmal zugehört. Ich bin im Moment – na ja, ein bißchen durcheinander. Einfach erschöpft. Überarbeitet wahrscheinlich.

Ein bißchen. Wahrscheinlich. Im Moment. Beim Gehen spürte sie ihren Körper, hart, jeder Muskel wie eine Klammer. Erst jetzt bemerkte sie, daß sie die Dose mit dem Seemannsgesicht in der Hand hielt. Langsam ging sie zum Schreibtisch und legte sie auf Jans Notizblock. Ich glaube, ich brauche frische Luft. Du mußt sowieso los, nicht wahr?

Sie zogen sich an. In der Küche füllte Elisabeth ein paar Fleischbrocken in den Freßnapf des Katers, während Jan im Flur wartete. Ehe sie ging, riß sie einen Zettel vom Block und schrieb mit flusiger Schrift: Bin bald zurück. E. Eine Lüge, dachte sie, als sie die Notiz auf den Küchentisch legte. Keine Lüge. Egal. Jan hatte ihre Tasche bereits ins Treppenhaus geschoben. Steif stand sie in ihrem Trenchcoat im Türspalt. Mit einer raschen Bewegung nahm Elisabeth den roten Schal vom Garderobenhaken. Hier. Kannst du gern mit nach Köln nehmen. Ich brauche ihn nicht. Jan lächelte, während sie den Schal in ihren hochgeschlagenen Mantelkragen steckte. Ich schicke ihn dir mit der Post. Nicht so wichtig. Zu zweit faßten sie die Taschengriffe. Im Treppenhaus roch es muffig und feucht. Hinter einer der Türen war das leise Brummen eines Staubsaugers zu hören. Ein großer, wattierter Umschlag vom

Verlag steckte im Briefkasten. Sie sah nicht hinein. Wieder hatte sie ein Gefühl von Beliebigkeit, als ginge sie all das für die Dauer einer noch unbestimmten Zeit nichts mehr an. Auf der Straße atmete sie tief. Die Luft war kühl und schneidend, aber es war windstill; die Kälte war statisch, wie Glas. Dünne Sandfäden waren vorm Haus auf die Schneedecke gestreut. Mit einem Kopfnicken wies sie die Richtung. Nebeneinander gingen sie los. Ein sackiger Himmel hing über den Häusern, voller Schnee, der nicht fiel. Noch immer fuhren die Autos mit Licht. Obwohl es sich im eingetretenen Schnee mühelos laufen ließ, setzte Jan ihre Schritte vorsichtig, als habe sie Angst, zu stürzen. Kurz sah Elisabeth sie an. Möchtest du lieber ein Taxi nehmen?

Nicht nötig. Manchmal laufe ich ganz gern. Nur die Tasche finde ich ziemlich lästig.

Du nimmst viel mit, wenn du verreist, nicht wahr?

Ja. Irgendwann habe ich mich freigemacht von der Ideologie, daß alles, was nicht in einen Rucksack und eine Plastiktüte paßt, spießiger Ballast ist. Ich brauche eben mehr, um mich wohlzufühlen. Gerade wenn ich nicht zu Hause bin. Mir gibt es, nun, ein gewisses Geborgenheitsgefühl. Sicherheit.

Elisabeth schwieg. Unvorstellbar war es ihr noch vor ein paar Stunden gewesen, daß Jan eine solche Bedürftigkeit verspüren konnte. Einen Mangel, der nicht aus diesem inneren Kräftereservoir zu stillen war, von dem sie so sicher geglaubt hatte, daß es Jan unbegrenzt zur Verfügung stand. Sie dachte daran, wie kühl und verlassen Jan sich gefühlt haben mußte, während sie selbst im Laufe des Wochenendes immer unwegsamer geworden war, immer heikler und abweisender. Vielleicht war auch das blauschwarze Jackett, von dem sie vorhin noch gedacht hatte, Jan habe es gegen sie verwenden wollen, nur Ausdruck dieser Verlassenheit, also notwendig. Sie fühlte eine plötzliche Scham und zugleich den Wunsch, schützend den Arm um Jan zu legen. Augenblicklich kam ihre Spannung zurück. Alles, was gewesen war, schien unkorrigierbar, auf eine unwiederbringliche Weise vertan. Wortlos gingen sie weiter. Die Stufen zum S-Bahntunnel waren nicht geräumt.

Jan schlingerte ein wenig und hielt sich am Geländer fest. Die Schuhe, sagte sie. Das Neonlicht, das aus großen Deckenröhren in die Halle fiel, schnitt in die Augen. Zwei Stadtstreicher saßen in der Ecke und sahen reglos zu ihnen herüber, während Elisabeth Münzen in den Fahrkartenautomaten steckte. Wind kam aus den Tunnelschächten hoch, kurz darauf der Lärm eines einfahrenden Zuges. Im schnellen Hintereinander spuckten die Rolltreppen Menschen herauf. Als sie unten waren, hatte sich der Bahnsteig wieder geleert. Nur ein Betrunkener lag auf einer Bank und schlief. Jan hielt Elisabeth ihre Zigarettenschachtel hin, doch ehe sie das Feuerzeug gefunden hatte, kam ein weiterer Zug aus dem Tunnel. Menschen quollen aus den aufspringenden Türen. Sie stiegen ein. Im Abteil roch es drückend, nach nassem Stoff und Heizungsluft. Obwohl die meisten Plätze unbesetzt waren, blieben sie im Gang stehen, nahe an der Tür. Jan griff nach einer Stange, als der Zug ruckartig anfuhr. Elisabeth lehnte sich an die Tür. Sie versuchte, Jan anzusehen, aber immer wieder glitten ihre Augen ins Leere. Eine unerträgliche Spannung hatte sich in Jans Gesicht gesammelt, seitdem sie zu reden aufgehört hatte. An der Wand hing ein Plakat, auf dem eine junge Frau hinter einer beschämt über das Gesicht gehaltenen Hand ihr Schwarzfahren bereute. *Nie wieder.* Ab und an blitzten Lichter im Tunneldunkel auf. Schilder mit fliehenden Strichmännchen flogen vorbei. An der nächsten Station füllte sich der Zug. Dicht gedrängt standen sie sich gegenüber. Jan sah zur Uhr. Dauert nicht mehr lange, sagte Elisabeth. Obwohl sie es beruhigend hatte sagen wollen, hatte sie das Gefühl, den Satz ausgestoßen zu haben wie eine Drohung. Jan erwiderte nichts. Der Zug stieß ins Tageslicht und lief kurz darauf in die Bahnhofshalle ein. Sie warteten, bis die vor ihnen stehenden Menschen ausgestiegen waren. Nur mühsam kamen sie im Gedränge auf dem Bahnsteig voran. Vor einer Fahrplantafel verlangsamte Jan ihren Schritt. Gleis elf. Die Fahrkarte habe ich schon. Sie gingen weiter. Der Weihnachtsreiseverkehr hatte bereits begonnen. Vor ihnen ragten geschulterte Skibretter und Rucksäcke auf. An den Bäckerständen und Würstchenbuden hatten sich Trauben von

Menschen gebildet. Unten auf den Gleisen rollten unablässig Züge in das taubengraue Licht hinter der Halle. Mit einem klackenden Geräusch sprangen die Fahrplananzeigen weiter. Vor einem Tabakladen blieb Jan stehen. Ich hole mir eben Zigaretten. Sie setzten die Tasche ab. Jan ging hinein. Im Schaufenster war eine sonnendurchtränkte Meerlandschaft ausgestellt, auf der ein Segelboot mit gesund aussehenden, rauchenden Männern dahinglitt. Hinter der Pappwand mit dem Foto konnte man in den Ladenraum sehen. Jan stand in einer Schlange vor der Theke. Den roten Schal hatte sie lose um die Schultern gelegt; er leuchtete hell und verrutschte, als sie mit einer weit ausholenden Bewegung auf die Regalwand deutete, in der Zigarettenschachteln und Tabakpäckchen gestapelt lagen. Dann lachte sie und fuhr sich mit der Hand durchs Haar. Elisabeth atmete. Was, wenn sie sie einfach umarmte. Sie zumindest am Arm faßte, wenn sie aus dem Laden kam. Kein kleinlaut genuschelter Satz. Kein irgendwie-vielleicht-ein-bißchen. Nur eine einzige Berührung. Vielleicht war das die letzte und beste Möglichkeit, überhaupt noch etwas zu sagen. Als Jan sich suchend zum Fenster drehte, wo ein Ständer mit Bonbontüten aufgestellt war, wandte sie sich sofort ab. Unerträglich, Jan in dieser Entfernung zu sehen. Zeit, dachte sie. Sie brauchte nichts, nur Zeit. Sie ging einen Schritt. Überall sprangen monströse Zeigerpaare mit schnappenden Bewegungen weiter. Neben dem Laden saßen ein paar Jugendliche in dicken Daunenjacken auf ihren Rucksäcken und unterhielten sich in einer kehligen, hart klingenden Sprache. Sie zündete sich eine Zigarette an und hörte zu. Die Fremdheit, in der die Unterhaltung dahinlief, war angenehm, jede Anstrengung, zu verstehen, überflüssig. Vielleicht ging es genau darum. Sich von dem Zwang zu befreien, immerfort alles verstehen zu müssen. Niemals unbedacht sein zu können. Unmögliches für möglich zu halten und Mögliches für unmöglich. Jan war aus dem Laden gekommen und ging auf sie zu. Probier mal, sagte sie und hielt ihr eine Tüte mit Hustenbonbons hin. Die sind nicht so scharf wie die anderen. Nein. Danke. Jan zog den Reißverschluß ihrer Tasche auf und steckte die Tüte hinein. Elisabeth fühlte ihre Hände, schmerzhaft geballt. Aber einen Kaffee könnte ich gut brauchen. Hast du noch ein bißchen Zeit? Gleich gegenüber vom Bahnhof ist eine Kneipe, etwas verwegen, aber für einen Kaffee gerade noch erträglich.

Ein bißchen. Jan lächelte. Ja, warum nicht. Im Grunde ist es völlig egal, ob ich nun eine Stunde früher oder später in Köln bin.

Das Lokal war nicht voll. Ein paar Männer lehnten an einem hohen, nußbraunen Tresen bei Bier und Korn und redeten laut in die Schlagermusik hinein, die aus der Musikbox am Eingang kam. An einem der Fenstertische saß eine Familie mit bleichen, seltsam leblos aussehenden Kindern vor Tellern mit Bockwürsten und Kartoffelsalat. Niemand sah auf, als sie hereinkamen. Jan schob ihre Tasche unter einen freien Tisch am Fenster und setzte sich. Immerhin ist es warm, sagte sie, während sie den Schal abnahm und ihre Zigaretten auf den Tisch legte. Elisabeth spürte, wie sich ihre Haut im Gesicht glühend spannte. Dennoch behielt sie die Jacke an. Aufrecht setzte sie sich Jan gegenüber. Auch Jan zog ihren Mantel nicht aus. Über den Tischen brannten kleine, mit Stoff bespannte Lampen. Dünnes Licht kam von draußen herein. Durch das Fenster konnte man auf die Straße sehen, auf der sich lange Reihen von Autos durch die schneegraue Luft schoben. Jan stützte die Ellenbogen auf die Tischplatte. Weißt du, ich finde es gut, daß wir nicht so auseinandergehen. Mir liegt viel daran, daß unser Gespräch von gestern nicht so stehenbleibt. Im nachhinein habe ich mich ziemlich über mich selbst geärgert. Über diese Vorträge, die ich dir gehalten habe. Und dann heute morgen mein Geplapper. Ich neige manchmal dazu. Das gefällt mir nicht sonderlich gut.

Elisabeth machte eine vage Geste. Ach was. Ich sehe das nicht so. Das Gespräch war wichtig für mich. Es gibt Dinge, die ich nicht gern höre. Trotzdem will ich sie hören. Sie brach ab und winkte dem Kellner, der mit einem Tablett voller großer, tulpenförmiger Biergläser an ihnen vorbeikam, aber er bediente eine Gruppe von Männern, die weiter hinten in einer Nische saß. Zwei Kaffee, rief sie angestrengt laut, als er wieder durch den Raum ging. Ohne ein Zeichen des Verstehens lief er weiter, stellte jedoch kurz darauf zwei Tassen vor ihnen ab. Sie rührten Milch hinein und tranken. Jan hatte ihren Mantel aufgeknöpft, das blauschwarze Jackett mit der Brosche war wieder zu sehen. Elisabeth stellte ihre Tasse ab und zog einen Bierfilz aus dem Ständer. Das Wochenende war wohl für dich auch nicht so einfach, nicht wahr? Beim Sprechen knickte sie die Ecken des Deckels ein; sofort wurde die Pappe brüchig und riß. Jan lächelte fahrig. Nein. Das stimmt. Ich brauche immer eine gewisse Zeit, um mich zurechtzufinden. Auch wenn die meisten Leute glauben, daß ich damit keine Probleme habe. Daß ich ganz mühelos und forsch irgendwo hineinspringen kann und da bin. Dabei fällt es mir ungeheuer schwer, mich zu bewegen, wenn ich mit nichts vertraut bin. Und ihr seid ja sehr verschieden, Judith und du. Es hat etwas gedauert, bis ich verstanden habe, wie euer Zusammenleben so läuft.

Sie nahm eine Zigarette aus ihrer Schachtel und zündete sie an. Allerdings habe ich mich mit dir dann sehr wohlgefühlt. Nicht daß du denkst, ich habe nur mit zusammengebissenen Zähnen ausgeharrt. Im Gegenteil. Mir hat es Spaß gemacht. Auch wenn ich das Gefühl hatte, daß du mit ganz anderen Dingen beschäftigt warst als nun ausgerechnet mit mir.

Elisabeth drückte die Pappe auf dem Tisch zu kleinen Fusseln. Ja, dachte sie. Nein. Beides war wahr, beides falsch. Fiebrig suchte sie nach Wörtern, aber jeder sagbare Satz kam ihr in seiner Eindeutigkeit plump vor, ein tölpelhaftes Gepolter. Das stimmt so nicht, setzte sie an. Im selben Moment lief die Platte in der Musikbox mit einem schabenden Geräusch aus. Eine abrupte Stille war im Raum, unmöglich, in sie hineinzusprechen. Nur eines der Kinder am Nebentisch greinte hemmungslos laut vor sich hin. Schluß, hab ich dir gesagt, zischte die Stimme des Mannes herüber. Die Kindheit, ein Nachtmahr, sagte Jan. Elisabeth erwiderte nichts. Nicht auch noch diesen Nachtmahr wiedererwecken; das Jetzt war genug. Sie schwiegen. Das Lokal hatte sich inzwischen gefüllt; fast alle

Tische waren besetzt. Zwei weitere Kellner waren hinter der Theke hervorgekommen und trugen Teller mit Hähnchen oder Würsten herum. Auch die Musikbox spielte wieder, diesmal einen schnelleren Discorhythmus. Jan schob ihren Mantelärmel hoch. Zehn nach eins, sagte sie knapp, als Elisabeth fragend aufsah. Schweiß trieb ihr aus der Haut, ein riechendes Rinnsal. Möchtest du vielleicht noch einen Kaffee? Jan schüttelte den Kopf. Lieber nicht. Ich bin schon ganz fahrig. Nein, dann besser nicht. Sie griff nach ihrer Tasse und nahm einen Schluck, den letzten. Ein heftiges Zittern ging durch ihren Körper. Rasch setzte sie die Tasse auf den Unterteller zurück. Weißt du, daß ich so durcheinander bin, hat nichts mit dir zu tun. Oder doch. Ja, eigentlich hat es durchaus mit dir zu tun. Ein bißchen zumindest. Jan sah auf, sichtlich irritiert. Elisabeth fühlte ihren Kehlkopf, ein kurzer Krampf. Es ist sehr viel passiert an diesem Wochenende, setzte sie kratzend hinzu. Nicht nur, daß ich mich ein bißchen in dich verliebt habe. Aber das auch.

Sie sackte in ihren Stuhl, augenblicklich leer. Das war es also, das Jetzt. Durchs Fenster sah sie auf die Straße. Noch immer rollten die Autos gleichmäßig dahin. Eine Ampel sprang um. Aus einem Seitenarm stießen Busse heraus. Vor einem Wartehäuschen stiegen Menschen aus den aufklappenden Türen und gingen unter dem hängenden Himmel davon. Fremd kam ihr das vor, zugleich faszinierend, als läge eine große, wärmende Sanftheit in dieser Normalität, die sie erst jetzt, da sie für sie nicht mehr galt, zu empfinden vermochte. Ich weiß, hörte sie Jan. Bei mir ist es ähnlich. Ich habe mich auch in dich verliebt. Vorsichtig blickte sie auf. Die Frage, woher Jan wußte und was, war schon wieder vergangen, als sie Jans Augen sah. Weich waren sie geworden und weit, sie schwammen und glühten zugleich. Unter dem Tisch fühlte sie ihren Fuß, kaum spürbar rieb er sich an ihrem, nicht mehr als ein dumpfer Druck auf dem Leder des Schuhs. Sie schloß die Augen. Ein Fallen, irgendwohin, in ein Alles und Nichts. Eine andere Wirklichkeit, Farben.

Dürfen wir?

Sie hob den Kopf. Ein älteres Ehepaar stand am Tisch. Fast gleichzeitig richteten Jan und sie sich auf. Jan nickte sehr blaß. Umständlich rückte der Mann die Stühle zurecht. Die Frau lächelte geziert, als sie sich setzten. Beide trugen die gleichen, bunt gemusterten Pullover. Auch ihre Gesichter waren sich auf groteske Weise ähnlich, als hätten sie im Laufe der Zeit ihre Konturen mehr und mehr aneinander abgetragen, bis nur noch eine unförmige, identische Fläche zurückgeblieben war. Sie verspürte den Wunsch, laut loszulachen. Alle Leute im Lokal kamen ihr plötzlich puppenhaft vor, hingesetzt in Haltungen, die nur scheinbar lebendig waren. Die Gespräche tönten über die Tische hinweg, blecherne Geräusche, die aus mechanisch bewegten Mündern fielen. Unscharf flirrte diese Wirklichkeit in ihren Bildern dahin, ohne einen Anspruch auf Jan und sie. Eine andere Wirklichkeit war da, andere Bilder. Sie streckte den Arm aus und fuhr Jan mit den Fingern die Wange entlang bis zum Mund. Sie küßten sich über den Tisch hinweg, kurz, sehr scheu. Jans Gesicht war gerötet, als sie sich lösten. Elisabeth versuchte ein Lächeln. Und jetzt? Von irgendwoher war diese Frage gekommen, dumm aus dieser Leere, die in ihr war, ein weiches, taumelndes Fließen. Jan hob die Schultern. Ich weiß nicht. Ich erwarte nichts, wenn du das meinst. Weder von dir noch von mir. Ich weiß nur, daß etwas ist. Und daß es gut ist.

Elisabeth faßte ihre Hand; kalt war sie, schweißnaß. Noch etwas weiß ich, meinte Jan. Ich möchte Zeit haben mit dir. Mehr als diese fünf Minuten, die uns jetzt noch bleiben. Den nächsten Zug muß ich nehmen. Und du brauchst sicher auch ein bißchen Zeit für dich selbst. Ich meine, bevor Judith von der Arbeit kommt.

Ja. Wahrscheinlich. Angst flackerte in ihr hoch, ein kurzer, heftiger Schub. Auch Jans Augen huschten. Warte, sagte sie unvermittelt und beugte sich zu ihrer Tasche. Ich will, daß dir etwas von mir bleibt. Etwas, das du anfassen kannst. Sie richtete sich wieder auf und schob die Dose mit dem Seemannsgesicht über den Tisch. Danke, wollte Elisabeth sagen, während sie die Dose nahm, aber nichts kam heraus. Alles, was jetzt noch aussprechbar war, war stickig und klein, nur eine neue furchtbare Verengung all dessen, was sich endlich zu weiten begonnen hatte. Es gab keine Gewißheit in dieser Leere, in der sie waren, also auch keine Sprache. Wieder suchte sie nach Jans Hand. Wollen wir? fragte Jan. Sie nickte und winkte dem Kellner zu, der gerade mit Biergläsern und Tellern an ihren Tisch gekommen war. In der Jacke suchte sie nach ihrem Portemonnaie, aber Jan hatte schon ein paar Münzen aus ihrer Manteltasche herausgezählt. Sie standen auf.

Der Zug war bereits eingefahren. Eine Lautsprecherstimme schepperte über den Bahnsteig, als sie die Treppe hinunterkamen. Menschen drängten sich an den offenen Türen. Durch die Fenster wurden Gepäckstücke gereicht. Vereinzelt waren Gesichter im Neonlicht der Abteile zu sehen. Sie gingen ein Stück am Gleis entlang, langsam, als käme es nicht mehr darauf an. Weit hinter der Halle blieb Jan stehen. Paß auf dich auf, sagte sie leise. Ja. Ich rufe dich an. Sie umarmten sich, lange und still. Der Bahnsteig hatte sich geleert, als sie sich wieder lösten. Schaffner waren aus einem Häuschen gekommen und posierten neben den Türen. Jan stieg ein. Elisabeth reichte ihr die Tasche nach. Mit einem schnappenden Geräusch klappten die Türen zu. Undeutlich war Jans Gesicht hinter den Schlieren der Scheibe zu sehen, der rote Schal. Sie machte eine hilflose Bewegung und drückte die Handfläche gegen das Glas. Im selben Moment fuhr der Zug an. Aus den heruntergeschobenen Fenstern winkten Menschen. Jan war nicht mehr zu sehen. Sie wartete, bis der Zug im sickernden Licht über den Gleisen verschwand. Erst als die Fahrplananzeige weitersprang, hatte sie das Gefühl, sich wieder bewegen zu können. Mit kleinen, genau gesetzten Schritten ging sie den Bahnsteig herunter. Am Kiosk standen ein paar Jungen und rissen Bierdosen auf. Hoch oben in der Halle flackerte eine Reklametafel, mit rasch wechselnden Schriftzügen. Plötzlich hatte sie Lust, zu schreien. Irgendein unüberhörbarer Laut, ein Zeichen dafür, daß sie noch da war und sich bewegen konnte in diesen Bildern, die die Wirklichkeit waren. Sie setzte sich auf eine

Bank und preßte den Kiefer zusammen. In der Jackentasche fühlte sie die metallene Dose. Langsam kam ihr Körper zurück, kleine Wellen von Kraft. Sie stand auf. Das Gedränge in der Halle war stärker geworden. Sie folgte dem Strom der in die S-Bahnschächte treibenden Menschen. Vor den Fahrkartenautomaten hatten sich Schlangen gebildet. Sie reihte sich ein. Während sie wartete, hatte sie das Gefühl, nur irrtümlich hier zu stehen. Das Rasen der Bahnen im Tunnel schien ihr obszön, wie Gewalt. Eine andere Zeit war da, weicher und freier in ihren Läufen. Gehen wollte sie, sich langsam und gleichmäßig durch die Luft bewegen, die draußen war. Sie trat aus der Reihe heraus und kehrte in die Halle zurück. An einem Bäckerstand kaufte sie sich ein warmes, mit Zucker bestreutes Brötchen. Als sie hineinbiß, spürte sie ihren Hunger, ein großes, harsches Gefühl. Angenehm sanft breitete sich der Brötchenteig darauf aus. Sie ließ sich zwei weitere Brötchen in eine Tüte packen und riß im Gehen kleine Teigstücke heraus. Sie ging langsam, ohne Eile. Eine Rolltreppe hob sie auf eine der schnurgeraden, breiten Geschäftsstraßen. Sie staunte über die Dunkelheit, die draußen war. Ein dünnes Schneegesprenkel fiel durch die Luft. Autos mit dampfenden Auspuffen schoben sich zwischen den Ampeln weiter. Über die Straße waren Ketten mit Glühbirnen gespannt, die zu sternförmigen Mustern verliefen. Durch die weit aufschwingenden, gläsernen Türen der Kaufhäuser stießen Massen von Menschen und wimmelten mit Paketen und Tüten davon. Sie rieb sich die Augen weit auf. Tausende von Wirklichkeiten, verwirrend leicht lagen sie da. Nur gehen mußte sie. Los. Weiter.

Das Aushalten deiner Liebe, ein täglicher Sturm der Entrüstung. Er dauerte an. Ich weiß noch, ich machte mir Mühe damit. Her und weg wünschte ich dich für eine bestimmte Zeit. Kein Licht war in meinen Gedanken. Die Tage kamen mir vor wie eine stumpfe Reihung abzuwartender Katastrophen. Gitterstäbe wuchsen aus meinen Träumen heraus, darin saßen wir, und alles begann wieder von vorn. Ich fühlte mich hilflos, vielfach gebunden. Ich erzählte dir nichts. Nur, daß alles gut war, jeden Tag ein Stück besser. Aber so sah ich es auch. Lauter zersplitterte Einzelheiten. Lange kein Bild.

Jetzt scheint alles auf eine geradezu schamlose Art klar. Ein fallender, warmer Abend kommt. Wir gehen zurück. Das Meer ist schon weit, nur noch ein Muschelgeruch in den Flügeln der Nase. Am Himmel ziehen milchige Streifen herauf, gelassene, weitarmige Wellen von Weiß. Kreuz und Rüben zerpflückt der Weg vor uns die Felder. Wir laufen mit bloßen Füßen, noch immer ist es für alles zu warm. Salz blitzt in deinem noch feuchten Haar. Von deiner Schulter baumeln Schuhe herab. Am Auto schütteln wir Sand aus Haaren und Hemden. Nach Landstraße ist dir zumute, sagst du, während wir aus dem Schotterweg holpern. In die geschwungenen Felder möchtest du sehen, durch Dörfer fahren, anhalten, ein Eis lutschen irgendwo. Ein sachtes Gleiten in den Koloss der Stadt.
Keine Eile.
Während der Fahrt werden wir still. Aus dem Blattwerk der Bäume fallen schon scharfgezackte Schatten. Wind rupft durch die herabgelassene Scheibe in meinem Haar. Backsteinrot leuchten die Häuser hinter den Gärten. Dann wieder das Auf und Ab der Felder. Du läßt dir von mir eine Zigarette in den Mund stecken. Als wir an einer Dorfkreuzung vor einer Ampel halten, schiebe ich meine Hand auf dein Bein. Weich

bist du noch immer, ganz biegsam und warm. Plötzlich habe
ich Lust, dir zu erzählen. All das, was du ohnehin lange schon
weißt. Von diesem Winter, der Zeit zwischen den Jahren. Neujahr, und mehr. Willst du? frage ich dich. Du siehst mich an,
kurz, schon wird es grün. Ja, nickst du in den Spiegel hinein.
Ich lehne mich weit in den Sitz. Damals, sage ich, beginnen
nicht alle schlechten Geschichten so?
Ja, sagst du. Aber die guten, die auch.

Also damals. Noch vor Silvester waren wir wieder zurück. Ich
rief dich nicht gleich an. Lieber wollte ich schreiben. Ich setzte
mich hin und brachte ein paar Sätze für dich aufs Papier. Ich
werde. Muß. Schon sehr bald. Alles. Anders. Das Ausmaß an
Absichten war mir verdächtig. Um die Verdächtigungen nicht
anschwellen zu lassen, lief ich noch am selben Abend zur Post.
Dennoch hatte ich auch danach das Gefühl, mich erklären zu
müssen. Aus einer der Zellen rief ich dich an. Du warst gleich
dran. Wir sprachen nicht lange, nur für die Dauer der Münzen,
die ich aus allen nur denkbaren Taschen zusammengesucht
hatte. Ja, schon zurück, schlimm, sagte ich in den Hörer, und
du? Deine Stimme war leise, seltsam gebrochen. Du erzähltest
von Zuständen, nicht näher benannt. Panik, Atemnot, Anfälle
tiefster Verstörung. Etwas war also mit dir geschehen in meiner
Abwesenheit. Ich erschrak, als ich spürte, daß auch du anfingst,
Schaden zu nehmen. Ich fragte nicht nach. Ich schwieg, während das Geld durch den Schlitz fiel. Ich erzähle dir alles,
sagtest du schließlich. Später. In Ruhe. Gut, sagte ich.

Erst auf dem Rückweg fiel mir auf, daß wir keine Verabredung
auf dieses Später getroffen hatten. Es beunruhigte mich, aber
ich rief kein zweites Mal an. Die Wohnung war auf eine
drückende Weise still, als ich kam. Nach unserer Ankunft am
Mittag war sie in ihr Zimmer gegangen und hatte es seitdem
nicht mehr verlassen. Ich sah gleich, daß sie noch immer im
Schneidersitz auf dem Sessel saß und schrieb. Sie schien mir

unansprechbar, verklärt. Ohne ein weiteres Wort legte ich mich hin. Ich weiß noch, ich war bereits eingenickt, als sie ans Bett kam und mich weckte. Hör mal. Ich lese dir etwas vor. Sie begann, ohne mich gefragt zu haben, ob ich dieses Etwas hören wollte. Es war eine Art Brief, gerichtet an dich. Sie wollte dich sehen, mit dir sprechen. Die gerade begonnene Freundschaft trotz allem nicht abreißen lassen, schließlich seien wir alle drei erwachsene Menschen, und sie jedenfalls sei jetzt offen und zu allem bereit. Schon nach wenigen Sätzen hatte ich das Gefühl, daß sie log. Daß es um etwas viel Schlichteres ging. Staubähnlich fielen die hehren Begriffe aus ihrem Mund, während sie las. Sie endete mit dem Wunsch, dich in Köln zu besuchen, baldmöglichst, am besten sofort. Was ich davon hielte? Ich hob die Schultern. Lehnte mich ins Kissen zurück. Erst als sich hinter meinen geschlossenen Augen die Vorstellung auftat, dies könne auf unabsehbare Zeit die einzige Möglichkeit sein, zumindest für einige Stunden allein zu sein, sagte ich: Ja. Warum nicht. Frag sie, wenn du es so willst. Ich warnte dich nicht. Am nächsten Tag rief sie dich an. Erstaunlich schnell kam sie vom Telefon zurück und erzählte, daß du einverstanden seist und sie schon Neujahr in aller Frühe führe. Ich weiß noch, ich fand keine Erklärung dafür. Möglichst rasch wolltest du das hinter dir haben, sagtest du mir abends am Telefon und schwiegst einen Moment. Dann sprachst du von unnütz anstrengend vertaner Zeit, davon, daß du keinen Sinn sehen könntest in ihrem Kommen. Und daß sie möglicherweise etwas ganz anderes wolle, Besitz aushandeln zum Beispiel, sich einnisten mit allerlei Tricks, so daß niemand mehr einen Schritt ohne sie tat. Ich weiß noch, ich fand dich spitzzüngig, gemein. Obwohl auch ich meine Verdächtigungen hatte, schien es mir undenkbar, daß sie Strategien verfolgte mit ihrem so sichtbaren Leid. Gerade damit, wiederholtest du scharf. Ich verteidigte sie. Wir stritten, zum ersten Mal. Laß sie doch, zischte ich immer wieder in dein empörendes Schweigen hinein. Es war doch gut, daß sie aus ihrer Lähmung heraustrat und es immerhin schaffte, Absichten zu haben. Es entlastete mich. Je beweglicher sie wurde, desto dünnflüssiger wurde die Schuld, die sie täglich mit ihrem Elendsgesicht über mir ausgoß. Desto beweglicher wurde ich selbst.

Gut, sagtest du, schließlich müde. Wir werden sehen.

Silvester verbrachten wir beinahe stumm. Mit Sonja und Imme saßen wir in der Küche um einen fettspritzenden Topf und hielten auf Gabeln gespießte Fleischstückchen hinein. Ich erinnere mich, wie grotesk ich alles fand. Diese brüllende Fröhlichkeit überall, als sei etwas zu Ende. Sehr früh gingen wir zu Bett. Ich schlief schlecht im nur langsam abebbenden Lärm auf der Straße. Ich träumte von kriechenden Tieren, die ich mit den Füßen am Boden zu zertreten versuchte, während sie längst meinen Nacken hinunterwimmelten. Von einer unbestimmten Notwendigkeit, mich zu wehren. Am Morgen fühlte ich mich sackend und leer. Schon beim Frühstück bereute ich mein Versprechen, sie zum Zug zu begleiten. Wir nahmen ihr Auto zum Bahnhof. Sie redete viel. Unterwegs wiederholte sie in einem merkwürdig aufgekratzten Ton, daß sie für alles Verständnis habe und jetzt, endlich, auch danach lebe. Das Zänkische und Böse sei vorbei, eine neue, viel freiere Haltung gekommen. Und schließlich hätten wir drei uns damals im Dezember alle gemocht, warum sollte das also nicht weitergehen können. In genau diesem Moment kam mir der Verdacht, daß du recht haben konntest mit deinem Argwohn. Alles schien mir verzerrt, zu dick. Ein heroisches Bild, dessen Farben ins Leere schrien. Nur ein dürftiges Nicken gelang mir, als sie aus dem Zugfenster heraus sagte, sie liebe mich, das solle ich wissen, immer. Während sie sprach, kam es mir vor, als ob ihre Wörter aufrissen und ziehende Fäden und Netze aus ihnen hervorquollen. Ich dachte an flatternde Taschentücher und Kullertränen. Daran, daß etwas nicht stimmte. Noch vor Abfahrt des Zuges begann ich furchtbar zu frieren. Geh doch schon, sagte sie. Du brauchst nicht zu warten.

Eine stumpfe Helligkeit war am Himmel zusammengelaufen, als ich zu Fuß zur Wohnung zurücklief. Ich ging schnell, fast gehetzt. Immer wieder erschrak ich über die Detonationen, die noch vereinzelt durch die Stille rissen. Taxis schossen die leeren Straßen herunter. Ein Geruch von schwelender Asche und Schwefel war in der Luft. Auf dem Pflaster standen Lachen von Erbrochenem zwischen verkohlten Papierfetzen und Glassplittern. Ein Betrunkener pöbelte aus einem Hauseingang heraus. Angst schüttelte sich in mir hoch, irrsinnig, es gab keinen Grund. Ich lief die Treppen hoch und holte erst Luft, als ich in der Wohnung war. Reflexhaft verriegelte ich die Tür, ging durch die Zimmer und drehte alle Heizkörper auf höchste Stufe. In der sinnlosen Wärme wurde ich ruhig. An die Küchenheizung gelehnt hatte ich sehr langsam das Gefühl, endlich verstehen zu können. Zu sehen, was war. Eine Weile stand ich nur da und wunderte mich über dieses Gefühl. Es verwirrte mich wie ein lange gewünschtes, verloren geglaubtes Geschenk. Nach einer Zeit war es gut. Ich bereitete mir ein mächtiges Frühstück mit gerösteten Schwarzbrotscheiben und Käse und Ei und setzte mich hin. Ich aß sorgsam und viel, als ginge es darum, zu Kräften zu kommen, zu einem Entschluß. Noch während ich aß, war er da, leise wie alle großen Entschlüsse. Ich weiß noch, ich hörte nicht einmal zu kauen auf. Langsam löffelte ich die Eierschale aus, ehe ich aufstand und zum Telefon ging. Hörst du? fragte ich laut in den Hörer, plötzlich unsicher, ob du mich im Rauschen der Leitung verstandest.

Ja, sagtest du, seltsam klar.